「君の毛艶は魅力的だね。
まるで黒曜石のように
妖しくオレを魅了する……」
レオ皇子
カルナバル皇国の皇太子。五年前にフォジーク王国を訪れフローラに宮殿を案内されたという思い出がある。猫好き。
役立たずと言われたので、わたしの家は独立します！
3
～伝説の竜を目覚めさせたら、なぜか最強の国になっていました～

「ネオ・アンダルシア号、発進です！」
フローラ
ミケーネ

リベル
マリア
キツネ

「フローラ。
左手を貸すがいい」

役立たずと言われたので、わたしの家は独立します！
3
～伝説の竜を目覚めさせたら、なぜか最強の国になっていました～
遠野九重
ill. 阿倍野ちゃこ

口絵・本文イラスト
阿倍野ちゃこ

装丁
おおの蛍（ムシカゴグラフィクス）

Contents

プロローグ　今日はハロウィンです！

お久しぶりです、フローラです。

聖地テラリスタでの騒動から季節は流れ、すっかり秋となりました。

私の家が独立したのも去年のこの時期ですから、ナイスナー王国が生まれておよそ一年が経《た》ったことになります。

テラリス教からも正式な国として認めてもらえたわけですし、すべては順調に進んでいる、と言ってもいいでしょう。

私の治めるドラッセンの街もどんどん移住者が増えており、以前よりもさらに賑《にぎ》やかになっています。

そろそろ街を拡張するか、第二、第三の街を建設した方がいいかもしれませんね。

先日、そのことについて国王であるお父様に相談してみたところ、

「フローラの好きにやってみなさい。おまえの判断なら間違いないだろう」

という返事をいただきました。

私、お父様にちゃんと信頼されているみたいです。

ふふん。

えへん。

……私、なんだかネコ精霊に似てきましたね。

とはいえ私の立場としてはナイスナー王国の王女であり、ドラッセンの街を含めたブレッシア領の領主なわけですから、締めるところはちゃんと締めていきましょう。


さて。


その日、私は領主としての仕事を早々に終わらせたあと、庁舎の執務室でソワソワと来客を待っていました。

「そろそろでしょうか」

「フローラよ、少しは落ち着いたらどうだ」

そんなふうに声を掛けてきたのは、私の守護者にして精霊王のリベルです。

リベルは普段通りの涼しげな表情を浮かべ、ソファで悠々と寛《くつろ》いでいます。

ただ、その格好はいつもと少しだけ違っており——頭に、カボチャの被《かぶ》り物《もの》をしていました。

今日は十月三十一日、ハロウィンです。

ハロウィンというのは『ニホンジン』のご先祖さまが伝えた風習のひとつですね。

この日は皆で仮装をして、それぞれの家でパーティを開くことになっています。

あっ、もちろん私も仮装していますよ。

三角形のトンガリ帽子に、黒いドレス、そしてホウキ。

いわゆる魔女の姿です。

「リベル。私の格好、変じゃないですか？」

「問題ない。そなたは黒も似合うのだな。普段より大人びて見えるぞ」

「ふふっ、ありがとうございます」

私はちょっといい気分になって、その場でクルリと一回転します。

おっとっとっと……。

足がもつれて、転びそうになりました。

気を付けないといけませんね。

私がホッと一息ついていると、リベルが苦笑しながら声を掛けてきます。

「ククッ。随分と浮かれておるではないか」

「普段と違う格好って、それだけで楽しくなっちゃいません？」

「……さて、どうだかな」

リベルはフッと笑みを浮かべると、右手で自分の頭、というか、カボチャの被り物を撫《な》でます。

「ともあれ、汝《なんじ》が燥《はしや》ぐ姿は可愛《かわい》らしいものだ。心のままに歌い踊るがいい。我はそれを眺め、愛《め》でるとしよう」

ではここで一曲、『ナイスナー音頭』を……って、冗談ですよ。

むしろリベルこそ、歌ったり踊ったりしてはどうでしょうか。

「よかろう」

えっ？

どうやら私、考えが口に出てしまっていたようです。

「それが汝の願いというのなら、我は全力で叶《かな》えるとしよう。精霊王がたった一人のために歌舞を披露するなど、女神テラリスが天地を創造してから初のことだ。フローラ、決して見逃すでないぞ」

リベルは両手で頭のカボチャの位置を整えると、ソファからゆっくり立ち上がりました。

ええと。

もしかしてなんですけど。

リベルこそ、普段と違う格好に浮かれちゃってませんか。

私が戸惑っているあいだに、リベルはテーブルやソファを動かし、踊るためのスペースを作っていました。

その時です。


コンコン、コンコン。


執務室のドアが、ノックされました。

「はい、ちょっと待ってください」

私はドアの外に向かってそう呼びかけると、一度、大きく深呼吸をして気分を切り替えます。

プライベートから、お仕事モードへ。

リベルのほうを見ると、すでに家具を本来の位置に戻し終え、何事もなかったかのような表情を浮かべつつ、最初と同じようにソファで寛いでいます。

さすが精霊王（?）、早業ですね。

「フローラよ、我の準備はよいぞ」

「分かりました。じゃあ、開けますね」

私はそう答えてからドアのところに向かいます。

「どなたですか？」

「ぼくだよ！　みんなを連れてきたよ！」

聞こえてきたのは、私の契約精霊……ミケーネさんの声です。

壁掛けの時計は午後二時ちょうどを指しています。

時間ぴったり、約束通りですね。

私はひとり頷《うなず》きながらドアを開けます。

すると、そこには小悪魔の格好をしたミケーネさんが立っていました。

背中からは黒い羽が伸びており、ピコピコと可愛らしく動いています。

「フローラさま！　とりっく、おあ、とりーとだよ！　おかしをくれたらいたずらするよ！」

「……お菓子をくれなきゃイタズラするぞ、じゃないですか？」

「あっ！　まちがえちゃった！　おかしをくれなきゃいたずらするよ！」

ミケーネさんはそう言い直したあと、くるりと背後を振り返ります。

そこにはオバケやミイラの仮装をした子供が十数人ほど、ワクワクした表情を浮かべながら並んでいました。

年齢としては六歳から十歳くらいでしょうか。

顔にはまだまだ幼さが残っています。

ミケーネさんが子供たちに呼びかけます。

「みんなもフローラさまに言ってね！　とりっく、おあ、とりーと！」

「「「とりっく、おあ、とりーと！」」」

「うーん。こんなにたくさんの子にイタズラされちゃったら、大変なことになりますね。どうぞ、入ってください。お菓子ならちゃんと用意してますよ」

私はそう言って、ミケーネさんと子供たちを執務室に招き入れました。


トリック・オア・トリート。

それはハロウィンの行事のひとつで、仮装をした子供たちが家々を巡ってお菓子を集める、というものです。

今回、ミケーネさんが子供たちを連れてくることは事前に聞いていたので、昨夜のうちにクッキーを焼いておきました。

今、執務室の中でリベルが配ってくれています。

「人族の子よ、菓子を受け取るがいい。我だけでなく、フローラへの感謝を忘れずにな」

「うん！　リベル様、フローラ様、ありがとう！」

「よい返事だ。そのまま健やかに育つがいい」

リベルは優しげな表情を浮かべると、女の子の頭を慈しむように撫でました。

なんだか和む光景ですね。

私がほっこりしていると、一人の男の子がこちらにやってきました。

「あの、フローラ様！」

「はい。なんですか」

私は少しだけ身を屈《かが》めると、視線の高さを男の子に合わせます。

するとなぜか、男の子は照れたように俯《うつむ》いてしまいました。

「あわわ……。えっと、ええっと」

「焦らなくて大丈夫ですよ。ゆっくり話してください」

「あのあのっ、そのっ。——学校に通えるようにしてくれて、ありがとうございました！」

そう言って、男の子は勢いよく頭を下げました。

さてさて。

ちょっと説明が必要ですよね。

今日、ミケーネさんが連れてきた子供たちですが、皆、私が建てた学校の生徒だったりします。

この街……ドラッセンで暮らしている人々の多くは、元々、隣国であるフォジーク王国の王都にいたわけです。

王都は貧富の差が激しく、マトモな教育を受けられない子供も数多く存在していました。

でも、国の発展を考えるなら、誰もが学校に通えるようにして、計算や読み書きをきっちり身に付けてもらった方がいいですよね。

子供にとっても職業の選択肢が増えるわけですし、知識はあって困るものではありません。

というわけで――

私はドラッセンの街に学校を作り、子供たちが無料で通えるように調整を進めてきました。

そしてつい先日、ようやく開校となったのです。

ちなみに学校にはミケーネさんや他のネコ精霊、さらにはキツネさんやタヌキさんが先生として出張することがあるそうです。

どんな授業をしているのか気になりますし、いずれ見学に行ってみましょうか。


お菓子を配り終えたあとはそのまま子供たちと話をすることになりました。

司会はミケーネさんです。

「みんな。フローラさまやリベルさまに質問、あるかな？」

「はい！」

「はいっ！」

「はーい！」

子供たちは積極的に手を挙げては、いろいろなことを訊《たず》ねてきます。

領主としての仕事の内容とか、生活リズムとか、あるいは私の好きな食べ物とか。

最近は街のあちこちでモンブランを買っては、食べ比べをしています。

秋といえば栗《くり》ですからね。

ちなみにリベルは『シチリン《七輪》』にハマっており、屋敷の庭先でナスやキノコをよく焼いています。

さてさて。

時計を見ればすでに午後三時を回っています。

子供たちからの質問も出尽くしたみたいですし、そろそろ切り上げましょうか。

「は、はいっ！」

先程、私のところにお礼を言いに来た男の子が手を挙げました。

じゃあ、この子からの質問に答えて終わりにしましょうか。

「ふ、フローラ様とリベル様って、お付き合いされてるんですか！」

おおっと。

プライベートな方向での質問はちょっと予想していませんでした。

さて、どう答えたものでしょうか。

……って、悩む内容じゃないですね。

「いいえ。リベルとはそういう関係ではありませんよ」

「うむ」

私の隣でリベルが頷きます。

「我はフローラの守護者だ。あらゆる災厄から守護し、生涯寄り添うことを誓っておる」

「結婚式の宣誓みたいですよね、それ」

「だが、我らの関係を示すのに最も分かりやすい言葉であろう」

リベルは自信満々の表情で答えます。

一方、質問をした男の子ですが、なぜかガックリと肩を落としていました。

「結婚式……。宣誓……」

いや、結婚式の宣誓みたいというだけで、実際に式をしたわけじゃないですよ？


そのあと、子供たちはミケーネさんに連れられて学校へ戻っていきました。

ああ、そうそう。

ガックリしていた男の子は、幼馴染《おさななじみ》の女の子に「フローラ様に変なこと訊《き》かないの！　そもそも、あんたにはあたしがいるじゃない！」と怒られていましたね。

なかなかお似合いの雰囲気だったので、将来、いい夫婦になりそうです。

ともあれ、今日の仕事はこれですべて終わりました。

ふう。

私は一息つきながらソファに腰掛けます。

「フローラ、ご苦労であった」

リベルは私の背後から、わしゃわしゃと頭を撫でてきます。

「最後に質問をしてきた子供だが、汝に恋心を抱いておったのかもしれんな」

「いや、それはないと思いますよ」

「……汝は自分に対する好意に鈍感なところがあるな」

「まあ、自覚はありますよ」

一〇歳でクロフォード殿下との婚約が決まった時、内心で割り切っちゃいましたからね。

恋愛なんて自分とは縁のないものだ、って。

次期王妃ともあろう者が恋に恋する乙女なんかやっていたら、どんなトラブルが起きるか分かりません。

王妃と騎士のロマンスなんてのは物語の中だけで充分でしょう。

現実にそんなことをやらかしたら、国が揺らぐスキャンダルになってしまいます。

今の私はすでに自由の身ですけど、人生から恋愛を切り捨てちゃった後遺症というのは大きく、そのせいで好意というものに気付くことができないのでしょう。

そんな内容をリベルに話したところ、「それだけではなかろう」という言葉が返ってきました。

「汝はどこか、自分自身の幸福というものを避けているところがあるからな」

「うーん。そうですか？　ドラッセンも順調に発展していますし、毎日、すごく充実していますよ」

「幸福には尽くして得るものと、尽くされて得るものがある。汝に足りんのは後者だな」

リベルはそう言って私の背後を離れると、テーブルに置かれていた小さな紙袋を手に取りました。

子供たちに用意したお菓子ですけど、多めに作ったこともあって、一袋だけ余っちゃったんですよね。

リベルは紙袋を開けると、その中からクッキーを取り出しました。

「食べさせてやろう。口を開くがいい」

「自分で食べられますよ」

「遠慮するな。精霊王じきじきの労《ねぎら》いだ」

もう、仕方ないですね。

私は苦笑してから小さく口を開けました。

もぐもぐ。

クッキーはサクサクで、噛《か》むたびにバターの濃厚な風味が広がります。

「美味《うま》そうに食べておるな。我もひとつ貰《もら》うとしよう」

リベルもそう言ってクッキーを食べ始めます。

「ふむ、よい味だ。汝《なんじ》が焼いただけのことはある」

「これくらいは普通ですよ」

「謙虚は美徳だが、我からの褒め言葉くらいは素直に受け取るがいい。ついでに、クッキーもな」

そう言ってリベルは二枚目のクッキーを差し出してきます。

えっと。

「手で受け取っちゃダメですか」

「ならん。小鳥のように啄《ついば》むがいい」

「そんなに可愛いものじゃないですよ」

私の姿を譬《たと》えるなら、釣り餌に食いつく魚、という表現のほうがピッタリの気がします。

そんなことを考えつつ、二枚目となるクッキーを食べさせてもらいます。

……さすがにちょっと恥ずかしくなってきましたね。

「ところで」

ふと、リベルが呟《つぶや》きます。

「ハロウィンというのは、何を祝う日なのだ」

「ご先祖さまから詳しいことは聞いていないんですか」

「ハルトがハロウィンを広めたのは、弟神ガイアスとの戦いが終わってからのことであろう。その時期、我はすでに精霊の洞窟で深い眠りについておった。外界のことは何も分からん」

「それなら仕方ないですね」

私はうんうんと頷きつつ、ナイスナー王国におけるハロウィンについて解説を始めます。

これは我が家の古文書に書いてあったことですが、元々、この地方では秋の終わりになると死者を弔うためのお祭りが開かれていました。

そこにご先祖さまの故郷で行われていたハロウィンの行事が結びつき、三〇〇年の時を経るうちに「仮装パーティの日」へと変わっていったようです。

「……なるほど」

私の説明を聞いて、リベルは納得顔で頷きました。

「つまりハロウィンというのは、死者を偲《しの》ぶ日ということか」

「ええ。ですから我が家の場合、ハロウィンの夜はあんまり大騒ぎしないんですよ。仮装とかの行事は昼のうちに済ませて、夜はそれぞれの部屋で静かに祈りを捧《ささ》げることになっていますね」

「では、今夜は我も静かに過ごすとしよう。久しぶりにハルトのことでも思い出してやるか。……ヤツのことだから、今もどこかで生きていて、ひょっこり姿を現しそうであるがな」

「でも、ご先祖さまのお墓はちゃんと我が家の近くにありますよ」

「もちろん分かっておるとも」

穏やかな、けれども、少しだけ寂しそうな横顔でリベルが頷《うなず》きます。

「もしもヤツが生きておるなら、とっくに我のところへ顔を出しておるはずだ」

「ご先祖さまと仲良しだったんですね」

「違う。ただの腐れ縁だ」

本当でしょうか？

リベルは時々、発言と本音がズレていることがありますからね。

私には分かりますよ。


クッキーを食べ終えたあと、私たちは屋敷へ帰ることにしたのですが、道中、リベルはずっとカボチャの被《かぶ》り物《もの》をしていました。

もしかして気に入ったのでしょうか。

「頭の重みがちょうどいい。なにより、ふわふわしておるからな」

リベルはそう答えると、両手でポフポフとカボチャの被り物を撫でました。

こういうところ、ちょっと可愛いですよね。

◇　◇

その夜、私は屋敷の自室で静かに祈りを捧げました。

心に思い浮かべるのは、九歳の時の出来事です。


暗い森の奥、突如として現れた魔物。

私を守るため最後まで勇敢に戦ったお母様と、護衛の騎士たち——。


貴方《あなた》たちの犠牲に釣り合うだけの働きを、私は果たせているでしょうか。

きっと、これは永遠に答えの出ない問題ですね。

死者は語らず、ただ心の中に在り続けるだけ。

それで構いません。

お母様、そして騎士の皆さん。

私が道を誤らないように、どうか見ていてください。

第一章　外交を任されました！

ハロウィンから半月ほどが過ぎた十一月の中旬。

私とリベルはドラッセンの街を離れ、ビーワ湖という場所に来ていました。

地図上の位置としては、ナイスナー王国の中央……「へそ」というべき地点にあります。

余談ですが、この湖を「ビーワ湖」と命名したのは私のご先祖さまのようです。

ニホンにある「ビワ湖」とそっくりの形なので、それにちなんで「ビーワ湖」と呼ぶことにした……という言い伝えが残っています。

さて。

この日、私とリベルが何のためにビーワ湖まで来たのかと言いますと――

日帰りの家族旅行ですね。

ナイスナー家では古くからの恒例行事として、十一月の中頃に家族でビーワ湖へ釣りに出かけることになっています。

この二年ほどは魔物の襲来やフォジーク王国とのトラブルのせいで旅行は見送りになっていましたが、今年は大きな問題も起こらず、無事に当日を迎えることができました。

ライアス兄様はすでに現地に到着しており、護衛の騎士たちに野営の準備を命じていました。

それが一段落ついたところで、私たちのところへ駆け寄ってきます。

「フローラ、リベル殿！　よく来てくれたな、待ってたぜ！」

「お久しぶりです、ライアス兄様」

「ライアス、汝は相変わらず元気が溢《あふ》れておるな」

「俺はこの国の王子だからな」

ライアス兄様は、ニッ、と白い歯を見せて笑います。

「トップがションボリしてたら、他の連中だって気分が下がっちまうだろ？　明るく、楽しく、勢いよく！　どんな時も上げていくのが俺の人生だ。……どうだフローラ。俺、最高にイケてるだろ？」

「うーん、最後の言葉がなかったら合格点でしたね」

「ちくしょう、余計なことを言っちまった！」

ライアス兄様はおどけた様子でガーンと頭を抱えてみせます。

その身振りがあまりに大げさなものでしたから、私は思わず吹き出してしまいました。

「ふふっ、ライアス兄様は本当にいつも通りですね」

「……父親としては、もう少し落ち着いて欲しいところだが」

そう言ってこちらにやってきたのは、私のお父様……グスタフ・ディ・ナイスナーです。

今日は家族旅行でビーワ湖に来ているわけですが、護衛の騎士を連れているということもあってか、公務の時と同じような服装をしていました。

「親父《おやじ》こそ、いつも肩肘を張りすぎなんだよ」

ライアス兄様は肩を竦《すく》めながら言い返します。

「せっかくの休みなんだし、ちょっとくらい羽目を外した方がいいんじゃねえか」

「わざわざ羽目を外さなくとも気分転換はできる。……フローラ。今朝、パウンドケーキを焼いてみた。食べてみないか」

「いいですね」

お父様、こう見えて意外とお菓子作りが得意なんですよね。

小さいころにクッキーの焼き方を教えてもらったんですが、今も役に立っています。

たとえば、ほら、この前のハロウィンとか。

「グスタフよ、パウンドケーキと言ったな。我も食べてよいのか」

「もちろんです」

お父様はリベルの言葉に頷きます。

「精霊王殿の口に合うか分かりませんが、ぜひ、ご賞味ください」

「親父、俺のもあるよな」

「……なんのことだ」

「えっ」

ライアス兄様が驚いたように声を上げました。

よほどショックだったらしく、完全に固まっています。

お父様はフッと笑みを浮かべると、ライアス兄様に告げました。

「冗談に決まっているだろう。おまえに言われたように羽目を外してみただけだ」

「じゃあ、俺の分もあるんだな」

ライアス兄様はホッと安堵《あんど》のため息を吐《つ》きました。

「まったく、驚かさないでくれよ。心臓に悪すぎるぜ」

「ククッ。ライアス、これは汝の自業自得だな」

リベルはからかうように告げると、私のほうに視線を向けます。

「フローラ。汝の家族は本当に仲が良いな。羨ましいことだ」

「ありがとうございます。でも、そんな他人事みたいに言わなくてもいいと思いますよ。リベルも
私たちの家族みたいなものじゃないですか」

「……ふむ」

リベルは考え込むように口元に右手を当てると、私、ライアス兄様、そしてお父様へと視線を向
けていきます。

いったいどうしたのでしょうか。

「本来、竜は孤高の存在だ。……だが、汝らの一員となるのは実に魅力的だな」

「リベルだったら大歓迎ですよ。それじゃあ、まずは家族みんなでおやつにしましょうか」

「うむ。家族、か」

「どうしました？」

「よい響きの言葉だな。不思議と胸のあたりが温かくなる」

その気持ちはよく分かります。

家族って、温かいですよね。

◇　◇

護衛の騎士たちが湖の近くにテーブルセットを用意してくれたので、私たちはそこでパウンドケーキを食べることにしました。

お父様の焼いたパウンドケーキはしっとりの食感で、表面に添えられたサクサクのナッツがいいアクセントになっています。

これならいくらでも食べられそうですね。

「お父様。今度、レシピを教えてもらっていいですか」

「分かった。あとで紙に書いて渡そう」

「ほう」

リベルが私の隣でキュピーンと眼《め》を輝かせました。

「フローラの作るパウンドケーキか。それは気になるな」

「上手にできるかどうかは分かりませんけどね」

「汝《なんじ》ならば大丈夫だ。ハロウィンのクッキーもよい出来だったからな」

「フローラ、クッキー焼いたのか？」

そう問いかけてきたのはライアス兄様です。

「ええ、ドラッセンの子供たちに渡したんです」

「そいつは羨ましいな。俺もそっちに行けばよかったぜ」

「ライアス兄様は子供じゃないからあげませんよ」

「ちくしょう！」

「気を落とすでない、ライアス」

「リベル殿。俺を慰めてくれるのか……。ありがとうよ」

「うむ。ついでにいいことを教えてやろう」

そう言ってリベルはニヤリと意地悪な笑みを浮かべました。

「ハロウィンのクッキーだが、一袋だけ余ってな。我とフローラの二人で食べたぞ」

「なんてこった。慰めかと思ったらただの自慢話じゃねえか。くそう、こうなったら残ったパウンドケーキは俺が食うしかねえ！」

「ライアスよ、意味が分からんぞ」

「俺も分からねえ！　ヤケ食いだ！　……ごほっ、ごほっ」

「大丈夫ですか？」

私は、噎《む》せて咳《せ》き込《こ》むライアス兄様の背中をさすります。

「助かったぜ、フローラ。急いで食べるものじゃねえな」

「当たり前じゃないですか。ちゃんと味わって食べないと、焼いてくれたお父様にも失礼ですよ」

「確かにな。すまねえ、親父」

「気にしなくていい。おまえの早食いはいつものことだからな」

お父様は口元に笑みを浮かべながらそう答えると、湖のほうに視線を向けます。

「さて、腹ごしらえも済んだことだ。――釣りを、始めるとしよう」

パウンドケーキを食べ終えたあと、私たちはビーワ湖に掛かっている桟橋に向かいました。

日差しも暖かいですし、絶好の釣り日和ですね。

爽やかな秋風が吹き抜け、湖の水面を揺らします。

「よっしゃ！　また来たぜ！」

ライアス兄様はかなりの好調で、釣り糸を垂らすたび、数分もせずに魚が食いついてきます。

釣った魚を入れるための桶《おけ》はすでに三個目です。

一個目と二個目は満杯となっており、少し離れたところではネコ精霊たちが焼き魚を始めていました。

「ちゃららら～、じょうずにやけました～」

「どんどんやくよ～」

「けしずみにしてやるぜ～！」

いや、消し炭にしたらもったいないですよ。

「……よし。来たか」

お父様も順調ですね。

一定のペースで、魚を確実に釣り上げています。

そして、私とリベルはといえば――。

「静かですね」

「うむ。静かだな」

どちらの釣り糸も、ただ、風に揺れるばかりです。

魚はまったくやってきません。

「フローラ、我にいい考えがあるぞ」

ふと、リベルが言いました。

「精霊に命じれば、汝のところに魚を集めることもできよう。どうだ」

「ほう」

「うーん、遠慮しておきます。こういうのは自分で釣るから面白いんですよ」

「結果よりも過程が大切な時もあるんです。それが今ですね」

「なるほど。だが、退屈ではないのか」

「大丈夫ですよ。家族みんなで釣りをしている、この時間がすごく好きですから。……リベルは、飽きちゃいましたか」

「いや」

リベルはフッと笑みを浮かべると、首を横に振りました。

「こうして汝と二人で釣り糸を垂らしているだけというのも、なかなかに悪くない。穏やかで、心が満ち足りておる。……ん？」

「どうしました？」

「フローラ。糸が揺れておるぞ」

あっ。

本当ですね。

釣り竿《ざお》にも手応えが伝わってきました。

「これは大きそうですね。油断してると、逃げられちゃうかもしれません」

「ならば我も手伝おう。これも守護者の務めだ」

リベルは自分の釣り竿を足元に置くと、私のすぐ横にやってきます。

そして大きな両手を、私の釣り竿に添えました。

「む……！　この魚、かなり力が強いな」

「せーの、で一気に釣り上げましょう。——せーの！」

えいやっ！

私たちは息を合わせて竿を引きます。

一拍遅れて、スポン、と水面から何かが引っこ抜けるような感触がありました。

釣れた！

釣れましたよ！

って、ええええええええっ？

喜びはすぐに戸惑いに変わりました。

というのも、釣り糸の先に食いついていたのは魚ではなく、大きなカメだったからです。

カメは空中で釣り糸から口を離すと、クルクルと回転しながら私たちの目の前に着地します。

それから、クリッとした黒い目をこちらに向けて言いました。

「どもども、あっしはカメの精霊ってやつです。よろしく、よろしく」

ええと。

カメの精霊、釣れちゃいました。


「いやはや、驚かせちまいましてスミマセン」

カメの精霊は軽い調子で言いながら、後ろ足で器用に立ち上がります。

「精霊王さんとフローラリアさんが近くにいると聞きましてね。ご挨拶に駆け付けた次第です。そうしたらおいしそうなエサが浮かんでるじゃねえですか。それでつい、パクッ、と噛みついちまったんですよ」

「口の中は大丈夫ですか？　釣り針、刺さってたと思うんですけど」

「いやー、そいつはご心配なく。あっしも長生きはしてますからね。ちゃーんと針の横から食いついて、刺さらないように気を付けていましたとも。それにしてもフローラリアさん、あっしみたいなカメを心配してくれるだなんて、あんたって優しいヒトだねえ」

「いえいえ、無事ならよかったです。……というか、挨拶がまだでしたよね。ナイスナー王国王女、そしてブレッシア領領主のフローラリア・ディ・ナイスナーです。よろしくお願いします」

「さっきも言いましたが、あっしはカメの精霊です。気軽にカメとでもお呼びくだせえ」

カメさんはそう言うと、次に、リベルのほうへ視線を向けました。

「精霊王さん、元気そうでなによりです。まったく、三〇〇年前はどうなることかと……」

「我がこうして生きておるのも、そこにいるフローラの回復魔法あってのことだ。汝もよく感謝しておくがいい」

「ええ、もちろんですとも。――フローラリアさん、精霊王さんの命を助けてくれてありがとうございます。いずれ恩返しはさせていただきますんで、今後にご期待くだせえ」

「どういたしまして。でも、無理はしないでくださいね」

「ええ、合点承知ですぜ」

カメさんは右の前足をピシッと上げて返事をします。

さて。

私たちがそんな話をしているうちに、お父様とライアス兄様もこちらにやってきました。

せっかくですし、カメさんを紹介しておきましょうか。

喋《しゃべ》るカメというのは常識的に考えればありえない存在ですが、お父様もライアス兄様もすでにネコ精霊たちと交流があるおかげか、カメさんともすぐに打ち解けることができました。

「カメ殿は大昔からビーワ湖で暮らしている、というわけか」

お父様の言葉に、カメさんは頷《うなず》きます。

「ええ、湖のヌシみたいなものをやらせてもらってます。あっしは長生きだけが自慢でしてねえ、国王さんの先祖の、ハルトさんのことも存じておりますよ」

「三〇〇年前の戦いでは、カメをよく盾にしておったな」

リベルが懐かしむように呟《つぶや》きます。

「ヤツはカメ使いの荒い男であった」

「でも、やりがいはありましたぜ」

カメさんはそう言うと、私のほうに視線を向けます。

「フローラリアさん、もし危険な場所に行く時はあっしにも声を掛けてくだせえ。精霊王さんを助けてもらった恩もありますし、全身全霊で守りますぜ」

「ありがとうございます。その時はお願いしますね」

「しかしカメよ、汝の出番はないかもしれんぞ」

リベルがニヤリと笑みを浮かべました。

「なにせこの我が、フローラを守護しておるからな」

「おっと、俺のことも忘れちゃ困るぜ」

ライアス兄様が身を乗り出しながら私に言います。

「リベル殿だけじゃ手が足りない時は、まずは俺を呼んでくれ。なにせ、俺はフローラの兄貴だからな」

「ライアス兄様はこの国の王子ですし、安全な場所にいてもらったほうがいいと思いますよ」

「くっ、大切な妹を守ることもままならねえのか。自分の立場が恨めしいぜ……」

ライアス兄様は残念そうに肩を落とします。

「こうなったら仕方ねえ。リベル殿、フローラのことは頼むぜ」

「うむ。我に任せておくがいい」

リベルが力強い調子で頷くと、それを見て、カメさんが口を開きました。

「精霊王さんは、フローラリアさんのことを気に入っているんですねえ」

「当然であろう。命の恩を抜きにしても、フローラは面白いからな。一緒にいて飽きん」

「私、また珍獣扱いされてませんか」

「さて、どうだかな」

リベルはククッと笑い声を漏らすと、私の頭をくしゃくしゃと撫でました。

「おっと、挨拶のつもりが長話になっちまいました。こいつは失敬。あっしはもう行きますんで、家族団欒《だんらん》を楽しんでくだせえ。それでは、それでは」

会話が一段落つくと、カメさんはそう言って湖へ帰っていきました。

うーん。

こんなところで新しい精霊に出会うなんて、本当に予想外でした。

揺れる水面を眺めていると、隣でライアス兄様が呟きました。

「まさか精霊を釣り上げちまうなんて、さすがフローラだな」

「そこ、褒めるところですか」

「隙あらばフローラを褒める、それが正しい兄貴ってもんだろ。だよな、リベル殿」

「その通りだ。ライアスよ、これからも兄として励むがいい」

リベルは大げさな様子で頷くと、さらに言葉を続けます。

「冗談はともかくとして、なかなかに愉快な出来事であった。汝《なんじ》はどうだ、グスタフ」

「カメ殿とはいずれじっくりと話をしてみたいものです。湖の中がどのような世界なのか、とても興味があります」

「我の記憶が確かなら、湖に暮らす生物の間では激しい縄張り争いが存在しているはずだ」

えっ、そうなんですか。

カメさんは気さくな雰囲気でしたから、てっきり、湖の中というのは平和な世界だと思っていました。

そのことを話すと、リベルはニヤリと笑いました。

「カメとその一族は武闘派ばかりが揃《そろ》っておる。戦となれば獰猛《どうもう》な戦士に変わるからな。きっと汝も驚くであろう」

「――ってことは、だ」

ライアス兄様が思案顔で呟きます。

「他の国と戦争になったら、カメ殿に来てもらうか」

「その必要はない。我の《竜の息吹《ドラゴンブレス》》があれば人族の国など簡単に滅ぼせるからな」

なんだか二人とも、物騒な話をしていますね。

私としては平和が一番なんですけどね。

って、あれ？

ふと気になったことがあったので、私はお父様に訊ねました。

「お父様。ナイスナー王国の外交関係って、今はどうなっているんですか」

「かなり曖昧だ。我が国の独立は突然のことだったからな。周辺諸国はあまり積極的に接触してこなかった。おそらく、リベル殿や精霊たちの能力を測りかねていたのだろう」

まあ、それは仕方ないですよね。

精霊王であるリベルはもちろんのこと、ミケーネさんやキツネさん、タヌキさん……精霊たちの持つ力はどれもこれも常識外れの代物です。

実際に見たことがないと、そう簡単には信じられませんよね。

ただ、現実問題として我が家はフォジーク王国を打ち破って独立を果たしているわけですから、他国としては判断に困り、接触を控えているのでしょう。

「じゃあ、ナイスナー王国は周辺諸国とまったく国交を結んでいない、ってことですね」

「ああ。フローラの言う通りだとも」

お父様は私の言葉に頷きます。

「その意味において我が国はまだ国家として半人前だ。……たが幸いなことに、先日、海の向こうにあるカルナバル皇国から接触があった。ナイスナー王国と正式な国交を結びたい、とのことだ」

「カルナバル皇国ですか」

その国のことなら知っていますよ。

私、もともとはフォジーク王国の王妃候補でしたからね。

周辺諸国の情報はすべて頭に叩《たた》き込《こ》んであります。

カルナバル皇国は、南の海を挟んでナイスナー王国の向かいに存在しており、漁業が盛んなことで知られています。

特に有名なのは牡蠣《かき》の養殖ですね。

魔法を使っての温度管理によって、天然ものと変わらない味を実現しています。

もうすぐ牡蠣のおいしい季節ですし、国交を結べたら輸入を働きかけたいところです。

……じゅるり。

まあ、私の個人的な野望はさておき――

お父様はさらに話を続けます。

「我が国がテラリス教から正式な国家として認められたこともあって、カルナバル皇国も国交樹立にかなり前向きだ。これまで水面下で話し合いを続けてきたが、来月、あちらの国から外交使節を迎えて本格的に交渉を進めていくことになった」

「なかなか順調ですね」

今は十一月ですから、うまくいけば来年早々に正式な国交を結べそうです。

なお、国交を結ぶ、とは簡単に言うと「お互い、自国の文官や外交官などを相手の国に常駐させ、国家間のやりとりがスムーズに進むように準備しておくこと」ですね。

そして文官や外交官の職場として相手国に建設されるのが、いわゆる大使館や領事館となります。

「今回の交渉は、国交を結ぶだけですか」

「いや、話し合うべき内容は他にもある。領海の設定、貿易における関税、自国の旅行者が相手国で災害に遭った場合の対応——。将来的なトラブルを避けるためにも、事前にいくつか取り決めをせねばならん。最終的には、ナイスナー王国とカルナバル皇国のあいだで複数の条約を結ぶことになるだろう。そこで——」

お父様は身を屈《かが》めると、私と目線の高さを揃えて告げました。

「フローラ、おまえに外交使節との交渉を任せたい。目標は二つ。カルナバル皇国との国交樹立と、それに関係する条約の締結だ」

「……私に務まるでしょうか」

交渉の結果はそのままナイスナー王国の将来に繋《つな》がってくるわけですし、なかなかの大仕事ですよね。

さすがにちょっとプレッシャーを感じてしまいます。

そんな私の不安を見越してか、お父様は口元に優しげな笑みを浮かべると、こう言いました。

「大丈夫だ。フローラの優秀さはわたしがよく理解している。それに、おまえにはリベル殿がいるちゃんと、いつのまにか右隣に来ていたリベルが、力強く頷きました。

「いざとなればネコ精霊に命じて、カルナバル皇国の首脳たちをモフモフさせればよい。今はちょうど冬毛の時期だからな」

「――うむ、任せるがいい」

だろう」

確かに最近のネコ精霊って、夏に比べて毛並みがフワフワしてますよね。

暖かくて柔らかくて、抱えていると眠気がすぐにやってきます。

眠れない夜にオススメ……というのはさておき。

まだお父様への返答をしていませんからね。

私はスッと背筋を伸ばすと、こう告げました。

「お父様、承知しました。カルナバル皇国との外交交渉、引き受けさせていただきます」

「ああ。おまえのことは信頼している。よろしく頼む」

と、いうわけで――。

フローラ・ディ・ナイスナー、このたびカルナバル皇国との外交を任せられることになりました。

これもナイスナー王国が立派な国として発展していくために必要なことですからね。

気合を入れて頑張りますよ。

えい、えい、おー！

◇　◇

ビーワ湖で釣りをしていたらカメの精霊を釣り上げ、お父様に外交について訊《たず》ねてみたらカルナバル皇国との交渉を任せられる。

……冷静に考えてみると、私の人生、なかなかに唐突ですよね。

なお、お父様の本来の予定としては、釣りが終わったあと、カルナバル皇国との外交について説明するつもりだったそうです。

「だが、話の流れがちょうどよかったからな」

「お父様。昔よりも適当になってませんか？」

「いや、若い頃のわたしはこうだった。おまえの母……アセリアに求婚した時も、本当なら準備を整えてから切り出すつもりだったが――」

おっと。

実はビーワ湖って、お父様がお母様にプロポーズした場所なんですよね。

そのせいで変なスイッチが入ってしまったらしく、お母様についての思い出話が始まりました。

うーん。

今回は長くなりそうですね。

おそらく、結婚式までの日々を丁寧に振り返るパターンになるでしょう。

今までに何度か同じ話を聞いています。

亡くなったお母様への愛情が深いのは素敵なことですけど、聞く側としては疲れちゃいますね。

さて、どうしたものでしょうか。

ライアス兄様のほうを見ると、コッソリ逃げ出そうとしていました。

ちょっとズルいですね。

……と、思った矢先、ライアス兄様を取り囲むように白い煙が弾け、ネコ精霊たちが現れました。

「にがさないぞー！」

「ちゃんとおはなしきいてね！」

「イベントスキップはじっそうされておりません！」

最後の一匹だけ何を言っているのかよく分かりませんでしたが、ともあれ、ライアス兄様はネコ精霊たちに取り押さえられていました。

……念のために言っておきますけど、私がネコ精霊たちに命令したわけじゃないですからね。

さて。

お父様の回想は、いよいよ序盤の終わりに差し掛かっていました。

「あれは結婚式の三日前、晴れた昼下がりのことだった。アセリアと親しかった剣士――《赤の剣鬼》ザイン殿がわたしのところに来た。決闘の申し込みかと思ったが、茶を飲んで帰っていったよ。言葉は少なかったが、おそらく、アセリアの結婚相手として認めてくれたのだろう」

さあ、話はここからが本番ですよ。

結婚式に至るまでの三日間を、一時間くらいかけて語ってくれますからね。

頑張って聞き流しますよ！

そんなふうに気合を入れ直した直後のことです。

私の右隣にいたリベルが、両手を掲げ――


パン！


――勢いよく、打ち鳴らしました。

さすがのお父様も驚いたらしく、一瞬、話が途切れます。

その隙を突くように、リベルが告げます。

「話が長いぞ、グスタフ」

ひえええっ。

ばっさり言い切りましたね。

私もライアス兄様もその点は諦めていたのですが、さすがリベル、精霊王だけあって（？）遠慮がありません。

「汝の、亡き妻を想《おも》う気持ちは理解しよう。だが、大切な記憶ならば、それを語るのにふさわしい場というものがあるはずだ。少なくとも、立ち話のついでに語ることではあるまい。違うか？」

「……これは失礼いたしました。確かに、リベル殿のおっしゃる通りです」

「長話になるのなら、せめて椅子を用意せよ。酒もあれば上々だ。ともあれ、フローラを立たせたままというのは可哀想《かわいそう》ではないか」

「いえ、私は平気ですよ」

「汝の平気はアテにならん。放っておくと、すぐに我慢と無理を重ねるからな」

「だよなあ。俺もそう思うぜ」

ネコ精霊に取り押さえられたままのライアス兄様が言います。

「ともあれ親父《おやじ》、おふくろの話をするんだったら屋敷に戻ってからにしようぜ。ついでに『ニホンシュ』と『ヒモノ』があれば最高だな」

ニホンシュというのは米と麹《こうじ》から醸造したお酒で、もともとはご先祖さまの故郷で飲まれていたものですね。

私はまだ飲んだことはありません。

ナイスナー家の家訓で、お酒は二十歳からと定められていますからね。

ただしお正月に出る『アマザケ』だけは酔わないので例外ということになっています。

アマザケ、おいしいですよね。

私は大好きです。

ともあれ、リベルのおかげでお父様の思い出話は一時中断となりました。

これは今までにない展開ですね。

私が内心で驚いていると、お父様が声を掛けてきます。

「フローラ、長話に付き合わせてすまなかった。……アセリアのことになると、時々、周囲が見えなくなる。わたしの悪い癖だな」

「でも、それだけお母様のことを大切に想っている、ってことですよね」

「ああ。……事実ではあるが、娘から言われると、さすがに照れるな」

お父様はそう言ってから、コホン、と咳払《せきばら》いをします。

「話を戻すが、フローラにはカルナバル皇国との外交を任せたい。今のうちに訊《き》いておきたいことはあるか」

「そうですね……」

私は少し考えてから口を開きます。

「先方の外交使節って、どんな方がいらっしゃるんですか」

「確かにそれは説明しておくべきだったな」

お父様は頷くと、さらに言葉を続けます。

「使節団の代表はレオ・カルナバル、カルナバル皇国の皇太子……つまりは次の国王だ」

「ほう」

横で話を聞いていたリベルが、興味深そうに声を上げました。

「皇太子がじきじきに海を越えて、ナイスナー王国まで国交を結びにやってくるのか。カルナバル皇国は今回の外交にずいぶんと力を入れているようだな」

確かにそうですよね。

通常、外交使節の代表というのは国王の信任を受けた外交官が担当するものですし、皇太子自らが相手の国に向かい、交渉のテーブルに着くというのは珍しいケースと言えます。

あくまで推測になりますが、カルナバル皇国としては我が国との関係をものすごく重要視しているのかもしれませんね。

そんなことを考えていると、ネコ精霊の拘束から解放されたライアス兄様が、不思議そうに首を傾《かし》げました。

「あれ？　レオ皇子って第二皇子じゃなかったか？　いつのまに皇太子になったんだ」

「三年前だ」

「三年前ですね」

あら。

お父様と同じタイミングで、同じようなことを言ってしまいました。

こういう時、私たちって親子だな、って感じますね。

お父様は苦笑しつつ、私に向かって告げます。

「フローラ、不勉強な息子に説明してやってくれ」

「たまたま忘れているだけだと思いますよ」

私はライアス兄様にフォローを入れながら言葉を続けます。

「今から三年前、皇太子のギリアム皇子は病で亡くなっています。その結果、弟のレオ皇子が皇太子に指名されたんです」

「……そういやそうだったな。悪い、頭から抜けてたよ」

ライアス兄様は申し訳なさそうな表情を浮かべると、右手で頬《ほお》を掻《か》きました。

「そういえばフローラは、レオ皇子と会ったことがあるんだっけか」

「私が十一歳の時でしたから、五年前ですね」

当時の私はクロフォード殿下の婚約者、つまりは次期王妃だったわけですが、カルナバル皇国の国王一家がフォジーク王国を訪問した際には宮殿を案内させていただきました。

……これ、本当ならクロフォード殿下の役割だったんですけどね。

どうやら嫌で嫌で仕方なかったらしく、前日の夜にこっそり姿を消してしまったのです。

結果、婚約者である私が代役を務めることになり、その際、先方の国王夫妻だけでなく、長男のギリアム皇子（当時はまだ健在でした）や次男のレオ皇子とも顔を合わせています。

ギリアム皇子は大雑把《おおざつぱ》だけど陽気、レオ皇子は内気だけど几帳面《きちようめん》で、正反対の性格ながらも仲のいい兄弟、という印象でした。

……懐かしいですね。

以前に会った時、レオ皇子は十三歳でした。

五年の月日が流れて十八歳になっているわけですし、きっと見た目も大きく変わっていることでしょう。

どんな姿なのか、ちょっと楽しみですね。

◇　◇

「五年ぶりの再会、なんだか波乱の予感がしますわね！　恋の嵐ですわ！」

ビーワ湖での釣りからしばらく経《た》ったある日――

私はドラッセンの屋敷で、親友のマリアとお茶会をしていました。

彼女の実家、システィーナ伯爵家は古くから商会経営を行っており、現在ではマリアが実質的なトップに立っているわけですが、最近はかなり仕事が忙しいようです。

それもあって、かなり疲労が溜《た》まっているみたいですね。

ドラッセンには半月ほど滞在するそうなので、温泉でしっかりリフレッシュしてくださいさてさて。

今日のお茶会で話題になったのは、カルナバル皇国との外交……というか、レオ皇子のことです。

「情熱的に迫るレオ皇子と、独占欲を燃え上がらせるリベル様。そんな二人のアプローチに戸惑うフローラ。ああ、まるで歌劇のようですわ！」

「落ち着いてください。妄想が爆発してますよ」

「爆発しない妄想なんて、何の価値もありませんわ！」

……そうですか。

とりあえず、おやつのヨーカンをもぐもぐしながら聞き流しておきましょう。

ここでリョク茶を一口。

ぷはー。

最近、めっきり冷え込んできたこともあって、温かさが身体に染みますね。

そうしているとマリアが妄想の世界から帰ってきたらしく、苦笑しながら言いました。

「まったく、フローラは相変わらずですわね。クールというか、なんというか」

「親友が騒がしいぶん、バランスを取っているんですよ」

「なかなか言ってくれますわね。この、この」

ふにふに。

マリアは両手で私のほっぺたを掴《つか》むと、むにむにと揉《も》んできます。

「何をするんですか」

「最近は忙しくて、あまりフローラに会えていませんでしたもの。スキンシップで栄養補給ですわ」

「意味が分からないんですけど」

「フローラに触れることによってだけ得られる栄養がありますの。わたくしの心の健康を保つには必須と言われていますわ」

「誰が言ってるんですか」

「もちろん、わたくしですわね」

「つまり、マリアが勝手に主張しているだけじゃないですか」

「そこに気付くとは、さすがフローラですわね。褒めて差し上げますわ」

「どうも」

「ものすごく雑な返事ですわね……」

マリアは苦笑しつつ、私のほっぺたから手を放しました。

「レオ皇子の話に戻りますけど、もしも向こうがフローラに恋心を抱いて、ものすごい勢いで求婚してきたらどうしますの?」

「ありえない仮定すぎて、ちょっと想像がつかないですね……」

「でも、フローラはナイスナー王国の王女ですし、結婚とは無関係ではいられませんわよ。縁談が来た時に備えて、断るためのイメージトレーニングをしておくべきと思いますわ」

「断ることが前提なんですか」

「違いますの?」

……正解ですね。

今は領地経営に集中したいですし、断り文句をあらかじめ用意しておくのは必要なことかもしれません。

「そういうマリアこそ、どうなんですか。縁談が来たら、どんなふうに対応します?」

「重要なのは三点ですわね。一つ目は相手の将来性、二つ目はわたくしに商会経営を続けさせてくれること、三つ目は――」

「三つ目は?」

「フローラの味方であること、ですわ」

「マリアの結婚に、どうして私が関係するんですか」

「あら、当然ですわ。わたくしたちは互いの人生の最も辛い時期を一緒に乗り越えた親友ですもの」

それは、確かにそうですね。

私は九歳の時にお母様を亡くしていますが、マリアも同じ頃に従兄《いとこ》を……初恋の人を事故で失っています。

大雨による土砂崩れに巻き込まれ、遺体も残らなかったそうです。

当時の私たちは頻繁に手紙のやりとりをしており、お互いに誓い合ったのです。

いなくなってしまったあの人に誇れる自分でいよう、と。

そのあと、私は回復魔法を徹底的に磨き上げて極級とされる《ワイドリザレクション》を習得し、マリアは実家のシスティーナ商会を大きく発展させました。

だから私たちの現在《いま》って、互いの存在なしには語れないものなんですよね。

……うん。

「私も結婚するなら、マリアの味方をしてくれる人がいいですね」

「……もう」

マリアはフッと優しげな笑みを浮かべると、右手を伸ばして私の髪に触れました。

「不意打ちで人の心を撃ち抜いてくるなんて、本当にフローラは魔性の女ですわね」


楽しい時間というものは、どうして短く感じられるのでしょうか。

時計が午後四時を回ったところで、お茶会はお開きとなりました。

「本当ならフローラとずっとお喋《しゃべ》りをしていたいところですけど、仕方ありませんわね」

マリアは残念そうにため息を吐《つ》きました。

「今日は夕方からドラッセンの商会事務所で会議がありますの。議題は、以前にフローラが開発した化粧品ですわね」

「『アルジェ』の化粧水とハンドクリームですね」

半年前、私はドラッセンの特産品を作るという目的のもと、温泉水を配合した化粧品を開発しました。

そのブランドの名前が『アルジェ』ですね。

命名したのはマリアで、古い言葉で『銀』を意味するのだとか。

私の二つ名である《銀の聖女》から取ったそうです。

現在、『アルジェ』の化粧品はネコ精霊たちによって製造され、システィーナ商会が販売を行っています。

そういえば、売上はどうなのでしょう。

マリアに訊いてみると、こんな答えが返ってきました。

「かなり順調ですわね。リピーターも多いですし、システィーナ商会が取り扱っている商品の中ではトップクラスの利益が出ていますもの」

ほっ。

それはよかったです。

自分の開発したものが赤字になっていたら、さすがに申し訳ないですからね。

私が安堵《あんど》のため息を吐いていると、マリアがほくほく顔で告げます。

「『アルジェ』の化粧品のおかげで、システィーナ商会は今までにないほどの黒字になっていますわ。フローラにはひたすら感謝ですわね」

「いいえいえ。お礼を言うのは私のほうですよ。化粧品をあちこちに売り込んでくれたおかげで、ドラッセンへの観光客や移住希望者が増えてるんです。本当にありがとうございます」

「ふふっ。わたくしたち、ビジネスパートナーとしても相性が抜群ですわね」

マリアはそう言って微笑《ほほえ》むと、さらに話を続けます。

「夕方からの会議では『アルジェ』の海外展開について話し合うことになっていますの。最初のターゲットはカルナバル皇国を考えていますから、ある意味、バッチリのタイミングですわね」

「国交が成立したら、向こうの国の人たちもナイスナー王国に注目しますよね」

「その機会を狙って、化粧品をガンガン売り込んでいきますわ。商会の明るい未来のためにも、外交交渉が上手《うま》く行くことを願っていますわ」

「任せてください。リベルも一緒ですし、きっと大丈夫ですよ」

私は頷くと、右手で小さくガッツポーズをしました。

今頃カルナバル皇国の使節団を乗せた船は陸を離れ、ナイスナー王国に向けて海を進んでいることでしょう。

歓迎の準備も進めていかないと……なんて考えていた矢先、ポン、と足元で白い煙が弾けました。

現れたのは、精霊のキツネさんです。

サッと一礼すると、いつになく早口でこう言いました。

「フローラリア様、ご歓談のところ申し訳ございません。カモメの精霊から緊急連絡が入りました」

カモメの精霊？

先日のカメさんもそうですけど、世の中にはいろいろな精霊がいるんですね。

それより、緊急連絡の内容はなんでしょうか。

キツネさんはさらにこう告げました。

「カルナバル皇国の使節団を乗せた船が、海上でワイバーンの群れに襲われているそうです」

第二章　レオ皇子にお会いしました！

ワイバーンとは『偽竜』と呼ばれる魔物で、顔と身体はトカゲ、翼はコウモリ、尻尾はヘビに似ています。

たとえるなら、いろいろな動物をツギハギして作った、竜っぽいナニカ……でしょうか。

ちなみに本物の竜であるリベルと違い、ワイバーンに腕はなく、両足の先はワシのような鉤爪《かぎつめ》になっています。

ワイバーンには「渡り」と呼ばれる特殊な習性があり、毎年、八月の終わりになると越冬のために北西から南東へ移動します。

ナイスナー王国とカルナバル皇国のあいだに広がる海……ミナミル海はちょうどワイバーンの「渡り」道になっているんですけど、今はもう十二月ですよね。

本来ならとっくに南東へ渡っている時期ですが、考えるのはあとにしましょう。

「マリア。私、ちょっと行ってきます」

「どこに、なんて訊くのは野暮《やぼ》ですわね」

そう言ってマリアは右眼《みぎめ》でパチリとウインクしました。

「わたくしの見送りは不要ですから、フローラは急いで使節団のところへ出発してくださいまし」

「ありがとうございます。会議、頑張ってくださいね」

「ええ。居眠りしないように気を付けますわ。では、ごきげんよう」

マリアはスカートの裾を広げて一礼すると、颯爽《さっそう》とした足取りでラウンジを出ていきました。

私もボンヤリしていられませんね。

パン、と両手でほっぺたを叩《たた》いて気合を入れると、キツネさんに声を掛けます。

「キツネさん。使節団の救援に向かいましょう。リベルはどこですか？」

「ちょうど今、到着なさいました。あちらをご覧ください」

キツネさんはそう言うと、恭しくお辞儀をしながら左手で近くの窓を指し示します。

見れば、窓の向こうにはリベルの姿がありました。

こちらを向くと、右手でチョイチョイ、と手招きをしてきます。

……さて。

ラウンジから玄関まではそこそこ距離がありますね。

時間がもったいないですし、ちょっとズルをしましょうか。

私は窓を開けると、そのまま窓枠に足を掛けようとしました。

「フローラよ、何をやっておる」

「緊急事態なので時間を短縮しようかと」

私がそう答えると、リベルはフッと口元に笑みを浮かべます。

「確かに、汝《なんじ》はそういう人間だったな。ならば手を貸してやろう」

リベルはそう言って、こちらに右手を差し出しました。

「ありがとうございます。――よいしょ、っと」

私はリベルの手を取ると、引っ張ってもらいながら窓枠を乗り越えます。

そのままスタッと着地……できたらよかったんですけど、勢い余ってつんのめり、そのままリベルの胸板へと突撃してしまいました。

「わわっ……。わぷっ」

「まったく、何をやっておる」

リベルは苦笑しつつ、私の身体を受け止めます。

「我に懐くのは構わんが、今はそれどころではなかろう」

「分かってます。事情はキツネさんから聞いてますよね」

「うむ。南の海に向かい、カルナバル皇国の使節団に我の力を見せつければよいのだろう」

「……まあ、だいたいそんなところです」

厳密にはちょっと違いますけどね。

細かい話はさておき、船の救援に向かいましょう。


竜の姿に戻ったリベルの右手に乗せてもらい、私はドラッセンの街を離れました。

道案内をしてくれるのは純白の羽根を持つカモメの精霊さんです。

「フローラリア様、はじめまして！　自分はカモメの精霊です！　カルナバル皇国の船はこっちですかも！」

……かも？

『かも』はただの口癖ですかも！　やめたほうがいいなら、頑張って我慢します！　……かも」

「言わないと落ち着かないんですね。自由にしてもらって大丈夫ですよ」

「ありがとうございますかも！　では、出発進行ですかも！」

カモメさんは元気よく声を上げると、羽をパタパタと動かし、南へ向かって飛び始めます。

精霊だけあって、なかなかの速度ですね。

「さて、我らも急ぐとしよう。行くぞ」

リベルは私にそう告げると、翼を大きく羽搏《はばた》かせます。

風が巻き起こり、一気にグッと加速しました。

下を見れば景色があっというまに流れていきます。

草原から森、山、砂浜――そして海。

季節はすっかり冬になっていますし、もしもポチャンと落ちてしまったら、あまりの冷たさに凍えてしまうかもしれません。

「カルナバル皇国の船は無事でしょうか」

「これぱかりは何とも言えん。ワイバーンは空を飛ぶ。人族にとっては厄介な魔物であろう」

そうですね……。

私たち人族がワイバーンと戦う場合、相手が接近してくるのを待って、弓矢や攻撃魔法で迎え撃つしか方法がありません。

戦いの主導権はずっとワイバーンにあるわけで、人族は常に翻弄されるばかり。

しかも今回は船上での戦いで、足場も限られています。

カルナバル皇国の方々が劣勢に立たされているのは間違いないでしょう。

「そういえば、昔、ハルトのやつが面白い戦法を使っておったな」

リベルが懐かしむように呟《つぶや》きました。

「風の魔法を使って大きく跳び上がったあと、ワイバーンの背中から背中に飛び移りながら剣を振るっておった。見事なものであったぞ」

「……えっ」

私は思わず驚きの声を上げていました。

というのも、私のお母様こと《青の剣姫》アセリア・ディ・ナイスナーもワイバーンとの戦いでまったく同じことをしていたからです。

これを『背中ぴょんぴょん戦法』と名付けて我が家の騎士たちに広めようとしていましたが、そもそも普通の人はワイバーンからワイバーンに飛び移ることができないんですよね。

我が家の騎士たちはみんな真面目なので「まずは馬から馬に飛び移る練習だ！」と必死に訓練していたものの、怪我人《けがにん》が続出したせいで「弓矢で狙い撃とう」という結論になっていました。

ともあれ、お母様の『背中ぴょんぴょん戦法』をご先祖さまも使っていたというのは驚きです。

――ということをリベルに話すと、こんなコメントが返ってきました。

「汝の母親は、ハルトの子孫ではなかったはずだな」

「ニホンジンの血を引いているのはお父様のほうですね。お母様は『わたしが編み出した新戦法よ』と自慢してましたから、ご先祖さまの戦い方は知らなかったと思います」

「真の実力者というものは、それぞれ思考過程は違えど、最終的に同じ結論に至るものだ。ハルトと汝の母親の場合も、それであろう」

「つまりワイバーンに最も有効なのは『背中ぴょんぴょん戦法』ってことですか」

「うむ」

リベルは大真面目な表情で頷《うなず》きました。

「ワイバーンの懐に潜り込んでしまえば、戦いの主導権はこちらのものだ。ヤツらは人族を襲うばかりで、自分たちが襲われることはまったく考えておらんからな。混乱に乗じて、一気に全滅させることも可能だろう。……とはいえ『背中ぴょんぴょん戦法』という名前はどうなのだ」

「お母様、ネーミングセンスはイマイチだったんですよね……」

枕をマッキー、お布団をオフトゥンと呼ぶ人でしたし、結婚前は自分の必殺技というべきものに『シュシュッと走ってシャキーン斬り』なんて名前を付けていたそうです。

ちなみに——

この『シュシュッと走ってシャキーン斬り』は、当時まだ独身だったお父様の提案で『疾風一迅』というスッキリした技名に変わっています。

本当かどうか分かりませんけど、これがお父様との結婚を決めた一番のきっかけだったとか。

……そんな話を思い出していると、カモメさんが声を上げました。

「フローラリア様、もうすぐですかも！」

私はハッと我に返り、前方の空へと視線を向けます。

そこには無数の黒い影が蠢《うごめ》いていました。

まだ距離があるせいでハッキリとは見えませんが、おそらくワイバーンの群れでしょう。

視線を海に向けると、そこには船が二隻浮かんでいます。

事前に聞いていた話と照らし合わせるなら、一隻が使節を乗せた客船で、もう一隻が護衛のための軍艦でしょう。

ワイバーンたちの攻撃は、どういうわけか、片方の船にだけ集中していました。

使節の客船か、護衛の軍艦か。

どっちが集中攻撃を受けているのでしょうか。

「フローラリア様！　これ、よかったら使ってくださいかも！」

カモメさんはそう言って近くにやってくると、どこからともなく黒い双眼鏡を取り出しました。

おそらく精霊倉庫に保管してあったものでしょう。

精霊倉庫というのは精霊だけが利用できる特別な空間で、いろいろなものが貯蔵されています。

ネコ精霊の中にはおやつのプリンを入れている子もいるのですが、別の子に食べられちゃうこともあるそうです。

そのあたりを考えると、精霊倉庫というのは共用のスペースなのでしょうね。

余談はさておき、私は双眼鏡を受け取って覗《のぞ》き込《こ》みます。

やはり無数の黒い影はワイバーンで間違いないようです。

その攻撃は、たくさんの大砲を積んでいる船……軍艦に集中していました。

「……あれ？」

変ですね。

軍艦の甲板には人の姿がまったくありません。

大砲もどれひとつ動いておらず、なんだか奇妙な雰囲気です。

そう思った矢先――。


ドォォォォン！


軍艦が大爆発を起こしました。

「えええええっ⁉」

あまりにも急なことだったので、私は驚きのあまり腰を抜かしていました。

そのままバランスを崩して倒れかけたところに、リベルが左手を添えて支えてくれます。

「大丈夫か、フローラ」

「ありがとうございます。……何が起こったんですか」

「――焦げた匂いがする。これは、火薬か」

鼻を、くんくん、と鳴らしながらリベルが答えます。

「推測になるが、カルナバル皇国の者たちは何らかの方法でワイバーンを軍艦に引き付け、内部に仕掛けていた火薬を爆発させたのだろう」

「軍艦を囮《おとり》にした、ってことですか」

「うむ。思い切りのいい策だ。カルナバル皇国には優秀な指揮官がいるのだろう。……見よ、ワイバーンどもが混乱しておるぞ」

こうして会話をしているあいだにもリベルは移動を続けており、双眼鏡に頼らなくても群れの様子が見えるようになってきました。

爆発に巻き込まれたワイバーンは全体の二割ほどですが、残りの八割はいきなりのことに驚き、パニックを起こしています。

「攻め込むなら今だな。……ふむ、ネコたちも追い付いてきたか。フローラ、号令を掛けるがいい。戦の始まりだ」

ネコ？

ここは空の上だし、私たちを追いかけてくるのは難しいような……？

「フローラリア様。これをどうぞかも！」

私が首を傾げていると、カモメさんが黄色いメガホンを渡してきます。

えーと。

ネコ精霊たちがどこにいるのかは分かりませんが、言うだけ言ってみましょうか。

私はメガホンを構えて叫びます。

「皆さん！　やっちゃってください！」

　直後――

「あいあいさー！」

「ぼくたち、ネコ空軍！」

「とつげき！　あいつをばんごはん！」

　聞き慣れたまるっこい声が後方から聞こえたかと思うと、無数のカラスが私たちを左右から追い抜いていきました。

　カラスの背中にはパラソルを構えたネコ精霊たちが乗っています。

「……なんですか、あれ」

「ネコ空軍ですかも！」

　私の疑問に答えたのはカモメさんです。

「フローラリア様が他国と交渉すると聞いて、ネコ精霊たちも準備をしていたんですかも！　いざとなったら、カラスに乗って攻め込むって言ってましたかも！」

「物騒ですね……」

　いつも言ってますけど、もっと平和的に行きましょう。平和的に。

　ただ、今回はそれが役に立ったわけですし、ひとまずヨシとしましょうか。

ネコ精霊たちは左手の手綱でカラスを巧みに操りながら、右手のパラソルでワイバーンたちを海に叩《たた》き落《お》としていきます。

「ネコ精霊たちよ、聞け！　我らの目的は外交使節の救出だ。船に近付くワイバーンを優先して討伐せよ！」

リベルが声を張り上げ、ネコ精霊たちに指示を飛ばします。

こういう姿を見ていると、王様っぽいな、と感じますね。

戦場へと視線を戻せば、ネコ精霊たちによってワイバーンたちは次々に倒されています。

んん？

私は再び双眼鏡を覗き込みました。

というのも、気になるものがチラリと目に入ったからです。

「……マジですか」

双眼鏡の向こうに見えたのは、ワイバーンの背中から背中へと飛び移りながら戦う、一人の老剣士の姿でした。

長い白髪を後ろで一本に束ねています。

年齢としては五十代か六十代くらいでしょうか。

『背中ぴょんぴょん戦法』をやる人、お母様の他にもいるんですね……。

もしや、一定以上の実力を持つ剣士にとっては常識なのでしょうか。ぴょんぴょん戦法。

私が内心で驚いていると、リベルが声を掛けてきます。

「フローラ、落ちぬように気を付けろ。……そろそろ我の出番だ」

「どうしたんですか？」

私が双眼鏡から眼を離して問い掛けると、リベルがこう答えました。

「上を見るがいい。ワイバーンどもの親玉だ」


——シャアアアアアアアアッ！


鋭い咆哮《ほうこう》が頭上から聞こえました。

そちらを見れば、四枚の羽を持つ大型のワイバーンがこちらに向かって急降下してきます。

ワイバーンの上位種、ワイルドワイバーンです。

サイズとしてはリベルと同じくらいでしょうか。

周囲には二十匹ほどのワイバーンをお供のように引き連れています。

「追い詰められた末、我とフローラを狙ってきたか。偽竜にしては賢い判断だ」

リベルはニヤリと笑みを浮かべます。

「この距離ならば船を巻き込むことはあるまい。一気に片付けるか」

リベルは私にそう告げると、息を深く吸い込み、大きく口を開きました。

「グオオオオオオオオオオオオオオオオオオッ！」

《竜の息吹《ドラゴンブレス》》。

リベルの大顎から光が放たれ、ワイルドワイバーンと、周囲のワイバーンたちを呑《の》み込《こ》み、一瞬のうちに消し飛ばしていました。

「あいかわらず、すごい威力ですね」

「そうであろう、そうであろう」

リベルは、ふふん、と誇らしげに胸を反らしながら答えます。

「偽者ごときが我に勝てるはずがなかろう。これが本物の竜の力というものだ」

「……もしかしてリベルって、ワイバーンのことが嫌いなんですか」

「当然であろう」

リベルはきっぱりと断言しました。

「あのような紛《まが》い物《もの》がこの世に存在していること自体、我にとっては腹立たしいことだからな。

……ガイアスめ、次に会う時は覚えておれ」

「どうしてそこでガイアスが出てくるんですか」

「すべての魔物はヤツの生み出したものだからだ。ワイバーンは我への嫌がらせのため、わざわざ醜い姿にしたらしい」

それは確かにムッとしますよね。

私が頷いていると、リベルは周囲をぐるりと見回してからこう言いました。

「残りのワイバーンどもは逃げ始めたな。追撃はネコ精霊に任せればよかろう」

「そうですね。怪我人《けがにん》の治療も必要でしょうし、私たちは客船に向かいましょう」

「……うむ」

あれ？

一瞬、返事に間がありましたね。

「どうしました？」

「いや、大したことではない。大昔の出来事を思い出してな」

リベルは小さくため息を漏らすと、言葉を続けます。

「五〇〇年前、ワイバーンに襲われている人族たちを助けたことがある。……ただ、その者たちは動揺しておったのだろう。我のこともワイバーンと思い込み、こちらに刃を向けてきたのだ」

「そのあと、どうなったんですか」

「ネコ精霊が来て、人族の者たちをモフモフ地獄に陥れておった。最終的には人族からも謝罪があったからな。我はもう気にしておらん」

「でも、ちょっと心に引っ掛かりが残っちゃってるわけですね」

「そんなことはない……わけではないな」

ですよね。

本当に気にしていないのであれば、そもそも話題に出さないはずですから。

私はリベルに笑いかけると、こう告げました。

「もしカルナバル皇国の人たちがリベルをワイバーンと間違えたら、私がみんなをバーンとビンタしちゃいますから安心してください。ワイバーンだけに」

そのあと、カモメさんに周辺の警戒を任せ、私とリベルは客船のほうへと向かいました。

客船へと近づくにつれ、甲板の様子がはっきりと見えてきます。

「弓を持った兵士が多いですね」

「魔術師もそれなりの人数が交じっておるな。元々は軍艦のほうに乗っておったのだろう。……なるほど、そういうことか」

リベルはひとり、納得したように頷《うなず》きました。

「先程の戦いだが、カルナバル皇国側の指揮官はこう考えておったのだろう。……最も優先すべきは外交使節の護衛、ゆえに軍艦そのものはワイバーンへの囮として使い捨てつつ、兵士と魔術師をすべて客船に集め、防戦に徹して時間を稼ぐ。作戦としてはそんなところか」

「でも、守ってばかりだと、いつかは客船を沈められちゃいませんか」

「普通ならそうだろう。だが、カルナバル皇国がこれから外交をする相手……ナイスナー王国には人族の常識を超えた存在が揃《そろ》っておる。我、精霊たち、そして汝《なんじ》だ」

「私も含めるんですか」

「汝は人族で唯一の、極級回復魔法の使い手であろう。常識の外にいることを自覚せよ」

リベルは苦笑しつつ言葉を続けます。

「ともあれ、カルナバル皇国側の指揮官としては、我らが救援に来ることを前提に動いていたのかもしれん」

「だとしたらすごい読みですね。……あっ」

「どうした、フローラ」

「今回の外交使節の代表って、皇太子のレオ皇子なんですよね。……五年前にお会いした時、交流を深めるために『ショーギ』を指したんです」

「ショーギと言えば、ハルトが広めた遊びか」

「ええ、そうです。レオ皇子、ショーギがものすごく得意だったんです。お兄さんのギリアム皇子が『レオは気が弱いが、軍人に向いてるかもな』なんて言ってました」

「ならば先程の戦いも、レオ皇子とやらが指揮を執っていたかもしれんな」

「ですね。可能性は高いと思います」

私はリベルの言葉に頷きつつ、あらためて客船へと視線を向けます。

客船はかなりのサイズで、大きめの一軒家を縦に四つ並べたくらいでしょうか。

リベルが竜の姿のまま降り立つには、ちょっと狭いですね。

甲板にいる兵士や魔術師たちはリベルの巨大さに驚いてはいるものの、敵対的な空気は漂わせていません。

少なくとも、ワイバーンと勘違いされて攻撃を受ける……という事態は避けられそうです。

安心しました。

もしトラブルがあったら、私のビンタが炸裂《さくれつ》するところでしたからね。

手首のスナップを利かせて、ワイルドにバーンと行きますよ。

それはさておき――

先程の戦いのせいで客船はかなり損傷しており、自力での航行ができるかは怪しいところです。船のマストはズタズタに破けていますし、帆柱も根元のところで折れていました。

ワイバーンの攻撃によって負傷した兵士も多く、回復魔法の使い手らしき魔術師たちが数名、治療のためにあちこちを駆け回っていますが、明らかに人手が足りていません。

ここは私の出番ですね。

リベルに視線を向けると、彼もこちらの意図を察したらしく、深く頷きながらこう告げます。

「汝の思う通りにやるといい。人が人を助けるのは自然なことだ」

「ありがとうございます。……船内にも怪我人《けがにん》がいるかもしれませんし、一気にやっちゃいますね」

私は左手で月と星の髪飾りに触れたあと、客船の人々に向かって大声で呼びかけました。

「皆さん！　私はナイスナー王国の王女、フローラリア・ディ・ナイスナーです！　今から、怪我をした人の治療を行います！　――《ワイドリザレクション》！」

詠唱と同時に、暖かな光が視界いっぱいに広がります。

念のために説明しておくと、《ワイドリザレクション》は極級の回復魔法で、瀕死《ひんし》の重傷さえも一瞬で消し去るほどの効果を持っています。

対象範囲は非常に広く、客船全体を包み込んでもまだおつりが来ます。

以前なら発動の下準備として五秒ほど魔力を練り上げる必要があったのですが、最近、瞬間的な発動が可能になってきました。

魔力の総量もまだまだ増加していますし、自分がどこまで成長するのか楽しみです。

《ワイドリザレクション》の光は客船を優しく包んだあと、一〇秒ほどでスッと溶けるように消えていきました。

甲板にあらためて視線を向ければ、誰も彼もが驚きの表情を浮かべていました。

負傷していた兵士のうち数名は、自分自身の身体をペタペタと触り、手足が元通りになっていることを確かめています。

かなり重傷の方もいましたが、無事に助けられたみたいです。

よかった……と安堵《あんど》しつつ、私はリベルの右手からピョンと飛び降りました。

甲板までの距離としては、五メートルほどでしょうか。

『メートル』はテラリス教が定めている長さの単位で、ご先祖さまの手記によると、故郷で使われていた『メートル』とほぼ同じものみたいです。

五メートルの高さというのは、だいたい、二階建ての建物の屋根から地面までの距離ですね。

そのまま着地すると怪我をしますから、爪先から踵《かかと》、膝のクッションへと衝撃を逃がし、最後に甲板へと両手をつきます。

――タッ。

足音は最小限。

それが正しい淑女のマナーです。

根本的な話として、淑女は高いところから飛び降りない気もしますが、まあ、大きな問題ではありませんよね。

たぶん。

直後、リベルも人の姿になって私の横に降り立ちました。

「フローラ、急に何をやっておる。危険であろう」

「大丈夫ですよ。ジュージュツで鍛えてますから」

ちなみに、なぜこんなことをしたのかといえば、ご先祖さまの言葉に「交渉はインパクトが大事」というものがあるからです。

この客船には外交使節団の方々が乗っているわけですし、交渉相手の私がただものではないことを今のうちからアピールするのは必要なことだと思います。

……ということをリベルに対して手短に説明すると、こんなコメントが返ってきました。

「汝の考えは理解した。だが、アピールの方向を間違えてはおらんか」

「そうですか？」

「周囲を見るがいい。皆、困惑しておるぞ」

どれどれ。

私はリベルから視線を外すと、甲板を見回します。

その時でした。

「——飛んだり跳ねたり、元気なところは昔と変わらないな」

甲板にいた人々が、一斉にサッと跪《ひざまず》きました。

その向こうから、青年が一人、飄々《ひょうひょう》とした様子でこちらにやってきます。

やや長めの黒髪は後ろでギュッと結んでまとめられ、左右の耳が露《あら》わになっていました。

左耳にはリングピアスが、右耳には大ぶりで紫色のタッセルピアスが付いています。

カルナバル皇国だと、左右非対称のピアスはその人が皇太子の地位にあることを示すそうです。

国王になると左耳もタッセルピアスにして、左右対称に揃えるのだとか。

青年の背は高く、服装としてはノースリーブで、両腕の逞《たくま》しい筋肉を見せつけるようなラフな格好をしています。

私のほうを見ると、ニッ、と親しげに笑いかけてきました。

「五年ぶりかな。オレのこと、覚えてるかい」

ええと。

私はちょっと考えます。

左右非対称のピアスは皇太子の証《あかし》だから、たぶん――。

「レオ皇子、ですよね」

「正解だ。つーか、コイツを見りゃ分かるよな」

青年は右手でタッセルピアスの房をチョイチョイと撫でると、おどけたように肩を竦めました。

「ともあれ、今回はお互いに国の代表として交渉する相手だ。きちんと名乗っておこうか。オレはレオ・カルナバル。カルナバル皇国の皇太子だ。あらためてよろしく、フローラ」

五年前に会った時の記憶だと、レオ皇子はとても内気で、兄であるギリアム皇子の陰に隠れがちな大人しい少年でした。

けれど、現在の彼はニホンゴで言うところの『ヨウキャ《陽》』ぽい雰囲気に変わっていました。

細かった身体つきもガッシリと男性らしいものになっています。

五年の歳月って、すごいですね……。

私が感心していると、レオ皇子がキョロキョロと周囲を見回しながら言いました。

「ところで、噂《うわさ》に聞く精霊王殿はどこに行ったんだ？　折角《せっかく》の機会だし、挨拶をさせてもらえれば、と思っていたんだけどな」

えっ？

リベルなら私の右横に立っているのに、どうしてそんなことを訊くのでしょう。

おかしいですね。

首を傾げながらリベルのほうを見れば、その顔には面白がるような笑みが浮かんでいました。

……ああ、なるほど。

何が起こっているか分かりましたよ。

「リベル。もしかして【竜の幻惑《ブレゼンス》】を使ってませんか」

「汝の考えている通りだ。クク、よく分かったな」

私の言葉に、リベルは満足そうに頷きました。

【竜の幻惑】とは他人の認識を歪《ゆが》める特殊な力で、それを発動させると、普通の人はリベルを認識

できなくなります。

ただ、私には効きませんけどね。

詳しい理由は分かりませんが、これまで何度もリベルに王権を貸し与えてもらっていることが関係しているのかもしれない……とキツネさんが言っていました。

「どうしてそんなことをしているんですか」

「ハルトの言葉に『交渉にはインパクトが大事』とあるのだろう？　我も試してみようと思ってな。――さて、そろそろ【竜の幻惑】を解除するか」

リベルは右手を掲げると、パチン、と指を鳴らしました。

それから一歩踏み出し、レオ皇子に声を掛けます。

「誰を探しておるのだ」

「へっ？」

レオ皇子は戸惑ったような表情を一瞬だけ浮かべると、すぐに姿勢を正し、畏《かしこ》まった様子で答えました。

「これは失礼しました。自分はレオ・カルナバルと申す者です。もしや、貴殿がかの有名な精霊王閣下でしょうか」

「うむ」

リベルは微笑を湛《たた》えつつ、厳かに頷きます。

「我は星海の竜リベルギウス、すべての精霊を統べる王にして、フローラの守護者である。……汝は、フローラと旧知の仲のようだな」

「はい。五年前にフォジーク王国を訪問させていただいた時、とても親切にしていただきました。今回、こうしてフローラリア王女と再びお会いすることができて、とても嬉《うれ》しく感じております」

「なるほど」

リベルはしばらくのあいだレオ皇子をジッと眺め、やがてこう言いました。

「精霊王である我を前にして、人族が畏まるのは仕方のないことだ。平然としていられるのはフローラくらいであろう」

「いきなり私を話題に出さないでください」

思わず口を挟むと、リベルがこちらを見て、口の端をニヤリと吊《つ》り上《あ》げました。

「……とまあ、この通りだ。そもそもの話、我は人族に対して崇拝や敬意を強く求めるつもりはない。ゆえにレオ、汝も自分を取り繕うのを止めて、肩の力を抜くがいい。そのままでは、いずれ無理が来るぞ」

おや。

リベルが初対面の相手に対して助言をするのって、なんだか珍しいですね。

普段はあまり人族に興味なさそうな雰囲気でしたけど、いったいどうしたのでしょう。

「さしあたっては、我をリベルと呼ぶがいい。フローラに話しかけるように我に話すことも許そう」

「分かりました。……いや、分かった。これでいいか？」

「よかろう。ちなみにだが、我は最初からずっとフローラの横に立っておったぞ。汝には認識できぬよう、精霊としての力を使っていたがな」

「すごいな……。精霊ってのは、そんなこともできるのか」

レオ皇子は素直に驚いているらしく、感嘆のため息とともに目を丸くしています。

一方でリベルは満足そうな表情を浮かべ、私にチラリと視線を投げてきます。

――我もインパクトとやらを与えたぞ。どうだ。

たぶん、そんなことを考えているのでしょう。

私には分かりますよ。

ふふん。

◇　◇

お互いに挨拶を終えたあと、私たちは客船内の応接室に場所を移し、ワイバーンに襲われるまでの経緯をレオ皇子から教えてもらうことにしました。

「ワイバーンってのは越冬のために北西から南東へ移動する。これはフローラも知ってるよな」

「例年、八月の末でしたよね」

「ああ。今は十二月だし、ワイバーンの『渡り』はとっくに終わっている。ナイスナー王国への航行に危険はない、はずだった」

「けれども違ったんですね」

「ああ。ワイバーンたちが南東からやってきたんだ」

「南東？　ちょっと待ってください。じゃあ、とっくに『渡り』を終えて冬支度をしているはずのワイバーンが今の時期になって北西へ引き返してきた、ってことですか」

「そういうことだ」

レオ皇子は困ったような表情を浮かべて頷《うなず》きます。

「オレもカルナバル皇国の皇太子としてワイバーンの生態については勉強しているつもりだが、冬に北西へ突っ込んでいくなんて話、まったく聞いたことがない。正直、驚いたよ」

「いったい何があったんでしょうか」

「オレにも分からない。ただ、今年はワイバーンの『渡り』がいつもより早くて、八月の最初には群れの移動が始まっていた。……もしかすると、あれが前兆だったのかもな。我ながら読みが甘かったよ。もうちょっと警戒しておくべきだった」

「それは考えても仕方のないことであろう」

私の右隣で、リベルが口を開きました。

穏やかな声色で、諭すようにレオ皇子へ告げます。

「未来をすべて予測するなど、精霊王たる我でさえ不可能なのだ。気にすることはない」

「もしかして、慰めてくれているのか？」

「我はただ当然の事実を言っているだけだ」

「貴方《あなた》は優しい人なんだな」

「我は人ではない、竜だ」

リベルはぶっきらぼうな口調で答えると、窓の外に視線を向けます。

照れてますね、これ。

私は左腕の肘で、つんつん、とリベルの脇腹をつつきます。

「フローラ、急に何をする」

「いえいえ。ちょっと可愛いな、と思いまして」

「汝《なんじ》は何を言っておるのだ。我は雄大にして荘厳たる竜だぞ。『可愛い』などという言葉は縁のないものに決まっておる」

「ははっ、お二人さん。ずいぶんと仲がいいんだな」

レオ皇子がからかうように声をかけてきます。

「独り身のオレとしちゃ羨ましいところだ。さて、本題に戻っていいか」

「すみません、話の邪魔をしちゃいました」

「別に構わないさ」

レオ皇子はニッと白い歯を見せて笑いました。

それから「ともあれ」と前置きして、先程の続きを語り始めます。

「カルナバル皇国を出たオレたちは、南東から来たワイバーンの群れに出くわした。正直、詰んだと思ったよ。ただ、ナイスナー王国には精霊王と精霊たちがいて、常識外れの力を持っているらしい。で、そこに賭けてみることにした」

「我らが救援に来ることを見越して、時間稼ぎに徹したわけか」

「そういうことだ」

レオ皇子は頷くと、具体的にどんなことをしたのか教えてくれました。

「ワイバーンは金銀財宝、それから食い物が大好きだからな。特に、うちの国の牡蠣《かき》には眼《め》がない。そういうものを片っ端から軍艦に移して、ついでに爆薬を仕掛けておいたのさ。――もちろん、軍艦に乗っていた連中はみんなこの船に退去させたよ。そこは安心してくれ」

そうして無人となった軍艦を囮《おとり》として使いつつ、私たちが来るまで客船で籠城する……というのがレオ皇子の作戦だったようです。

つまり、リベルの予想がズバリ的中していたわけです。

これは素直にすごいと思います。

リベルの横顔を見れば、口元に満足そうな笑みが浮かんでいます。

すごく簡単に言うと、ちょっとにやけてますね。

一方、レオ皇子はさらに話を続けます。

「正直なところ、生き残れるかどうかは五分五分、いや、一分九分のキツい博打《ばくち》だと思ってたよ。けど、二人がすぐに来てくれたおかげで、最悪の事態は避けられた」

レオ皇子はそこで言葉を切ると、スッ、とソファから立ち上がりました。

それから深々とお辞儀をして、こう告げました。

「フローラ、リベル。本当にありがとう。二人のおかげでこの船は救われた。心から感謝している」

「いえいえ。困った時はお互いさまですよ」

「礼ならばカモメの精霊に言うことだ。あやつが汝らの危機を我とフローラに伝えたのだからな」

「分かった。……カモメの好物っていうと、やっぱり魚か？」

「我の記憶が確かなら、やつは食パンの耳を揚げた菓子を好んでおったな。名前は何だったか……」

「ラスクですね」

　私の言葉に、リベルは「そう、それだ」と頷きます。

「普通のラスクでも構わんが、食パンの耳を使ったものが一番の好物らしい」

「なるほど、こだわりがあるんだな」

　そう言ってレオ皇子は懐からメモ帳を取り出すと、ササッ、とペンを走らせました。

「カモメの精霊にお礼、食パンの耳、ラスク……っと」

　そういえば五年前に会った時も、レオ皇子はいろいろとメモを取ってましたね。

　外見はまるで別人のように変わっちゃいましたけど、根っこの部分はそのままのようです。

　なんだかちょっと安心しました。


　そうして話が一区切りついたところで、コンコン、と談話室のドアがノックされました。

　続いて、やや年老いた男性の声が聞こえてきます。

「レオ皇子。船の被害状況について報告が上がってまいりました」

「ここで聞く。入ってくれ」

「承知しました。では、失礼いたします」

そうしてドアを開けて入ってきたのは、白髪の、やや年老いた男性でした。

顔には幾筋もの深い皺《しわ》と古傷が刻まれ、身体は細く引き締まっています。

ただの側近ではなく、レオ皇子の護衛も兼ねているのでしょう。

……というか。

この人、さっきワイバーンを相手に『背中ぴょんぴょん戦法』をやっていた老剣士さんではないでしょうか。

私がそんなことを考えていると、レオ皇子が言いました。

「彼はザイン、オレの剣術指南役、兼、護衛、ついでに仕事の手伝いもしてもらっている」

「元々は剣術指南役として招かれたのですが、皇子は人にものを頼むのが上手で、気が付くと仕事が増えておりましてな」

老剣士のザインさんは苦笑いを浮かべると、こちらに向き直ります。

「自分はザイン・クローザーと申します。フローラリア様、リベルギウス様。以後、お見知りおきください」

「あの、ひとつ訊《き》いてもいいですか」

私は思わず声を上げていました。

ザインという名前に、ちょっと聞き覚えがあったからです。

「人違いだったらごめんなさい。もしかしてザインさん、以前に《赤の剣鬼》って呼ばれてませんでしたか」

「……その二つ名を聞くのは久しぶりですな」

ザインさんは懐かしそうに眼を細めて呟《つぶや》きます。

《赤の剣鬼》ザイン。

それは《青の剣姫》アセリア・ディ・ナイスナー……つまりは私のお母様に並ぶ実力者として知られた有名な剣士の名前です。

最近はめっきり噂《うわさ》を聞かなくなりましたが、カルナバル皇国に渡っていたんですね。

「まさかここでお会いするとは思っていませんでした。ザインさん、はじめまして。よろしくお願いします」

「ええ、こちらこそ。――ただ、わたしにとってフローラリア様は初対面ではないのですよ。赤子のころに一度だけお会いしております」

「そうなんですか？」

「フローラリア様の母君……アセリア殿とは同じ剣士として親交がありまして、十五年ほど前、ナイスナー家の屋敷に招かれたことがあるのですよ。あの時の赤子が大きくなったものです」

「赤子のころのフローラか。それは気になるな」

リベルが興味深そうに声を上げました。

「詳しく訊きたいところではあるが、汝は被害状況の報告に来たのであろう。先に用事を済ませるがいい」

「お気遣いありがとうございます、精霊王様」

ザインさんはリベルに礼を告げると、レオ皇子のほうに向き直ります。

「皇子、申し訳ございません。年甲斐《としがい》もなく雑談に興じてしまいました」

「別にいいさ。外交交渉の相手と親交を深めておくのは大切なことだからな」

レオ皇子はザインさんにそんな言葉を掛けると、続いて、私たちにこう告げました。

「二人もよければ一緒に報告を聞いてくれ。船の危機を救ってくれた恩人だからな。その権利はあるはずだ」


結論から言えば、カルナバル皇国側の人的被害はありませんでした。

死者、負傷者——ともにゼロ。

「レオ皇子の指揮がよかったからですね」

「いや、救援が早かったおかげだよ。付け加えるなら、死者も負傷者も本来なら何十人も出ていたはずなんだ。けれどもフローラが回復魔法を使ってくれたおかげでゼロになった。さすが《銀の聖女》だよ。ザインもそう思うだろ」

「わたしを含め、この船の人間はみな、フローラリア様とリベルギウス様に深く感謝しております。あとで一度、皆で礼を述べる機会をいただけると幸いです」

「我は構わんぞ。フローラはどうだ」

「私も大丈夫ですよ。ちょっと照れくさいですけどね」

「慣れることだ。感謝の念を受け止めることもまた、上に立つ者の責務だからな」

……というわけで、人的被害についての話題はさほど荒れることなく過ぎ去っていきました。

問題は、物的損害です。

こっちは《ワイドリザレクション》ではカバーできない部分であり、なかなか深刻なものでした。

船体側面には複数の大きな亀裂があり、現在のところ浸水は起こっていませんが、今後はどうなるか分かりません。

また、マストおよび帆柱は全損し、ナイスナー王国に行くことも、カルナバル皇国に戻ることも困難な状況のようです。

「付け加えるなら、今の時期は東への海流が強くなっております」

ザインさんは報告の最後にそう言いました。

「現在、すでに船は東に流されつつあります。早急な対応が必要でしょう」

「……こいつは困ったな」

レオ皇子は顔をしかめながら、右耳のタッセルピアスの房に触れます。

ごく自然な動作でしたから、きっと無意識の癖なのでしょう。

「魔物や盗賊の討伐なら得意なんだが、さすがに船の問題はオレの専門外だ。どうしたもんかね」

「悩む必要などあるまい」

リベルがフッと笑みを浮かべながら告げます。

「そうであろう、フローラ」

「ですね」

こういう時、私たちには心強い味方がいます。

「ミケーネさん！」

「はーい！」

ポン、と膝上で白い煙が弾けて、まるっこいネコが姿を現します。

私の契約精霊、ミケーネさんです。

「かくかくしかじかなんだね！　わかった、まかせて！」

私、まだ何も言ってないんですけどね。

ちょっと心配ですけど、大丈夫でしょうか。


ネコ精霊たちはワイバーンの追撃を終え、ちょうど客船のところまで戻ってきていたらしく、すぐに作業に取り掛かりました。

「ふね、ぼろぼろだー！」

「まるでたいたにっく！　だいぱにっく！」

「うみのうえじゃ、ちょっとしゅうりはむずかしいかも！」

おおっと。

甲板に出てネコ精霊たちの様子を眺めていましたが、どうやら海上での修理は難しいようです。

「ふろーらさま、どうしよう」

「あいであ、ぼしゅうちゅう！」

「さいようされたら、そしなをさしあげるよ！」

そうですね……。

私はしばらく考えてから、こう答えました。

「船を修理するのも大切ですけど、一番の目的は、ここにいる人たちを安全な場所に運ぶことですよね」

「たしかに！」

「かにかに！」

「ちょきちょき！」

ネコ精霊たちは頷《うなず》きつつ、その手でカニのマネをします。

その可愛《かわい》らしい姿を眺めつつ、私は言葉を続けました。

「今日、ネコ精霊の皆さんはカラスに乗っていましたよね。あんなふうに空路は使えませんか」

「そら？」

「すかい？」

「そのはっそうはなかった」

ダメでしょうか。

「なんだか、いけるきがする！」

「ぱんがないなら、けーき！　うみがだめなら、そら！」

「フローラさま、ありがとー！」

どうやら採用のようです。

それからしばらくして――

「ネコ空軍、ゆそうさくせんをはじめるよ！」

「あみ、おっけー！　ふね、おっけー！」

「カラスさん、がんばって！」

ネコ精霊たちはどこからともなく（たぶん精霊倉庫でしょう）巨大な網を取り出すと、カラスたちを呼び寄せ、海から船を掬《すく》い上《あ》げるようにして空輸を始めたのです。

「カー！　カー！」

「カァァァァァッ！　カァァァァァァァッ！」

「コケコッコー！」

やけに気合の入ったカラスのほかにも、ニワトリが交じっていますね。

……えっ。

ニワトリって飛べましたっけ。

近くにいたミケーネさんに聞いてみると、

「精霊パワーを注入したら、ニワトリだって飛べちゃうよ！」

という答えが返ってきました。

いつものことではありますが、精霊というのは不思議でいっぱいですね。

ともあれ、これで当面の問題は解決でしょうか。

カラスさんたちにはドラッセンへ向かってもらうことにしました。

客船には外交使節団だけでなく、兵士や魔術師、それ以外にも大勢の船員さんが乗っています。

総数としては一〇〇名を超えており、それだけの人数をすぐに受け入れられる場所というのは限られてしまいます。

その点、私が治めているドラッセンは温泉街で宿がたくさんありますからね。

現状では最善の選択肢でしょう。

「ドラッセンまでは、ぼくが案内するかも！　ついてきてほしいかも！」

先導役はカモメさんにお願いしています。

進路も間違っていなそうですし、あとはのんびり到着を待ちましょう。

「――うまくいったようだな」

リベルはここまでのあいだ、後方で腕を組みながら私のことを眺めていました。

おそらく、いいアイデアが出なかった場合は知恵を貸してくれるつもりだったのでしょう。

「我としては、竜の姿になって船を後ろから押していくつもりだった。……ただ、人族の船というのは脆弱《ぜいじゃく》だからな。うっかり壊してしまう可能性もある。それに比べると、空輪のほうが優れた方法だな。でかしたぞ、フローラ」

「ありがとうございます。網を使うことにしたのは、ネコ精霊の案ですけどね」

「それも汝《なんじ》の発案あってこそだ。もっと誇るがいい」

リベルはそう言って、私の頭をくしゃくしゃと撫でました。

私はなすがままにされながら、周囲……甲板を見渡します。

そこではちょっとした船上パーティが開かれていました。

「ぼくたち、ネコの音楽隊！　素敵な音色をお届けするよ！」

ミケーネさんを筆頭としたネコ精霊の音楽隊が、トランペットやホルン、シンバルなどを鳴らします。

音楽隊には加わらず、リズムに乗ってくるくると踊っている子も多いですね。

人懐っこい様子でカルナバル皇国の人たちに声をかけては、ダンスの輪に巻き込んでいます。

「おにいさん！　おねえさん！　いっしょにおどろうよ！」

「実は俺、騎士団の訓練ばっかりで、ダンスとは縁がなくって……」

「あたしも宮廷の仕事が忙しくて、踊り方なんてぜんぜん勉強してないのよね」

「だいじょうぶ！　ぼくがおしえてあげるよ！　おにいさん、おねえさん、まずはてをつないでね！」

「ええと……。それじゃあ、ひとつよろしく」

「ど、どうも。こちらこそ」

なんだか初々しい空気が漂ってますね。

ここにマリアがいれば目をキラキラさせながら「恋の始まりですわ！　あの二人は要チェックですわ！」なんて声を上げていたでしょう。

ともあれ、ネコ精霊たちはすっかりカルナバル皇国の人々と打ち解けているようです。

人と精霊が楽しそうに過ごしている姿は、眺めていると、なんだか温かい気持ちになってきます。

それにしても――

「なんだか、不思議ですね」

私がポツリとひとりごとを零《こぼ》すと、それを聞いたリベルが問いかけてきます。

「何か疑問でもあるのか？」

「別に大したことじゃないんですけどね」

そう前置きしてから、私はリベルに告げます。

「カルナバル皇国の人たちが精霊に会うのって、今回が初めてじゃないですか。なのに、打ち解けるのが早かったな、と思いまして」

精霊というのはいろいろな意味で常識外れの存在ですし、普通だったら、それを受け入れるのに時間が掛かりそうなものですよね。

けれども実際のところ、カルナバル皇国の人々はすでに精霊たちと親しくなっており、一緒に歌ったり踊ったりしています。

もちろんネコ精霊たちの明るい性格あってのことでしょうが、それでも少しばかり不思議な気持ちにさせられます。

「汝の疑問への答えになるかは分からんが――」

リベルは私の頭から手を放すと、ぐるりと周囲を見回します

「三〇〇年前はこの光景が当たり前のものだった。人族と精霊はよき隣人として、互いに地上で幸福に暮らしておった。我にしてみれば、むしろ、今の光景こそが自然に思える」

「人と精霊が、本来あるべき関係に戻った、ってことですか」

「うむ。女神テラリスは人族と精霊が手を取り合うことを望んでおったからな」

リベルは私にそう告げたあと、コホン、と咳払《せきばら》いをしました。

「ところでだな」

「はい」

「この船についてだが、我が眠っていた三〇〇年の間に人族の技術というのもずいぶん発達したらしい。当時は、片手で運べるような船ばかりだったからな」

「片手って、竜の姿での話ですよね」

「もちろんだとも」

リベルは、こくり、と頷きます。

「それはともかく、我は女神テラリスの眷属《けんぞく》として、人族が生み出したものについてある程度まで把握しておかねばならん。先程、我々は談話室に足を踏み入れたが、他にも食堂やダンスホールのようなものもあった。この大きな船の内部がどうなっているのか、視察が必要だと考えている」

「つまり、船内を探検したい、ってことですね」

私がズバリと言い切ると、リベルは何度か瞬《まばた》きをしたあと、ちょっと照れたように「その通りだ」と答えました。

「……構わんだろうか」

「大丈夫ですよ。ただ、私はちょっと疲れちゃいましたから、ここで休んでいてもいいですか」

「うむ。何かあればネコ精霊たちに声をかけるがいい」

「分かりました。……なんというか、リベルも男の子なんですね」

「汝は何を言っておる。我は何千年の時を生きる精霊の王にして、最強の竜だぞ。『子』などという可愛らしい言葉が似合うはずがなかろう」

「でも、ほら、男の子はいくつになっても男の子、って言いますし。……ご先祖さまの手記にもそう書いてありましたよ。ええ、書いてました」

「疑わしいな」

「あ、バレちゃいましたか」

本当はご先祖さまの言葉じゃなくて、私がいまパッと思いついたものです。

でも、そんなに間違ってないと思うんですよね。


精霊王にして最強の竜、そして大きな船に興味津々な男の子であるリベルを送り出したあと、私は甲板の縁から周囲の景色を眺めていました。

すでに空は茜色《あかねいろ》に染まり、太陽は西の海に沈みかかっています。

「――いい眺めだな」

そんな言葉とともに、左隣にレオ皇子がやってきました。

両手にグラスを一つずつ持っており、どちらも紫色の液体が入っています。

ワインでしょうか。

「お嬢さん、お一つどうだい」

「ごめんなさい。ナイスナー家の家訓で、お酒は二十歳からなんです」

「安心してくれ。ぶどうジュースだ」

「あ、それなら大丈夫です」

私はレオ皇子からグラスを受け取ります。

ぶどうジュースには、小さなバラの花びらが一枚、ちょこんと浮かんでいます。

こういうのって、なんだかオシャレですよね。

私がクスッと笑っていると、レオ皇子がグラスを掲げて言いました。

「それじゃあ、五年ぶりの再会を祝して――。乾杯」

「本当にお久しぶりです。乾杯」

私もグラスを掲げたあと、ぶどうジュースに口をつけます。

こく、こく。

ギュッと濃縮されたぶどうの味が舌に染み込んで、そのあと、ほのかな酸味がやってきます。

「このジュース、おいしいですね」

「だろ？　実は、うちの国のブドウを使ってるんだ」

レオ皇子はちょっと誇らしげな表情を浮かべます。

「フローラなら気に入ってくれると思って、訪問の手土産に持ってきたんだ。樽《たる》でストックしてあるから、あとで受け取ってくれ」

「ありがとうございます。楽しみにしていますね」

私がそう答えながらニッコリ笑うと、なぜかレオ皇子は照れたように視線を逸《そ》らしました。

「どうしたんですか」

「いや、ちょっと夕陽《ゆうひ》が目に入ってね」

本当でしょうか。

夕陽の場所、ちょうど皇子の背後なんですけど。

まあ、光がグラスに反射したのかもしれませんね。

そんなことを考えていると、レオ皇子が「ところで」と言いました。

「実はぶどうジュースの他にも積荷があるんだが、一番の目玉はワイバーンに食われちまってね。それだけが残念だな」

「目玉って、何を持ってきてくださったんですか」

「それはもちろん、カルナバル皇国の名物だよ。特に、今の季節が旬だな」

「牡蠣《かき》ですか」

「正解だ」

レオ皇子は右眼《みぎめ》でパチリとウインクします。

「今年の牡蠣は身の入りがよかったから、フローラに食べてほしかったんだけどな。ワイバーンを軍艦に引き付ける時に使っちまった」

「ワイバーンって、牡蠣が好物なんでしたっけ」

「栄養が豊富だからかな。ワイバーンの連中、いつも『渡り』のついでに牡蠣の養殖場を荒らしていくんだ。本当に困ったもんだよ」

「ネコ空軍に護衛を依頼するのはどうですか」

「そいつは魅力的だな。なにより、ネコってのが最高だ。毛並みも見事なものだし、一度、撫でさせてもらいたいね」

レオ皇子はそう言うと、甲板で歌い踊る人々とネコ精霊たちに視線を向けます。

「それにしても今日は助かったよ。海上でワイバーンの群れに遭遇するなんて、普通なら助からない場面だからな」

「レオ皇子は、私たちが救援に来ることを前提に作戦を立ててたんですよね。……来なかった時のことって、考えてましたか」

「これっぽっちも頭になかったね」

レオ皇子ははっきりと言い切りました。

「フローラだったら、五年前みたいに来てくれる。そう信じてたよ」

「五年前って、何かありましたっけ」

「おいおい、忘れちまったのか」

レオ皇子はガクッと肩を落として言いました。

「覚えてないか？　オレが宮殿で迷子になった時、探しに来てくれただろ」

あっ。

思い出しました。

五年前、レオ皇子はフォジーク王国の宮殿を訪れたわけですが、ある時、敷地内で迷子になってしまったのです。

どうやら兄のギリアム皇子に連れられて宮殿のあちこちを探索していたものの、途中ではぐれたようです。

当然ながら宮殿は大騒ぎになりました。

騎士たちが動員され、皆でレオ皇子を探し回ります。

けれども居場所は分からず――最終的に、私が見つけ出しました。

レオ皇子は自分のせいで大騒ぎが起きたことに怯《おび》え、宮殿の離れにある物置に隠れていたのです。

子供にしか入れないような場所でしたから、大人に分からないのも無理はありませんね。

そのあと、私はレオ皇子を物置から引っ張り出し、その背中をえいえいと押しながら皆のところに連れて行きました。

今になって振り返ると、私、他国の皇子に対してなかなか強引なことをしてますね。

「あの時は失礼しました……」

「別に構わないさ」

レオ皇子は肩を竦《すく》めながら答えると、グラスを傾けてぶどうジュースを飲み干します。

「ともあれ、今回は君が来てくれたおかげで命拾いした。この恩、いったいどうやって返せばいいかな」

「私自身はお礼の言葉だけで十分ですけどね。レオ皇子の気が済まないのでしたら、貸し一つ、ということで」

「分かった。いずれ借りは返すから、楽しみにしておいてくれ」

そう言って、レオ皇子は不敵な笑みを浮かべました。

会話が一段落したところで、レオ皇子は船内に戻っていきました。

遠くにドラッセンの街が見えたのは、それから五分もしないうちのことでした。

……あれ？

街のすぐ東側に、見慣れない建物がありますね。

規模はかなり大きく、たとえるなら、この客船がすっぽり入ってしまいそうなほどです。

屋根がないのも気になりますね。

未完成、といった雰囲気ではないのですが、一体あれは何でしょうか。

近くにいたミケーネさんに聞いてみると、こんな答えが返ってきました。

「船のドックだよ！　街に残ったネコ精霊たちが作ってくれたみたい！」

ああ、なるほど。

私たちが乗っている客船は、現在、カラス（とニワトリ）たちによって空輸されています。

いずれは船を地面に降ろす必要があるわけですが、そのままだと、ゴロン、と横倒しですもんね。

そうなったら大惨事です。

「ミケーネさんがドックを作るように言ってくれたんですか」

「ううん、違うよ！」

「――我だ」

背後から声が聞こえました。

振り返ると、そこにはリベルが機嫌のよさそうな表情を浮かべて立っていました。

「船内を見て回ったが、なかなかに愉快であったぞ。ダンスホールだけでなく、バーや遊戯室もあるのだな」

「皇太子を乗せるだけあって、施設もかなり豪華なんですね」

「うむ。本題に戻るが、この船はあちこちが壊れておる。野ざらしにするのも問題であろう。ゆえに、あらかじめネコ精霊たちに指示を出しておいたのだ」

「ありがとうございます。すっかり頭から抜けていました」

「気にすることはない。我は汝《なんじ》の守護者なのだからな」

「さすがリベル、頼もしいです」

「そうであろう。そうであろう。もっと褒めるがいい」

リベル、なんだかテンション高いですね。

きっと船内の探検がよほど楽しかったのでしょう。

私が思わずクスッと笑みを零《こぼ》していると、やがて、甲板で踊っていたネコ精霊たちが声を上げました。

「もうすぐドラッセンだよ！　ちゃくりくするよ！」

「ふねがゆれるから、きをつけてね！」

「ころんじゃったこは、ぼくたちがきゃっち！」

確かに、バランスを崩した人たちはネコ精霊たちに受け止められていました。

そのままモフモフされていますね。

皆さん、気持ちよさそうな表情を浮かべています。

「わー、オレも転んじまいそうだー」

ちょうど甲板に戻ってきたレオ皇子が、棒読みのような声を上げながら身体を傾けます。

……これ、わざとやってません？

もしかしてネコ精霊にモフモフされたいのでしょうか。

「これは大変だ。我が助けてやるとしよう」

リベルは冗談ぽい口調で呟くと、サッ、とレオ皇子の背後に回り、その身体を受け止めました。

「レオよ、無事か。ククッ」

「……精霊王閣下は、もしかしてオレのことがお嫌いで？」

「さて、どうであろうな」

むしろ気に入ってますよね。

リベルのほうから誰かに関わっていくのって、ものすごく珍しいことですし。

レオ皇子の指揮を高く買っている……というか、軍艦一隻をまるごと囮《おとり》に使って爆破したことがよほど面白かったのでしょう。

私のご先祖さまも破天荒な人だったみたいですから、リベルの好きなタイプなんでしょうね。

さて。

客船はカラスたちに運ばれ、ドックへと入りました。

着陸と同時に、ズシン、と足元が大きく揺れます。

ドックに屋根がない理由、分かりました。

こうやって上空から入ることを見越していたんですね。

私がひとり納得していると、あちこちからネコ精霊の声が聞こえました。

「ふねがとうちゃくしたよ！」

「にもつをわすれないようにきをつけてね！」

「ねここうくうのごりよう、ありがとうございました！」

ネコ航空？

元々はネコ空軍だったような。

まあ、このあたりの曖昧さも含めて、ネコ精霊、って感じですね。

◇　◇

船のドックは木造で、建築に関わったネコ精霊たちがハンマーやクギを持って集まっていました。

頭にはねじりハチマキをしていますね。

私が船から降りると、ネコ精霊たちがワッと集まってきます。

「フローラさま、おかえりなさい！」

「ぼくたち、ねこのけんちくし！」

「とっきゅうこうじでがんばったよ！　えへん！」

ネコ精霊たちは誇らしげな表情で胸を張っています。

「ありがとうございます。お疲れさまでした」

私はそう言って、一匹一匹、頭を撫でていきます。

冬毛だからか、以前よりもモコモコしてますね。

「わーい、ほめられちゃった！」

「やるきがでてきたぞー！」

「フローラさま！　このふね、しゅうりしてもいいかな？」

私としてはお願いしたいところですが、船はカルナバル皇国の持ち物なんですよね。

あ、すぐそこにレオ皇子がいますね。

ちょっと修理について訊《き》いてみましょう。

「……というわけで、船の修理はいかがですか」

「そいつはぜひお願いしたいね。今のままじゃ、カルナバル皇国に帰ろうにも帰れないからな」

レオ皇子はそう言って、自分が乗ってきた船を見上げました。

船体の側面には大きな亀裂がいくつも走っています。

この状態での航行はかなり危険ですね。

「船の扱いについてはオレに一任されている。というわけで、修理、頼んでいいか」

「もちろんです。まあ、実際にやってくれるのはネコ精霊の皆さんですけどね」

私がそう言うと、周囲のネコ精霊たちが声を上げました。

「ぼくたちにまかせて！　がんばってしゅうりするよ！」

「せっかくだから、かいぞうしよう！」

「そらもとべるふねにするぞー」

いやいや、船はカルナバル皇国のものですからね。

勝手に改造しちゃダメです。

というか、空を飛ぶ船って作れるんでしょうか。

そんな船が本当にあったら、きっと、世界が変わっちゃいますよね。

「げんざい、けんきゅうちゅうです。ごきたいください！」

この返事から考えるに、まだまだ先のことみたいですね。

船のドックから出ると、ちょうど、東の空に向かってカラスたちが飛び去るところでした。

「皆さん、船を運んでくれてありがとうございました」

私がそう言って、ペコリ、と頭を下げると、カラスたちは次々に「カァー！」という元気な声で答えてくれます。

もしかして、人間の言葉が分かるのでしょうか。

可能性はありますね。

ネコ精霊たちに精霊パワーを与えられていたわけですし、何が起こっても不思議ではありません。

視線を下に向けると、そこにはカモメさんの姿がありました。

「フローラさま、おつかれさまかも！」

「お疲れ様です。カモメさんも、先導、ありがとうございました」

「どういたしまして！　お役に立てて、嬉しかったかも！」

「今日はゆっくり休んでくださいね」

「そうするかも！　せっかくだし、温泉に入っていくかも！」

ちなみにドラッセンには精霊専用の温泉、『精霊の湯』があります。

カモメさんはそこに向かうのでしょうね。

「ではでは失礼するかも～」

大きく翼を動かして一礼すると、カモメさんはパタパタとその場から飛び去っていきます。

さて、と。

ボンヤリしていても始まりませんし、ドラッセンに行きましょうか。

私は大きく息を吸うと、船から降りたばかりの人々に向かって呼びかけます。

「皆さん！　これからドラッセンの街に入ります！　温泉はぽかぽかですし、おいしい食事もありますから、ぜひ、旅の疲れを癒《いや》していってくださいー！」

直後、わあああああああああっ、という歓声がカルナバル皇国の人たちの間から上がりました。

「やった、温泉だ！　ドラッセン、一度は行ってみたかったんだよな！」

「もうお腹《なか》ペコペコだよ。ナイスナー王国のメシは美味《うま》いって評判だし、楽しみだぜ」

「ここって、ネコ精霊ちゃんたちが住んでる街なのよね。楽しみだわ～」

ネコ精霊だけじゃなくて、キツネさんやタヌキさん、あと、パンダさんもいますよ。

私が街に向けて歩き始めると、すぐ左隣にレオ皇子が並びました。

「フローラ、ちょっといいか」

「ええ、大丈夫ですよ」

「船の積荷について相談させてくれ。ナイスナー王国への手土産もあるし、街のどこかで保管させてくれるとありがたいんだが」

「そうですね。どこか場所を用意したほうがいいですね」

「――ならば、精霊倉庫を使えばよかろう」

そう提案してくれたのは、私の右隣を歩いていたリベルです。

精霊倉庫に入れてしまえば輸送も楽ですし、泥棒が入る心配はありません。

確かに案としてはアリですね。

私がひとり頷いていると、レオ皇子が不思議そうに尋ねてきます。

「精霊倉庫ってのはどういうものなんだ？」

「精霊だけが使える、収納のための異空間ですね。いくらでも入るんでしたっけ」

「うむ。内部では時間の流れも止まっておるし、積荷の食料が腐ることもない。レオ、汝がよければすぐにでもネコ精霊たちに収納を命じよう」

「それじゃあ頼らせてもらっていいか？　うちの国の連中で運び出しをやるべきなんだろうけど、皆、疲れ切ってるからな。今日は早めに休ませてやりたいんだ」

「優しいんですね」

「上に立つ者として当然のことだよ。人間ってのは休める時に休んでおかないと、いざという時に力を出せないからな。最悪、病気か何かで倒れてそのまま逝っちまうかもしれない。……オレの兄上みたいにな」

レオ皇子は小さくため息を吐《つ》くと、右手でタッセルピアスの房に触れます。

そういえば――

お兄さんのギリアム皇子は三年前に亡くなっているんですよね。

レオ皇子にしてみれば、いろいろと思うところもあるのでしょう。

「ともあれ」

湿っぽくなった空気を吹き飛ばすようにリベルが言いました。

「積荷は精霊倉庫で保管しておこう。我がネコ精霊たちに指示を出しておく。フローラ、汝はこのままドラッセンに入るがいい」

「ありがとうございます。お言葉に甘えてそうしますね」

「うむ。ネコ精霊たちが積荷をつまみ食いせぬよう、きっちり目を光らせておこう」

リベルは冗談めかして告げると、私のそばを離れ、船のドックへと向かっていきます。

「二人とも、本当に仲がいいんだな」

ふと、レオ皇子がしみじみとした様子で呟《つぶや》きました。

「まさに息の合ったパートナーってやつか。オレとしては羨ましい限りだね」

「ええ、いつも助かってます。リベルには感謝ですね」

「……なるほど。どっちも自覚なし、ってところか」

「何の話ですか？」

「気にしないでくれ。目の錯覚だ」

それを言うなら空耳ではないでしょうか。

……などという話をしているうちに、私たちはドラッセンの街の東門へと辿《たど》り着《つ》きます。

そこにはキツネさんと、温泉旅館の従業員さんたちがずらりと並んでいました。

従業員さんたちは男性がサムエ《作務衣》、女性がキモノ《着物》を着ています。

どちらも、ナイスナー王国が辺境伯領だったころからの伝統的なワソウ《和装》ですね。

キツネさんがチラリとこちらを見上げてきます。

私が頷くと、コン、コンと咳払《せきばら》いしてから大声でこう言いました。

「カルナバル皇国の皆様、ようこそ、ドラッセンへ！」

それに引き続き、温泉旅館の従業員さんたちが「ようこそ、いらっしゃいませ！」と声を揃《そろ》えながらお辞儀をします。

その動きは寸分の乱れもなく、とても統率の取れたものでした。

「すげえ……」

私の左隣で、レオ皇子が感嘆のため息を吐きました。

「こいつはとんだサプライズだ。……つーか、あの服装、なかなかイケてるな」

「旅館によっては宿泊客にレンタルしてますよ」

「マジか。着られるなら着てみたいぜ」

レオ皇子が目を輝かせていると、キツネさんがこちらにやってきます。

「フローラリア様、お帰りなさいませ。カルナバル皇国の方々の宿ですが、すでに確保は済んでおります。ただ、空室の都合もありまして、いくつかの宿に分かれていただくことになるかと」

「分かりました。――レオ皇子、すみません。皆さんバラバラでも大丈夫ですか」

「オレは構わないぜ。そもそもの話、急に来たのはこっちだからな。しかも大所帯だ」

レオ皇子はそう言って背後にチラリと視線を向けました。

今回、船でナイスナー王国にやってきたのは、カルナバル皇国側の外交使節団に加え、その護衛の兵士や魔術師などなど、合計で一〇〇名を超える規模となっています。

あらためて考えると、すごい人数ですね。

突然のことなのに宿を確保してくれて、しかも出迎えの準備まで整えていたキツネさんには感謝するばかりです。

「申し遅れましたが、ワタシはキツネの精霊です。精霊王であるリベル様と、その守護を受けたフローラリア様に仕えております」

キツネさんはレオ皇子のほうに向き直ると、右手をお腹に、左手を背中に付け、恭しい態度でお辞儀をしました。

「ワタシのことは気軽に、キツネ、とお呼びください」

「オレはレオ・カルナバル、カルナバル皇国の皇太子だ」

「よろしくお願いいたします、レオ皇子」

「こちらこそ。……その尻尾、なかなかフワフワだな」

「冬ですので」

キツネさんは短くそう言うと、ピコピコ、と尻尾を揺らしました。

もしかして喜んでいるのでしょうか。

以前にミケーネさんが言っていたことですが、キツネさんは毎日、一時間以上かけて尻尾の手入れをしているそうです。

キツネさんなりにこだわりがあるのかもしれませんね。

そのあと――

私、キツネさん、そしてレオ皇子の三人（二人と一匹？）で旅館の割り振りをサッと決め、カルナバル皇国の方々には移動を始めてもらいました。

案内は、その場にいた従業員さんたちですね。

「さあさあ、どうぞこちらへ。船旅でお疲れでしょう。夕食の準備もできておりますから、楽しみにしてくださいませ」

「ありがてえ。腹が減って死にそうだったんだ……」

「せっかくワイバーンから生き残ったんだ、食って食って食いまくるぞ」

「従業員さん、ドラッセンの名物料理ってなんですか」

「そうですねえ」

カルナバル皇国の人の質問に、従業員さんは少し考えてからこう答えました。

「最近だと、温泉水を使ったナベリョウリが人気ですねえ。ここの湯で煮込むと、肉も野菜もフンワリやわらかくなるんです」

ナベリョウリというのは名前の通り、鍋で肉や野菜を煮込んだ料理ですね。

元々はご先祖さまの故郷の伝統料理で、お皿への盛り付けなどは行わず、鍋のままドンと食卓に出すのが特徴です。

見た目が豪快なこともあって、冒険者の方々には特にウケがいいのだとか。

ドラッセンの街ではナベリョウリに温泉水を使っており、普通よりも具材がやわらかいんですよね。特にハクサイ《白菜》を食べるとよく分かります。

あと、トーフ《豆腐》もとろとろで、口の中でほろりと蕩《とろ》けます。

思わず「はう」とため息が漏れてしまう食感なので、ぜひ、カルナバル皇国の皆さんにも味わってほしいところです。

……というか。

私もお腹が空《す》いてきましたね。

ぎゅるるるるるる。

ひえっ。

お腹が鳴ってしまいました。

さほど大きな音ではありませんでしたが、すぐ近くにいるレオ皇子には聞こえましたよね。

「ん？」

レオ皇子と目が合いました。

「もしかして呼んだか」

「いえ、お腹の音です」

恥ずかしいことは恥ずかしいですが、ごまかすのはナイスナー家の人間として潔くないですし、ここは正直に言ってしまいましょう。

「……せっかくスルーしようとしたんだけどな」

あっ、そうだったんですね。

気遣いを無駄にしちゃってごめんなさい。

私たちがそんなやりとりをしているあいだにもカルナバル皇国の人たちは割り当てられた旅館へと移動しているわけですが、皆さん、レオ皇子の近くを通るたびに親しげな声をかけていますね。

「レオ皇子、お先に失礼します！」

「お疲れさん。ゆっくり休めよ」

「ありがとうございます。皇子も無理はなさらず！」

「おう。メシ食って、温泉に入って、ついでにニホンシュでも飲んだらすぐに寝るさ」

それ、寝る時には零時を回っているパターンですよね。

ちなみに最近、ナイスナー王国の他の街から職人さんを招いて、ドラッセンでもニホンシュの醸造を始めました。

銘柄は二つで、『銀星』と『赤竜』。

それぞれ私とリベルをイメージしたものだとか。

ライアス兄様が試飲した感想ですが、『銀星』はキリッと辛口、『赤竜』は芳醇《ほうじゅん》な甘口だそうです。

……逆じゃないですか？

私としては、リベルをイメージした『赤竜』こそ辛口であるべきと思うんですけどね。

そのことをマリアに話したら「自分のことはなかなか分からないものですわ」と言われてしまいました。

解せません。

あっ。

完全に話がズレちゃいましたね。

ドラッセンの街を出てから戻ってくるまで、何かとバタバタしていたので私も疲れているのかもしれません。

ともあれ、レオ皇子は自国の皆さんから慕われているようですね。

「皇子。そろそろ我々も参りましょう」

最後に声を掛けてきたのは護衛のザインさんです。

「フローラリア様、そしてキツネ様。宿の手配、誠にありがとうございました。……実は自分、湯巡りを楽しみにしておりまして、年甲斐《としがい》もなく心が浮き立っております」

「しばらくはドラッセンに滞在していただくことになると思いますし、ぜひ堪能していってくださいね」

私はザインさんにそう答えたあと、レオ皇子に告げます。

「ところでレオ皇子、明日の午後、ちょっとお時間いいですか」

「おっと、デートの誘いかな」

「いえ。今後の予定について話し合わせてください。本来の予定なら、まだカルナバル皇国の船はナイスナー王国に到着していないわけですし、こちらの首都にいらっしゃるのはまだまだ先のことでしたよね」

「ああ。ただ、外交交渉を担当するのはフローラだろう？　いっそ、この街にいるあいだに話し合いを済ませてもいいかもな」

「そのあたりも含めて、明日の昼過ぎに相談させてください。午後二時からでいかがですか」

「分かった。会えるのを楽しみにしているよ」

レオ皇子は最後に気取った様子でそう言うと、ザインさんと一緒に去っていきました。

それと入れ替わるように、リベルが私のところにやってきます。

「積荷の収納は終わったぞ。これで盗まれる心配もあるまい」

「ありがとうございます。精霊倉庫って、本当に何でも入るんですね」

「もちろん大きさに限度はある。家屋をまるごと一つ、というのは不可能だな」

「収納できる、できないの目安ってありますか」

「ふむ」

リベルは右手を顎に当てて考えると、こう答えました。

「汝《なんじ》の兄……ライアスが両手で運べるもの、と考えればよかろう。これでイメージはつくか」

「大丈夫です。すごく分かりやすくなりました」

ライアス兄様はかなりの力持ちですけど、さすがに一軒家を持ち上げることはできませんからね。

「とりあえず、カルナバル皇国の人たちはみんな宿に向かいましたし、私たちも屋敷に帰りましょうか」

「いいだろう。フローラ、今日はご苦労だったな」

「まだやることは残ってますけどね」

「何かあったか」

「お父様への報告です」

「なるほど、確かにそれは必要だな」

私の言葉を聞いて、リベルはニヤリと口の端に笑みを浮かべます。

「グスタフのやつ、きっと驚くぞ」

「でしょうね」

本来の予定なら、カルナバル皇国の船はまだ海上を進んでおり、ナイスナー王国には到着していないはずです。

ワイバーンの襲撃、船の空輪、そしてドラッセンへの到着――。

お父様の戸惑う顔が目に浮かぶようです。

「でも、報告の前に夕食を済ませちゃいましょうか。お腹《なか》が空いていたら、頭も働きませんし」

「無論だ。話している途中に腹の虫でも鳴れば、締まるものも締まらんからな」

「……もしかして聞いてたんですか」

「何のことだ」

リベルは心の底から不思議そうに首を傾《かし》げました。

先程、私のお腹が「ぎゅるるるるるる」と鳴ったことを指して、からかっているわけではなさそうです。

「まさかとは思うが、レオ皇子と話している時にでも腹が鳴ったか」

「ご想像にお任せします」

◇　◇

今夜の夕食はスキヤキでした。

これはご先祖さまの故郷の伝統的な料理で、甘辛に味付けしたワリシタで、牛肉や野菜をグツグツと煮込んだものです。

味の染み込んだ牛肉を生卵に絡め、コメと一緒に食べると、とっても幸せな気分になりますよね。


食後――

自分の部屋に戻って一息つくと、私は声を上げました。

「ミケーネさん。ローゼクリス。ちょっといいですか」

「ぼくのこと、呼んだかな？」

「おねえちゃん。どうしたの？」

ポン、ポン、と白い煙が弾け、ミケーネさんとローゼクリスが現れます。

ローゼクリスは世界樹から生み出された魔法の杖《つえ》で、自分の意志で話したり、魔法を行使することができます。

私はミケーネさんとローゼクリスに向かって告げました。

「お父様に連絡をしたいのですけれど、《ネコリモート》を使ってもらえますか」

「うん、いいよ！」

「久しぶりのお仕事だね。ボク、頑張るよ」

ローゼクリスの先端に取り付けられた水晶玉が、力強くピカピカと輝きます。

ちなみに、お父様、ライアス兄様、マリアのところには普段からネコ精霊が常駐しており、必要な時はいつでも《ネコリモート》で連絡が取れるようになっています。

あっ。

いちおう《ネコリモート》について説明しておくと、ミケーネさんとローゼクリスの合体魔法みたいなもので、ネコ精霊を経由して遠くの人と会話ができます。しかも映像付き。

自分のところと相手のところ、両方にネコ精霊がいないと発動できませんが、今のところ問題は起きていませんね。

さてさて。

ミケーネさんはローゼクリスを両手で抱えると、詠唱を始めました。

「遥《はる》か遠き地を繋《つな》げ、すていほーむ、りもーとわーく、すっかりおなじみになりました！」

んん？

以前とちょっと呪文が変わっていますね。

とはいえ効果は同じらしく、私の目の前に、半透明のお父様が現れました。

お父様のほうには半透明の私が現れているはずです。

「フローラか。どうした」

「カルナバル皇国の外交使節について、報告と相談があるんです。今、よろしいですか」

「もちろんだとも。可愛い娘からの連絡を断る父親がいるものか」

お父様は優しげな笑みを浮かべて頷《うなず》きます。

「困ったことがあるなら、何でも言いなさい」

「ありがとうございます。ただ、困っているわけじゃなくって、むしろトラブルはすでに解決しちゃいまして……」

私はそう前置きしてから、今日の出来事を話します。


カルナバル皇国の船がワイバーンの群れに遭遇したこと。

私とリベル、そしてネコ空軍で救援に向かったこと。

カルナバル皇国の人たちにはドラッセンの街に来てもらったこと――。


私がすべての報告を終えると、お父様は眉を寄せ、そのまま黙り込んでしまいました。

衝撃的な情報が多すぎたせいで、どうコメントしていいか困っているのでしょう。

「なんというか、だな」

「はい」

「慌ただしい一日だった、ということか」

「はい。おかげで報告が遅くなってしまいました。ごめんなさい」

私は、ペコリ、とお父様（の映像）に向かって頭を下げます。

「とりあえず、ここまでの話で疑問や質問ってありますか」

「いや、大丈夫だ。状況なら十分に把握できた。要するにフローラは、レオ皇子と外交使節団の者たちの命を救った、ということだな。……よくやった」

お父様は右手を伸ばすと、私の頭をポンポンと撫でました。

まあ、本当に撫でているわけじゃなく、立体映像を通してのものですけどね。

それでもお父様の手のぬくもりが伝わってくるような気がしました。

「カルナバル皇国としても、皇太子をじきじきに他国へ向かわせる以上、万一の事態は覚悟していただろう。とはいえ、もしもレオ皇子が命を落とすようなことがあれば、我が国との関係は拗《こじ》れていたかもしれん。それを未然に防いだのだから、フローラ、おまえには感謝しなければならんな」

「いえいえ。外交を任せられたわけですから、これくらいは当然ですよ」

「まったく」

お父様は苦笑しながら言葉を続けます。

「おまえはいつも型破りなことばかりだな。そういうところは、アセリアによく似ている」

「あっ、お母様といえば」

「どうした」

「《赤の剣鬼》のザインさんに会いました。今はレオ皇子の護衛と剣術指南役、それから執務の手伝いもしているみたいです」

「護衛と剣術指南は分かるが、執務の手伝いまで……？　いや《赤の剣鬼》殿ならありうるか」

「そうなんですか？」

「あくまで個人的な見解だが」

コホン、とお父様は咳払《せきばら》いをすると、抑え気味の声で言いました。

「ザイン殿はかなりの苦労性だ。アセリアにも随分と振り回されていたらしい」

「お母様、けっこう破天荒な方でしたもんね」

私が覚えているエピソードとしては、やっぱり、冬のクマ鍋でしょうか。

いきなり「今夜はクマ鍋にしましょう」と言い出したかと思うと、剣を片手にふらりと山に向かい、夕方にはクマを担いで帰ってきました。

あれはなかなかの衝撃でしたね。

……って、思い出に浸っている場合ではありませんね。

私は我に返ると、話を本題に戻します。

「ところで、今後の予定について相談させてもらってもいいですか」

「もちろんだ。カルナバル皇国の人々にはいずれ首都に来てもらいたいが、まだ受け入れの準備が整っていない。最低でも五日は欲しいところだ」

「では余裕を取って、八日ほどドラッセンに滞在していただくのはどうでしょう」

「問題はない。こちらとしては助かる。ところで、首都までの移動手段は決まっているのか」

「まだ未定ですね」

一応、私としては精霊たちに手伝ってもらおうかな、と考えています。

たとえば修理した船ごとカラスさんたちに空輸してもらえば、数時間ほどで首都に辿《たど》り着《つ》けるでしょう。

そのあたりを付け加えて説明すると、お父様は穏やかな表情で頷きました。

「おまえの考えは分かった。また移動手段が決まったら連絡しなさい」

「はい、よろしくお願いします。……あっ、最後に一つだけよろしいですか」

「一つどころか二つでも、三つでも構わない。わたしにとっては、娘とゆっくり話せる大切な時間なのだからな」

「ふふっ、ありがとうございます」

そんなふうに言ってもらえると、ちょっと嬉《うれ》しくなりますね。

私は口元がにやけるのを自覚しつつ、言葉を続けます。

「カルナバル皇国との外交交渉に関して相談させてください。レオ皇子からは、ドラッセンにいるうちから話し合いを始めてもいいのではないか、という提案がありました。お父様はどう思われますか？」

「悪くない提案だ。であれば、ドラッセンで領海や貿易条約などの草案を作り、首都に移動後、あらためて細部を詰めていく……という進め方が適切だろう。最終的には、わたしも国王として条約の内容を確認させてもらう」

「ぜひお願いします。もしかしたら、うっかりミスがあるかもしれませんし」

「フローラに限ってそれはないだろう。……ああ、そうだ。交渉の場にはリベル殿とキツネ殿を同席させるようにな」

「もちろんです。リベルは普段から一緒にいますから、キツネさんにはあとでお願いしておきますね」

「……普段から一緒、か」

お父様はなぜかフッと笑みを浮かべました。

いったいどうしたのでしょう。

私が首を傾《かし》げていると、お父様が言いました。

「気にしなくていい。仲が良いな、と思っただけだ」

幕間《まくあい》一　親子の会話　～グスタフとライアス～

娘であるフローラとの《ネコリモート》を終えたあと——

グスタフは屋敷の執務室に、息子のライアスを呼んだ。

「親父《おやじ》、用事って言うから来てみたけどよ。何かあったのか」

「つい先程、フローラから連絡があった。カルナバル皇国との外交に関してのことだ。我が国の今後に関わる内容ゆえ、おまえにも話しておこう、と思ってな」

グスタフは真剣な表情で告げながら、自分の膝上でゴロゴロとくつろぐ白毛のネコ精霊を撫でた。

このネコ精霊は《ネコリモート》の媒介役として、普段から屋敷の中で暮らしている。

今ではすっかりグスタフに気を許しており、最近では寒くなってきたこともあってか、寝床に潜り込んでくることもあった。

「にゃごにゃご、すぴー」

白毛のネコ精霊はほどなくして寝息を立て始めた。

グスタフは苦笑しつつ、やや控えめな声でライアスに説明を始めた。

「カルナバル皇国の船だが、どうやら海上でワイバーンの群れに遭遇したらしい」

「冬のこの時期に？　『渡り』はもうとっくに終わっているはずだよな」

「ああ。ともあれリベル殿や精霊たちを引き連れて、フローラが救出に向かったそうだ。……結果は、言うまでもないな」

「ワイバーンはほぼ全滅、犠牲者ゼロ、というか、怪我人《けがにん》がいたとしても《ワイドリザレクション》で全快ってところか」

「正解だ」

「だよな。さすがはフローラ、俺の愛する妹だけのことはあるぜ」

ライアスはそう言ってニッと笑みを浮かべた。

「じゃあ、外交交渉が始まる前からカルナバル皇国に対して貸しを作ったわけか。なにせ皇太子の命を救ったわけだからな」

「客観的にはそうなるだろう。ただ、フローラのことだ。それを交渉の手札にすることはあるまい」

「だろうな。そのへんは親父や俺の仕事だ。んで、カルナバル皇国の船は最終的にどうなったんだ？」

「どうやら航行不能なほど損傷していたらしい。そのため、カラスたちに船を持ち上げてもらい、空路でドラッセンへ移動したそうだ」

「なんつーか、絵本の世界みたいな話だな」

「だが、それが我々の現実だ」

グスタフは短く言い切ると、さらに話を続けた。

「カルナバル皇国の人々にはしばらくドラッセンに滞在してもらう。その間に我々は外交使節を迎え入れる準備を進めねばならん」

「オーケー。そのあたりの手配は俺に任せてくれ」

「構わんのか。おまえも忙しいだろう」

「大丈夫だ。ま、俺も一応この国の王子だからな。やるべき仕事はきっちり果たすさ」

「頼もしいな」

グスタフはフッと口元を緩めた。

こういう時、息子の成長というものを感じる。

以前のライアスは面倒事を嫌ってばかりの放蕩《ほうとう》息子だった。

だが、母親のアセリアを亡くしてからは己の立場というものを自覚したらしく、人の上に立つ者にふさわしい心構えとふるまいを身に付けてきた。

もし自分に何かあっても、ライアスとフローラがいれば大丈夫だろう。

グスタフはこの先のことに思いを馳《は》せつつ、ふと《ネコリモート》で聞いた話を口にした。

「ところでライアス、《赤の剣鬼》ザイン殿は知っているか」

「……ああ」

ライアスはやや複雑な表情を浮かべながら頷いた。

「あのジイさんがどうしたんだ」

「どうやらレオ皇子の側近をやっているらしい。フローラの話では、護衛、兼、剣術指南役、兼、執務の手伝いだそうだ」

「へえ。……つーか、レオ皇子の側近ってことは、あのジイさん、首都に来るのか。うへえ」

「随分とザイン殿のことが苦手のようだな。何かあったのか」

グスタフの問い掛けに対して、ライアスはしばらく黙り込んでいた。

だが、やがて右手でくしゃくしゃと前髪を掻《か》き上げると、意を決したように口を開いた。

「あのジイさん、昔、おふくろの葬式に来てたよな」

「そうらしいな」

伝聞形なのは、アセリアの葬儀においてグスタフはザインと会っていないからである。

後日、弔問客の名簿にザインの名前を見つけ、来ていたことに気付いた……という次第だった。

「実は葬式が終わったあと、あのジイさんから剣の手合わせを頼まれたんだよ。『アセリア殿の剣が受け継がれているか確かめたい』なんて言ってな」

「手合わせを受けたのか」

「もちろん。あのジイさんなりに心の整理をつけようとしてる。そんな気がしたからな。……結果は、まあ、ボロ負けだったよ」

「だから顔を合わせづらい、とうことか」

「ま、そんなとこだよ。とはいえ俺も昔より強くなったし、最近はタヌキのやつと一緒に訓練もしてる。次に戦う機会があったら、負けはしないさ。……つーか親父、ひとついいか」

「どうした」

「親父はさっきまでフローラと《ネコリモート》で話してたんだよな」

「ああ」

「どうして俺を呼んでくれなかったんだよ。せっかく可愛い妹と話せる機会だったのによう」

「すまん。忘れていた」

グスタフは心の底から申し訳なさそうな表情を浮かべた。

なぜライアスを呼び忘れていたかといえば、グスタフ自身、大切な娘から連絡が来たことに浮かれていたからである。

第三章　ドラッセンを案内します！

翌日。

レオ皇子との約束は午後二時からなので、昼までの予定は空白になっています。

今日は休日で、庁舎もお休みなんですよね。

何をして過ごしましょうか。

――と思っていたら、屋敷までマリアが訪ねてきました。

「フローラ！　わたくしが来ましたわよ！」

ナイスタイミング。

さすが私の親友ですね。

思わず自室を飛び出して、玄関まで迎えに行ってしまいました。

「あらあら、熱烈な歓迎ですこと」

「そりゃもう、マリアならいつでもウェルカムですよ」

「ふふっ。そう言ってもらえると、親友冥利に尽きますわ」

嬉しそうに微笑《ほほえ》むマリアを連れて、私は屋敷のラウンジに向かいました。

執事さんにお願いして、リョク茶と、お茶請けのサンショクダンゴ《三色団子》を出してもらいます。

「桜、白、緑――。わたくし思ったのですけど、サンショクダンゴっていつも同じ順番ですのね」

「伝統で決まってるんですよ。意味もきちんとあるみたいです」

私は左手でサンショクダンゴの串を持つと、上から順番に説明していきます。

「桜が太陽、白が空、緑が大地を意味している……って、ご先祖さまの手記に書いてありました」

「つまり、サンショクダンゴは世界そのものを象徴していますのね。深いですわ……。もぐもぐ」

もぐもぐ。

私たちはリョク茶をそっちのけにして、ひたすらサンショクダンゴを食べまくります。

あっさりとした甘味《あまみ》が、つい、クセになっちゃうんですよね。

お互い小腹も満たしたところで、お喋《しゃべ》りの時間となりました。

最初の話題はマリアから。

「昨日、ドラッセンにあるシスティーナ商会の商会事務所で会議がありましたの」

「帰り際に言ってましたね。どうでした?」

「『アルジェ』の化粧品ですけど、海外への展開が決定になりましたわ。最初のターゲットは予定通り、カルナバル皇国ですわね」

「おめでとうございます。あ、カルナバル皇国の外交使節団ですけど、今ならドラッセンに滞在してますよ」

「やっぱり」

マリアは納得顔で頷《うなず》きました。

「詳しい経緯までは分かりませんけれど、ワイバーンを追い払ったあと、カルナバル皇国の船をドラッセンまで運んできたのでしょう？　昨日の夕方はビックリしましたわ。大きな船がカラスたちに運ばれて、東の空を横切っていきましたもの」

「あっ、街からも見えたんですね」

「わたくしだけじゃなく、他の住民も目撃しているはずですわ。皆、驚きながら空を指差していましたわね」

「……パニックとか、起きませんでしたか」

不安になって訊ねると、マリアはクスッと笑って答えました。

「大丈夫ですわ。ドラッセンの住人はフローラのやらかしに慣れていますもの。うちの商会員なんて『きっとフローラリア様がいつものようにとんでもないことを始めたんでしょう』とか言って、何事もなかったように会議を再開させてましたわ」

「私、そんな頻繁にはやらかしてませんよ」

「フローラの場合、規模が大きすぎるから印象に残りやすいのですわ」

うっ。

あまりに正論すぎて否定のしようがありません。

えーと。

どう答えたものでしょうか。

私は返事をごまかすように、残り一つとなったサンショクダンゴに手を伸ばし……ああっ！

「いただきですわ！」

なんということでしょう。

最後のサンショクダンゴ、マリアに取られちゃいました。

「ふふん。わたくしの勝ちですわね。……というわけで、このサンショクダンゴは自分の楽しみのために使わせてもらいますわ」

自分の楽しみ？

食べる以外に何かあるのでしょうか。

私が首を傾《かし》げていると、マリアはいたずらっぽい表情を浮かべ、サンショクダンゴをこちらの口元へと差し出してきます。

「あーん、ですわ」

「食べていいんですか」

「ええ。食べ物というのは、自分で食べる以外にも楽しみ方というのがありますのよ」

「リベルもそうですけど、皆、他人に食べさせるのが好きなんですね」

私はそう答えると、サンショクダンゴの一番上――桜色のダンゴに口を付けました。

ほのかな甘味とともに梅の香りが広がります。

「……今、聞き捨てならないことを聞いた気がしますわ」

気が付くと、なぜかマリアが目を爛々《らんらん》と輝かせていました。

「まさか、リベル様にも普段からこうして『あーん』してもらってますの⁉　毎日、食べさせてもらってラブラブですの⁉　さあさあ、正直に吐くのですわ」

「落ち着いてください。妄想のしすぎです」

私は桜色のダンゴを呑《の》み込《こ》むと、両手でマリアを宥《なだ》めながら答えます。

「毎日じゃなくて、時々、リベルが気まぐれに食べ物を差し出してくるだけです」

「でも、食べさせてもらったのは事実ですわよね」

「リベルにしてみたら、犬や猫にごはんをあげるような感覚だと思いますよ」

「それは本人に訊《き》いてみないと分かりませんわ。……でも、まあ、わたくしのようにフローラを眺めて楽しんでいるだけかもしれませんわね」

マリアはそう言って、再び、ダンゴの串を差し出してきます。

私はサンショクダンゴの真ん中——白色のダンゴを、はむ、と口に入れました。

もぐもぐ。

シンプルな甘さがちょうどいいですね。

「最後の一個はマリアが食べてください。ヨモギモチ《蓬餅》、好きでしたよね」

「あら、フローラが食べても構いませんのよ」

「私たち、親友じゃないですか。半分こしましょう。……まあ、三個のうち二個は私が食べちゃってますけどね」

「問題ありませんわ。フローラの気持ちもダンゴに含めれば、二個と二個で半分ずつのニコニコですもの」

……んん？

なんだか不思議な理論が展開されていますね。

ともあれ、マリアはとても満足そうな表情で最後の一個を食べています。

私はクスッと笑みを零《こぼ》しながら、温かいリョク茶で喉を潤しました。


サンショクダンゴを食べ終えたあと、マリアから『アルジェ』の海外展開についてもう少し詳しく聞かせてもらうことにしました。

「せっかくカルナバル皇国の方々がドラッセンにいるのですから、この機会を逃す手はありませんわね」

「試供品とか配ります？」

「ナイスアイデアですわ、フローラ」

マリアは、パチン、と右手の指を鳴らしました。

なかなか格好《かっこ》いいですね。

真似《まね》をしてみましたが、皮膚がこすれる音しか聞こえませんでした。残念。

私の個人的な話はさておき、マリアはさらに言葉を続けます。

「滞在先の温泉宿をターゲットに試供品を配布するとして、できれば皇太子のレオ皇子にもお会いしておきたいところですわね」

「マリアってシスティーナ伯爵家の令嬢ですし、貴族のマナーとして、同じ街にいるなら挨拶に行った方がいいですよね」

「確かにそうですわ」

マリアはハッとした表情で頷きます。

「最近、商会の仕事が忙しいせいか、自分が貴族だということを忘れそうになりますわ。……とはいえ、フォジーク王国が崩壊した今となっては『伯爵家』なんて肩書きにどれだけ意味があるか分かりませんけど」

これはマリアの言う通りですね。

システィーナ伯爵家もそうですが、フォジーク王国を構成していた貴族家は『男爵』や『子爵』などの爵位をそのまま使っています。

ただ、これって『自称男爵』『自称子爵』に過ぎないんですよね。

というのも、我が家が独立した時の騒動によってフォジーク王国は滅びてしまったからです。

現在、この大陸に統一国家は存在せず、それぞれの貴族家が独立して自治を行う状態になっています。

こういう場合、どこかの貴族家が大陸統一の野望を抱いて侵略戦争を始めそうなものですが、ナイスナー王国の力……というか最強の竜であるリベルの存在を恐れてか、どの家も派手な動きはしていないようです。

まあ、そんな大陸情勢はさておき――

「システィーナ伯爵領の人たちは、マリアのお父さんのことを領主としてちゃんと認めているんですよね」

「もちろんですわ。反乱も起きていませんし、秋の収穫祭ではあちこちの街や村に行くたびに大歓迎でしたわね」

「だったら『伯爵家』の肩書きはともかく、貴族であることは間違いないと思いますよ。貴族って、なによりもまず、領地の人から支持されることが大切ですから」

「貴族を定義するのは民、フローラの持論ですわね」

「元々はご先祖さまの手記にあった言葉なんですけどね」

「でも、それがしっかりとフローラの中に根付いているからこそ、人々から《銀の聖女》なんて二つ名で慕われているのだと思いますわ」

マリアは微笑みながらそう告げると「ところで」と言葉を続けました。

「フローラに意見を聞きたいことがありますの」

「なんでしょう」

「わたくしがレオ皇子にお会いしたとして、名乗りはどうすべきと思いまして？　フォジーク王国はもう存在しないわけですし、システィーナ伯爵家の娘、というのもおかしな話でしょう」

「普通でいいと思いますよ」

私は小さく頷きながら即答します。

「システィーナ家の娘、とか」

「微妙ですわね……」

マリアは腕を組んで唸《うな》り声《ごえ》を上げます。

「これから『アルジェ』の化粧品を売り込んでいくわけですし、初対面からインパクトを与えて、きっちり名前を覚えてもらいたいところですわ。伯爵家に代わる肩書きがあればいいのですけれど」

「――ならば、我が汝《なんじ》に爵位とやらを与えてやろう」

この声は、リベル？

ラウンジの入口に目を向ければ、赤髪で長身の男性――リベルがふらりと姿を現し、こちらにやってきます。

「マリア、汝はこれまでに化粧品の販売や宣伝など、様々な形でフローラに貢献しておる。その業績を称《たた》えて『友爵』の位を与えよう」

「リベル。そんな爵位、聞いたことないですよ」

「当然であろう。今、我が考えたのだからな」

「ネーミングが適当すぎます」

「ならば『親友爵』というのはどうだ」

「素敵ですわ！」

私が何か言うよりも先に、マリアが目を輝かせて立ち上がりました。

「精霊王様、叙爵に感謝いたします。わたくしは今日から親友爵！　マリアンヌ・ディ・システィーナ親友爵ですわ！　ふふふふふふふっ！」

「というわけで、マリアは満足しておるようだぞ」

ふふん、とリベルは得意げな表情で告げます。

私としても、マリアが喜んでいるならそれでいいかな、と思います。

「ちなみに親友爵の役割ってあるんですか」

「定期的にフローラと茶会を開くこと、としておくか」

それはいいですね！

◇　◇

マリアは親友爵という呼び方がずいぶん気に入ったらしく、何度も名乗りの練習をしたあと、上機嫌で屋敷を去っていきました。

そのまま商会事務所に向かって、カルナバル皇国の方々に配るための試供品を準備するそうです。

私とリベルは軽めの昼食（ヨーグルトソースのパンケーキ。よーぐるぐる）を済ませたあと、レオ皇子が滞在している温泉宿――『丸猫亭』へと向かいました。

ここはドラッセンでもトップクラスの温泉宿で、先日は教皇猊下《げいか》もお忍びで泊まりに来ていましたね。

敷地に入ってすぐのところには、ネコ精霊の大きな銅像が飾られています。

「いつ見てもすごい迫力ですね」

「夜になると動く、という噂《うわさ》があるらしいな」

「念のために《ハイクリアランス》しておきましょうか。悪霊の仕業かもしれませんし」

私がローゼクリスを呼ぼうとすると、リベルが「待て待て」と制止します。

「このドラッセンに悪霊が存在できるわけがなかろう。精霊王たる我が住む街だぞ。銅像が動くのは、ミケーネあたりが精霊パワーを注いで遊んでおるのだろう」

「ちょっと待ってください」

「どうした」

「精霊パワーを注ぐと、銅像が動くんですか」

「おそらくな。汝と契約したことでミケーネは一般的な精霊の枠から外れておる。銅像を動かすくらいのことはやってのけるだろう」

「否定はできませんね……」

私はそう言いながらしげしげとネコ精霊の銅像を見上げます。

……ん？

いま、右腕のあたりがちょっと動いたような。

たぶん気のせいですよね。

約束の時間も近いですから先を急ぎましょう。

やがて『丸猫亭』の庭園に到着すると、そこには予想外の光景が広がっていました。

レオ皇子が、黒い毛並みのネコ精霊に向かってしっとりとした様子で声を掛けています。

「君の毛艶は魅力的だね。まるで黒曜石のように妖しくオレを魅了する……」

「兄ちゃん、嬉しいことを言ってくれるね。おいらの毛並みを撫でたいのか。――ちょっとだけなら、いいぜ」

「それはありがたい。では失礼して……」

レオ皇子はポケットからハンカチを取り出すと、両手をキュッキュッと指先まで丁寧に磨き、それからネコ精霊の身体にゆっくりと触れました。

最初はおそるおそる、探るように。

やがて、慈しむような手つきで頭から背中に向かって撫でていきます。

「ああ、なんて素晴らしい感触なんだ。手から魂を吸われてしまいそうだよ」

ええと。

ものすごく話しかけにくいですね、これ。

レオ皇子はネコ精霊の毛並みに夢中になっており「君と出会えたのは人生で一番の幸福だよ」とか「この心地よさを知ってしまったら、もう昔の自分には戻れない」とか、歯の浮くようなセリフを繰り返しています。

「リベル。私の代わりに声を掛けてもらっていいですか」

「フローラよ。その願いは我の力を超えておる」

私とリベルが困って顔を見合わせていると、黒毛のネコ精霊がこちらに気付いて声を上げました。

「兄ちゃん、お楽しみはここまでだ」

「どうしてだい、ハニー。君の機嫌を損ねてしまったかな」

「違う違う。フローラさまと精霊王さまがいらっしゃったんだ。つーわけで、また今度な」

そう言ってネコ精霊は、ぬるり、とスライムのような動きでレオ皇子の手元から這《は》い出《だ》します。

ネコは液体。

ご先祖さまの手記にあった言葉ですが、まさにその通りですね。

黒毛のネコ精霊はレオ皇子のところを離れると、私の足元にやってきます。

「フローラリアさん。兄ちゃんに用事だろ？　悪い、邪魔しちまったな」

この子、他のネコ精霊に比べてワイルドな雰囲気ですね。

「いえいえ。私たちこそ、気を使わせちゃってすみません」

「先約はそっちなんだから気にすることはねえさ。だよな、精霊王さん」

「うむ。とはいえ随分と面白いものが見られた。黒ネコよ、褒めてつかわすぞ」

「そいつは恐悦至極。じゃあ、おいらは失礼するぜ。またな」

タタタタタッ――。

黒毛のネコ精霊は颯爽《さっそう》とした足取りでその場を走り去ると、生垣を飛び越えてどこかに行ってしまいました。

その場に残されたのは私、リベル、そしてレオ皇子の三人です。

「さて、と」

レオ皇子は前髪を掻《か》き上げると、何事もなかったかのように話しかけてきます。

「二人とも、待たせてしまったかな」

「レオ皇子って、ネコがお好きなんですか」

「まあ、それなりにね」

ネコ皇子……じゃなくて、レオ皇子はふいっと視線を逸《そ》らしました。

耳がほんのり赤くなっていますね。

どうやら照れているみたいです。

私にしてみれば二歳上の「お兄さん」ですけど、なんだかちょっと可愛《かわい》らしいです。

「丸猫亭の居心地がよすぎてね。つい、気が抜けていたんだ。……そういうわけで、さっきの光景は忘れてくれるとありがたい」

「分かりました。じゃあ、見なかったことにしておきます。リベルもいいですか」

「フローラがそう言うのならば忘れるとしよう」

ニヤリ。

不穏な笑みを浮かべながら、リベルが頷《うなず》きました。

これ、きっと別の機会にからかうつもりですよね。

レオ皇子も同じことを察したのか、ブルッ、と身を震わせていました。


丸猫亭の庭園には、あちこちにお茶会のためのテーブルとイスが置いてあります。

私たちはそのうちの一つに場所を移したのですが、おやおや。

近くの茂みにザインさんが隠れていますね。

護衛のお勤め、お疲れさまです。

普通なら気付かないでしょうが、私はナイスナー家の人間ですからね。

ジュージュツだけでなく、ニンジュツも多少は学んでいます。

暗殺者や密偵を見つけるのは得意ですよ。

「ほう」

リベルもザインさんの存在に気付いていたらしく、私のほうを見ると、小さく肩を竦《すく》めました。

まあ、ザインさんについては気にしなくてもよいでしょう。

護衛としてレオ皇子のそばに控えておくのは当然のことですからね。

私が内心でそう結論付けていると、テーブルを挟んで向かい側に座るレオ皇子が口を開きました。

「まずはあらためて礼を言わせてくれ。突然の事態にもかかわらず、オレとカルナバル皇国の者たちを受け入れてくれて感謝する。本当にありがとう」

「困った時はお互い様ですよ。昨晩はゆっくり休めましたか」

「ああ、おかげさまで疲れはすっかり取れたよ。カルナバル皇国にいた時よりも元気かもな。……さて、とりあえず今後の予定について話そうか。こちらとしては本来の予定通り、ナイスナー王国の首都に向かいたいところなんだが、ドラッセンからは馬車で何日くらいの距離なんだ？」

「馬車だと半月は掛かりますね」

「だが、昨日のようにカラスたちの力を借りるなら話は別だ。空路になるからな。昼過ぎに出発して、夕方には首都に到着といったところか」

「だいたい三時間、ってところですね」

「随分と早いんだな」

私とリベルの説明を聞いて、レオ皇子は驚きの声を上げました。

目を丸くしながら、さらに言葉を続けます。

「馬車で半月の距離が、空ならたった三時間か。……本当に、フローラの国は規格外だな」

「ただ、首都のほうも受け入れの準備がありますし、カルナバル皇国の皆さんには八日ほどドラッセンに滞在していただけると助かります。そこは不都合ありませんか」

「問題ない。むしろ一ヶ月くらいはこの街でのんびりしたいね。温泉は気持ちいいし、料理も美味《うま》い。最高じゃないか」

「ネコ精霊もおるしな」

リベルがからかうように言うと、レオ皇子は照れたように頬《ほお》を掻きつつ「まあな」と答えました。

やっぱり、かなりのネコ好きみたいですね。

私は内心で頷きつつ、隣のリベルに問い掛けます。

「そういえば、船の修理って何日くらいで終わりますか」

「修理は明日にでも終わるだろう。ネコ精霊たちは『こわれるまえよりたくましく！』と言っておった。仕上がりを期待しているがいい」

「へえ、そいつは楽しみだな」

「……変な改造とかしてませんよね」

「大丈夫だ。その点はネコ精霊にも言い含めておる。他国の船ゆえに、あまり大きく手を加えるな、とな」

「オレとしては、むしろネコ精霊のパワーで派手に改造してくれた方が面白いんだけどな」

「そんなこと言ってると、空飛ぶ船に変えられちゃいますよ」

「そいつは愉快だ。ぜひお願いしたいね。まあ、冗談はさておき――」

と言いながら、レオ皇子は懐からメモ帳を取り出します。

「話をまとめると、オレたちカルナバル皇国の人間は八日後にドラッセンを出ればいい、ってことか。フローラとリベルも一緒に来てくれるんだよな」

「もちろんです。ちゃんと首都までお供しますよ」

「途中でワイバーンに出会ったなら、我が《竜の息吹》《ドラゴンブレス》で蹴散らしてやろう」

「《竜の息吹》って、昨日、ワイルドワイバーンを一撃で消し飛ばしたやつだよな。――あれ、めちゃめちゃカッコいいよな。一撃必殺、まさに最強の竜！　みたいな。マジで見惚《みほ》れたよ。くぅう、オレにもあんな必殺技があったらなー！　……あっ」

レオ皇子は途中から身振り手振りを加えて興奮ぎみに語っていましたが、ふと我に返ったらしく、身を縮こまらせながらイスに座り直します。

「悪い、喋《しゃべ》りすぎた」

「いえいえ、気にしなくて大丈夫ですよ」

むしろレオ皇子の素顔が垣間《かいま》見《み》えて、ちょっと得した気分になりました。

五年前に比べると外見はすっかり大人っぽくなりましたが、中身はまだまだ少年らしさが残っていて、その落差がちょっと可愛らしいですね。

私がクスッと笑みを零《こぼ》していると、リベルがゆっくりと口を開きました。

「レオよ、恥じることはない。人族の男は力強さに惹《ひ》かれるものだ。最強の竜たる我に憧れるのは当然であろう。むしろ盛大に我を讃《たた》えるがいい」

おやおや。

リベルもいつになくテンションが高いですね。

ほくほく顔でご満悦、といった雰囲気です。

先程のレオ皇子の発言は熱の籠ったものでしたし、あそこまでストレートに憧れをぶつけられたら、誰だって悪い気はしませんよね。

私としてはこのままリベルとレオ皇子のやりとりを眺めていたい気分ですが、時間は限られていますし、伝えるべきことを伝えていきましょうか。

「ところでレオ皇子、外交交渉について話をさせてもらっていいですか」

「ん？　ああ。もちろんだとも」

レオ皇子は気を取り直すと、真剣な表情でこちらに視線を向けてきます。

左手にはメモ帳、右手にはペンを持っており、メモをする準備も万端みたいですね。

「昨夜、外交交渉の段取りについてお父様に相談してみました。ドラッセンに滞在しているあいだに条約の草案を作成して、首都に到着したあと、細かいところを詰めていったらどうだ、という話でした。いかがですか」

「賛成だ。オレとしても異論はない」

ただ、とレオ皇子は続けます。

「本題とは関係ないところで質問させてもらっていいかな」

「どうしました？」

「君の父上は首都にいるんだよな。どうやって相談したんだ？　……まさか、昨日の夜のうちに首都まで往復したのか？　だとしたら、ちょっと申し訳ないな」

「レオ皇子、ご心配なく、ですよ」

私はクスッと笑いながら答えます。

「精霊が使う魔法のひとつに、遠くにいる人と会話できるものがあるんです。《ネコリモート》っていうんですけど、それを使ってお父様と話をしました」

「なかなか素敵な名前の魔法だな」

ネコという二文字に反応して、レオ皇子が目を輝かせました。

「もしかしてネコ精霊を媒介にするのか」

「正解です。もし国交が成立したら、カルナバル皇国にも連絡役のネコ精霊を常駐させてもらうかもしれませんね」

「そいつは大歓迎だ。できれば、あの黒い毛並みのネコ精霊をお願いしたいね」

「よかろう」

リベルが、うんうん、と鷹揚《おうよう》な様子で頷きました。

「ならば、我のほうから黒ネコに話をしておこう」

「ぜひ！　だったら、なおさら外交交渉は頑張らないとな。いつから始める？　今日か？」

「お互い準備もありますし、明日からでどうですか」

「オーケーだ。こっちの文官に声を掛けておく」

「ありがとうございます。……あっ。リベルも交渉の場に来てもらっていいですか」

「当然であろう。我は汝《なんじ》の守護者なのだからな。キツネも呼ぶとしよう」

「よろしくお願いします。お父様も、リベルとキツネさんを同席させるように言っていました」

「うむ。キツネは精霊の中でも頭脳派だからな。古今東西、人族の法という法をすべて把握しておる。きっと汝の役に立つだろう」

「おっと、こいつは手強《てごわ》い交渉になりそうだ」

レオ皇子が苦笑しながら呟《つぶや》きました。

「ともあれ、それは明日のオレに任せりゃいいな。今日のところは息抜きも兼ねてドラッセンを観光するかね」

「でしたら、私が案内しますよ」

「いいのか？」

「ええ。ドラッセンの領主として、お客様をもてなすのは仕事の一つですから」

「うむ、その通りだ」

リベルは頷くと、ニヤリ、と笑みを浮かべました。

「レオよ、覚悟するがいい。我とフローラの二人で、この街のすべてを汝に叩《たた》きこんでやろう」

「そいつは楽しみだ。……ああ、そうだ。護衛のザインも連れて行っていいか？　オレ一人で出歩くと、あとでチクチクと小言を言われちまう」

「レオ皇子にとっては他国の街ですもんね」

一国の皇太子が護衛もつけずに出歩くのは、確かにちょっと問題かもしれません。

「リベルはザインさんが一緒でも構いませんか」

「問題はない。むしろ使節団全員が同行しても構わんぞ」

「ははっ。その規模になるんだったら、いっそ観光ツアーを組んだほうがよさそうだな。さすがに今すぐ全員を集めるのは無茶《むちゃ》ってもんだし、今日はオレとザインの二人だけにしておくか。——おーい、ザイン！　そういうわけだから行くぞ！」

「——承知しました」

レオ皇子の声に応え、ザインさんが茂みの陰からスッと姿を現しました。

「フローラリア様、リベル様。このような爺《じじい》で恐縮ですが、よろしければ観光に同行させてくださいませ」

「二人とも、驚かせちまったかな。実はザインのやつ、そこの茂みに隠れてたんだよ」

「皇子。お言葉ですが、フローラリア様もリベル様も、最初からわたしに気付いておりましたぞ」

「なんだって？」

レオ皇子は驚いたように声を上げました。

「二人とも、そうなのか」

「ええ、まあ」

「当然であろう」

「すごいな……」

レオ皇子は目を丸くして、感嘆の言葉を口にしました。

「リベルは精霊の王様だからまだ納得できるが、フローラはオレと同じ人間だよな。どうしてザインが茂みに隠れていることが分かったんだ？」

ええと。

どう答えたものでしょうか。

なんとなく気配がしたから、としか説明できないので、ちょっと返事に困りますね。

そんな私に助け舟を出すように、ザインさんが言いました。

「フローラリア様は二つ、いえ、三つほど武術を修めていらっしゃるのでしょう。身のこなしから分かります。なにより、あの《青の剣姫》アセリア殿の血が流れているわけですから、わたしの気配を察することなど、大した苦労ではありますまい」

「なるほどな」

ザインさんの説明に納得したのか、レオ皇子は何度も頷いていました。

お母様のことはさておき、武術を二つか三つ、というのは正解です。

ジュージュツ、ニンジュツ、最後の一つは……中途半端にしか身に付けていないので、名前を出すのは申し訳ないですね。

まあ、私の個人的な話はさておき、早速、観光に出発しましょうか。

◇　◇

何事も最初はインパクトが大事――。

というわけで、まずはレオ皇子をびっくりさせたいところです。

「リベル、どこに行くべきだと思いますか」

「やはり北西であろう」

「ですよね」

私とリベルは小声で相談を交わすと、レオ皇子とザインさんを連れ、丸猫亭を離れました。

西門からドラッセンの外に出て、城壁沿いに北へ向かいます。

「どこに行くんだ？　というか、ここって街の外だよな」

「まあ、ドラッセンの一部みたいなものですから。……ほら、見えてきましたよ」

私は前方を指差します。

そこには今年の夏、新たに開拓した農地が広がっていました。

農地ではドラッセンの住民だけでなく、ネコ精霊やタヌキさんが収穫の作業を行っています。

今の季節は冬ですが、田畑には小麦のほか、キャベツやダイコン、カボチャなどが豊かな実りを見せていました。

「どうなってるんだ？」

レオ皇子が戸惑いの声を上げました。

「今って十二月だよな。まるでここだけ秋のままじゃないか」

「《豊饒の気《ほうじょうオーラ》》の恩恵だ」

そう告げたのはリベルです。

「ドラッセンとその周辺一帯には特別な加護が宿っておるからな。作物を植えれば、どのような時期であろうとよく育つ」

「ドラッセンの野菜は味がいいって、他の街でも評判なんですよ」

「確かに、昨日の夕食はたいへん美味でしたな」

ザインさんがしみじみとした様子で頷《うなず》きます。

「特に、ハクサイ《白菜》のツケモノが絶品でしたな。おかげで酒が随分と進みました」

「普段の三倍くらい飲んでたよな」

レオ皇子が苦笑しながら呟きます。

「あれだけ飲んで、よく二日酔いしないよな」

「昔から酒に強いのが自慢でしたので。まあ、アセリア殿ほどではありませんが」

「そうなんですか？」

私は思わず声を上げていました。

「お母様がお酒を飲んでいたところって、私、見たことないです」

「フローラリア様は大切な娘ですから、きっと自重していたのでしょう。……かなりの絡み酒でしたので」

ザインさんは瞼《まぶた》を伏せると、小さくため息を吐《つ》きました。

この雰囲気からすると、お酒の場ではお母様に随分と振り回されたのでしょう。

お父様が言っていたように、苦労性なのかもしれませんね。

「《豊饒の気》の効用は他にもある」

会話が途切れたところで、リベルが言いました。

「これは人族の身体にも作用し、体力の回復を促進させる。汝らとしても実感があるのではないか」

「……確かにな」

手足を動かしながらレオ皇子が答えます。

「昨日はワイバーンとの戦いもあったし、正直、クタクタに疲れてたんだ。けど、朝はスッキリ起きられたし、今だって身体が軽い。こいつは《豊饒の気》のおかげ、ってことか」

「その通りだ。もし病に苦しむ者がいればドラッセンに連れてくることだ。気の効果によって快方に向かうであろう」

「それに、私の回復魔法もありますからね」

「まさに至れり尽くせりじゃないか。……兄上が生きていたら、ここで療養させていたかもな」

レオ皇子は一瞬だけ寂しげな顔つきになったものの、すぐにそれを覆い隠すように笑顔を浮かべました。

「おっと、湿っぽい話になっちまったな。悪い、気にしないでくれ」

「分かりました。でも、あんまり無理はしないでくださいね」

レオ皇子の兄……ギリアム皇子が亡くなったのは三年前のことですし、ふとした瞬間に悲しみが襲ってくるのは仕方ないと思います。

私だって、お母様の死については心の整理を付けたつもりですが、時々、「ああしていればよかったんじゃないか」「こうしていればよかったんじゃないか」なんて可能性を考えてしまいますからね。

「ところでフローラリア様、ひとつ、お伺いしてもよろしいですか」

しんみりとした空気の中、護衛のザインさんが私に声を掛けてきます。

「御身はいくつかの武術を修めていらっしゃるようですが、もしや、アセリア殿から剣を習ってはおりませんか」

「習ったことは習いましたけど、初歩の初歩だけですね」

私は《青の剣姫》の娘ではあるのですが、残念なことに剣の才能は受け継いでいないんですよね。

お母様からは「フローラの場合、素手のほうがずっと強いわね。武器を持つとかえって弱くなるかも」と言われちゃいましたし。

「でも、ライアス兄様――私の兄は、きちんと習っていましたね」

「それは存じ上げております。以前に一度、手合わせをしておりますので」

「そうなんですか？」

「はい。アセリア殿の葬儀が終わったあと、わたしから木剣での勝負を申し込ませていただきました」

「兄の実力はどうでした？」

「剣士としての道を歩まれるならともかく、貴族としては十分……といったところでしょうか」

この口ぶりからすると、手合わせはライアス兄様の負けだったみたいですね。

まあ、相手は《赤の剣鬼》ですから、当然と言えば当然かもしれません。

私がそんなことを考えていると――

「おじいさん、おじいさん」

田畑で収穫作業をしていたはずのタヌキさんが、すぐ近くに来ていました。

眠たげな瞳でザインさんを見上げながら、問い掛けます。

「けん、つよいの？」

「そうですな。老いたとはいえ、腕は鈍っていないと自負しております」

「じゃあ、ぼくとしょうぶだ」

えっ。

タヌキさんって、剣、使えるんですか？

◇　◇

リベルの話によると、タヌキさんは剣士としてかなりの実力者だそうです。

あんなキュートな見た目なのに、なかなか意外ですね……。

「相手が剣士ならば、断る理由はありませんな」

ザインさんはそう言って勝負の申し出を受けると、タヌキさんに話しかけます。

「手合わせは木剣でよろしいでしょうか」

「うん。にほんあるから、すきなほうをつかっていいよ」

タヌキさんは答えながら背中に手を回すと、どこからともなく二本の木刀を取り出しました。

おそらく、精霊倉庫にストックしていたものでしょう。

「ほほう。どちらの木剣もかなりの上物ですな。タヌキ殿が作られたのですか」

「うん。がんばった」

「素晴らしいことです。わたしなど、剣を振るばかりで他のことはからっきしですので」

ザインさんは謙遜ぎみにそう呟くと、やがて、片方の木剣を右手に握りました。

「では、わたしはこちらを使わせていただきましょう」

「わかった。じゃあ、ぼくはこっち」

タヌキさんはもう片方の木剣を両手で握りました。

と、いうわけで――

いきなりのことですが、農地の近くでザインさんとタヌキさんの剣術対決が開かれることになりました。

田畑で収穫を行っていた人々、そしてネコ精霊たちも手を止め、続々とこちらにやってきます。

「タヌキさん、頑張れよ！」

「相手は誰だ？」

「ザインおじいさんだよ！　カルナバルこうこくの、とってもつよいけんしだよ！」

周囲はワイワイガヤガヤ、ちょっとしたお祭り騒ぎです。

「では、この精霊王が審判を務めるとしよう」

リベルは王様らしい風格を漂わせながら、二人に向かって語り掛けます。

「これよりタヌキとザインの剣術勝負を執り行う。両者とも、全力を尽くして戦うがいい」

「おじいさん、よろしくね」

「こちらこそ。胸を借りるつもりで挑ませていただきます」

「勝敗は、片方の手から剣が離れた時、あるいは我の判断とする。――始め！」

そこから先は、息を呑《の》むような激しい攻防の連続でした。

タヌキさんは普段のボンヤリとした様子とは別人（別精霊？）のようにキリッとした顔つきになり、縦横無尽に飛び回っては四方八方から斬撃を繰り出します。

「……やりますな」

ザインさんは落ち着いた表情のまま、タヌキさんの攻撃を弾き、躱《かわ》し、的確に反撃を行っていきます。

「あのザインが防戦に回るなんて、珍しいな」

試合を眺めていたレオ皇子が、ポツリと呟《つぶや》きました。

「普段はもっと攻め込むんだけどな」

「タヌキさんがものすごく強い、ってことでしょうか」

「たぶん、な」

「それだけではない」

視線は試合に向けたまま、リベルが言います。

「精霊の剣術というものは人族のものと本質的に異なる。精霊は多少のことでは死なぬゆえ、防御という概念が薄い。タヌキの剣が極端に攻撃に偏っているがゆえに、ザインはあえて防御に重点を置き、カウンターを狙う方針を取っておるのだろう」

「すごい分析力ですね……」

「ククッ、当然であろう。強者は強者を知るものだからな」

リベルはフッと小さく笑うと、タヌキさんたちのほうを指差しました。

「さて、そろそろ決着が付く頃合いか」

「えっ」

私は慌てて視線を戻します。

見れば、いつのまにかタヌキさんとザインさんは距離を取り、互いに剣を構え直していました。

「おじいさん、つよい」

「タヌキ殿こそお見事です。くく、久しぶりに血が滾《たぎ》りますわい」

先程とはうってかわって、ザインさんは獰猛《どうもう》な笑みを浮かべています。

目をカッと見開き、さらに言葉を続けます。

「ですが、次で決めさせていただきましょう。わたしが焦がれ、憧れ、今も追い続けている女性《あのひと》の技でもって」

……あのひと?

いったい誰のことでしょうか。

私が若干の引っ掛かりを覚えていると、ザインさんが腰を低く落とし、木剣を左下に構えました。

その姿勢には見覚えがありました。

お母様の技――『疾風一迅』。

「ぼくも、つぎできめるよ」

タヌキさんは両手を掲げ、木剣を頭上に構えました。

そして――

「はああああああああっ!」

「たああああああああああっ!」

互いが互いに向かって、同時に走り始めます。

交差は一瞬。

強い風が吹き抜け――カァン、という乾いた音が鳴り響きました。

「そこまで」

厳かな声でリベルが告げました。

どちらが勝ったのでしょうか。

ザインさんの右手にはしっかりと木剣が握られています。

一方、タヌキさんは素手でした。

両手に持っていたはずの木剣は真ん中から二つに折れ、地面に転がっています。

リベルは数秒の間を置いてから、大きな声で宣言します。

「この勝負、ザインの勝ちとする。両者とも見事であった。皆の者、拍手で讃《たた》えるがいい」

パチパチパチパチ――。

私を含め、その場にいた全員が惜しみない称賛の拍手を贈ります。

勝者であるザインさんは周囲に向けて一礼すると、タヌキさんのところへ向かいます。

「タヌキ殿。手合わせ、ありがとうございました」

「ぼくこそ、ありがとう」

タヌキさんはザインさんを見上げると、右手をスッと差し出しました。

「しょうぶがおわったら、ともだち」

「わたしを友と呼んでいただけるのですか。光栄です。ぜひ、よろしくお願いいたします」

ザインさんはふっと柔和な笑みを浮かべると、タヌキさんの握手に応えます。

なんだか胸が温かくなる光景ですね。

私が思わずもう一度拍手すると、それがきっかけになって、周囲の皆もザインさんとタヌキさんに向けて、あらためて大きな拍手を贈りました。

◇　◇

冬でも実り豊かな農地をアピールして、レオ皇子を驚かせる——。

今回、私はそんなふうに考えて農地に向かったわけですが、まさか、タヌキさんがザインさんに剣術勝負を挑むとは思っていませんでした。

他人をビックリさせるつもりが、自分がビックリさせられちゃいましたね。

とはいえレオ皇子やザインさんとの交流も深まったわけですし、これはこれでヨシ、かもしれませんね。

勝負が終わったあとは城壁の中へと戻り、街の中を案内していきます。

「ここが行政区の庁舎ですね。私も、普段はここで領主の仕事をしています」

「立派な建物だな。うちの国の都にある建物より大きいんじゃないか」

「ネコ精霊が走り回るから、かなり広めに作ってあるんです」

「そいつは素敵な環境だ。オレもいっそここの文官になりたいね」

「さすがにそれは難しいですけど、明日からの外交交渉はここで行うのはどうでしょう。ネコ精霊にもたくさん会えますよ」

「ぜひ！」

レオ皇子は鼻息を荒くして頷《うなず》きました。

眼《め》も爛々《らんらん》と輝いていますね。

そんな主人の姿を見て、護衛役のザインさんが困ったように苦笑いを浮かべました。

「皇子。ここは他国なのですから、少しくらいは態度を取り繕ってはいかがですか」

「いやー、もう手遅れだろ」

はっはっはっ、と笑い飛ばしながらレオ皇子が答えます。

「昨日から何度も素が出ちまってるし、いまさら取り繕ったって、あんまり意味ないと思うけどな。そもそもの話、フローラは五年前の情けないオレを知ってるんだぞ」

「情けないって、そんなことはないですよ」

私は、余計なお世話かな、と思いながら、ついつい口を挟んでいました。

「五年前にお会いした時の印象は、真面目、几帳面《きちょうめん》、あとはショーギが強くて頭のいい人、って感じでしたね。お兄さんのギリアム皇子との仲も良好でしたし、レオ皇子がいればカルナバル皇国は安泰だな、って思いました」

……あれ？

私が語り終えてみれば、レオ皇子はなぜか顔を真っ赤にして俯《うつむ》いていました。

いったい何があったのでしょう。

「レオ皇子、どうしたんですか。風邪でもひきましたか」

「そうじゃない。オレに気を使ってくれるのは嬉しいが、さすがに煽《おだ》てすぎだ」

「私は自分の思ったことをそのまま言っただけですよ」

「うむ、精霊王たる我が保証しよう。フローラはまったく気など使っておらんぞ」

リベルは力強い調子でレオ皇子に告げました。

えーと。

その言い方はいろいろと誤解を招きそうなんですが、大丈夫でしょうか。

「フローラリア様。参考までに教えていただきたいのですが」

ザインさんはレオ皇子に温かい視線を向けると、そのまま私に問い掛けてきます。

「五年前に比べると、皇子はどのような印象ですかな」

「明るくなりましたよね。亡くなったギリアム皇子をお手本にして、その代わりを務めようと頑張っているのかな、って思います」

「なるほど」

私の答えを聞いたザインさんは、ふっ、と穏やかな笑みを浮かべました。

「皇子。見事に言い当てられてしまいましたな」

「……うう。いっそ殺してくれ。今なら恥ずかしさで死ねそうだ」

「ご安心ください。人は恥ごときでは死にません」

ザインさんは笑いを堪えるような様子で告げました。

「わたしも、恥の多い人生を送ってきた身ですからな。皇子の気持ちは分かりますぞ」

「今のオレに必要なのは理解じゃない。見て見ぬふりだ。皆、しばらく向こうを向いててくれ」

「じー」

「じとー」

「かんさつにっきをつけるよ！」

んん？

気が付くと、いつのまにか周囲にネコ精霊たちが集まっていました。

虫眼鏡や双眼鏡を手にして、レオ皇子のことをジッと観察しています。

あまりにも不思議な光景すぎて、私はしばらく茫然《ぼうぜん》としていました。

ザインさんも戸惑いのあまり何度も瞬《まばた》きを繰り返しています。

……はっ。

ボンヤリしている場合ではありません。

私はネコ精霊たちに呼びかけます。

「皆さん、レオ皇子にいじわるしちゃダメですよ。解散です、解散。……いえ、違いますね」

いいことを思いつきました。

成功すれば、レオ皇子もすぐに立ち直るはずです。

私の思惑を察したのか、隣でリベルが深く頷きました。

よし。

それではいってみましょう。

「ネコ精霊の皆さん！　レオ皇子をモフモフしまくってください！」

「はーい！」

「まってました！」

「いじわるからのとくべつさーびす！　あめとむちでめろめろさくせん！」

元気のいい返事とともに、ネコ精霊たちがワッとレオ皇子に押し寄せます。

……って、私のところにも来てませんか、これ。

「ネコ精霊たちよ、せっかくの機会だ。フローラにも至福の時間を与えるがいい」

リベル、変なことを言わないでください。

一方でザインさんはというと、いつのまにか庁舎の屋根の上へと避難していました。

きっと風の魔法でも使ってジャンプしたのでしょう。

さすが一流の剣士だけあって、逃げ足も速いですね。

でも、自分だけ無事なんて許しませんよ。

「ミケーネさん！　ザインさんを捕まえてください！　みんな道連れでモフモフです！」

「まかせて！　遥《はる》か遠き地からいっぱいきたれー。まるいねこー、しかくいねこー、さんかくのねこー。――《ネコゲート》！」

えええええええっ。

こんなことで召喚魔法を使っちゃうんですか。

私が最後に見たのは、天空に浮かんだ魔法陣から落ちてくる何百匹ものネコ精霊たちが、ザインさんだけでなく、周囲の人々をまとめてモフモフする光景でした。

モフモフモフモフ……。

◇　◇

ネコ精霊たちが去ったあと――

我に返った私は、大慌てで周囲の人たちにごめんなさいをしました。

「モフモフに巻き込んでしまい、大変失礼しました……」

「領主様、気にしなくていいぜ。むしろ、またお願いしたいくらいだよ」

「そうねえ。あたしも一日に一回、ネコ精霊ちゃんたちに包まれたいわあ」

「自分、カルナバル皇国で兵士やってますけど、ドラッセンの住人になりたいッス」

えええええええっ。

ここにはレオ皇子もいるんですよ。

他国で暮らしたいなんて、皇太子の前で言っちゃっていいんですか。

そんなふうに私が戸惑っていると、モフモフを堪能して大満足のレオ皇子が激しく頷きながら言いました。

「分かる！　分かるぜ、その気持ち！　この街でネコ精霊に埋もれて暮らしたいからな！」

そして兵士のところに向かうと、ガッチリと肩を組んで叫びます。

「オレたちの心は一つだ！　えい、えい、ネコ！」

「皇子！　一生ついていきます！　えい、えい、ネコ！」

ええと。

レオ皇子も兵士さんも、頭の中がネコ精霊になってませんか。

でも、この掛け声はなかなか面白いですね。

私もどこかのタイミングで使ってみましょうか。

えい、えい、ネコ！

……コホン。

気を取り直して周囲を見渡せば、護衛のザインさんがフラフラとした足取りでこちらへやってきます。

「まさかわたしまで巻き込まれるとは思いませんでした。……なかなかの毛並みでしたな」

あ、しっかり堪能してたんですね。

実際、その顔は年齢相応にシワが多いながらも、ツヤツヤでテカテカになっています。

と、いうか。

「ザインさん。護衛なのに一人で逃げちゃうのはどうなんですか」

「護衛とは皇子の身に迫る危機を打ち払うものです。ネコ精霊は悪いものではありますまい」

ザインさんはしれいっとした表情で言い切ると、さらにこう続けます。

「今回、我が身で体感してよく分かりました。ネコ精霊の毛並みに包まれたなら、どのような豪傑であろうと一瞬にして蕩《とろ》け、忘我の域に達するでしょう」

「──泣く子とネコには勝てぬ、ということだな」

したり顔で頷きながら、リベルがこちらにやってきます。

「もしネコ精霊の毛並みに耐えられる強者がいたとしても、フローラの敵であるならば、最強の竜たる我が《竜の息吹《ドラゴンブレス》》で焼き払うまでだ」

「つまり、ナイスナー王国に向かうところ敵なし、ということですな」

ザインさんは納得したように頷きました。

「我が国にしてみれば、ぜひとも味方につけておきたい相手なのは間違いありません。皇子が外交交渉を急ぐのも当然ですな」

ん？

なんだか気になる言葉が聞こえましたね。

「今回の外交って、もしかして、レオ皇子が主導されたんですか」

確認するように問い掛けてみると、ザインさんは首を縦に振りました。

「はい。陛下や重臣たちはナイスナー王国に対して静観の方針だったのですが、皇子が早期の国交成立を訴え、さらにはご自身で外交交渉を担当されることを主張されたのです」

そうだったんですね。

他国と国交を結ぶにあたって、皇太子がじきじきに交渉にやってくる……というのはレアなケースなので疑問に思っていましたが、ザインさんが説明してくれたような背景があったなら納得です。

発案者が責任者になる、というのは自然なことでしょう。

ニホンゴで言うところの「言い出しっぺの法則」ですね。

人の上に立つ者として、好感の持てる考え方です。

「おいおいザイン、勝手にばらさないでくれよ」

私たちの会話が聞こえていたらしく、兵士さんと肩を組んだままのレオ皇子が言いました。

「そういうのは伏せておくのが粋ってもんだろう」

「いまさら取り繕っても意味がない、と皇子がおっしゃっていましたので」

ザインさんはぬけぬけとした様子で答えます。

「ならば、素の部分だけでなく、立派な部分も余すことなく伝えるべきでしょう。なにより、自分の主を称《たた》えることの何が悪いのですか」

「そうだそうだー」

「ぼくたちだってフローラさまをたたえてたたえてたたえまくるぞー」

「だからおうじもおじいちゃんにほめられろー。えらいこー、えらいこー」

あっ、またネコ精霊たちが戻ってきましたね。

なぜか『フローラさまをほめたたえ隊』と書かれた法被《ハッピ》を着ています。

……ここからの展開が読めた気がしますよ。

「というわけで！」

「ぼくたちは！」

「フローラさまをほめたたえ——」

「なくていいですよ。はい、解散」

私はネコ精霊の言葉に割り込むようにして告げました。

「今度、おやつを作ってあげますから屋敷に帰りましょうね」

「そんなあまいことばにつられ、るよー」

「わーい、おやつ！」

「やしきにかえるよ！」

ほっ。

ネコ精霊たちは嬉しそうな声を上げると、わらわらと連れ立って屋敷へ帰っていきます。

「……やるようになったな、フローラ」

リベルがニヤリと笑みを浮かべて告げます。

「ネコ精霊に振り回されるだけでなく、御する術を身に付けたか」

「まあ、何だかんだで一年以上の付き合いですからね」

「ククッ、そのうち精霊王の代理でも務めてみるか」

「謹んで遠慮しておきます」

「――じゃあ、精霊の姫になるってのはどうだ？」

いつのまにか兵士さんと別れ、こちらに戻ってきたレオ皇子が言いました。

「精霊姫フローラリア。うん、なかなかアリだな」

「ナシです。というか肩書きの問題じゃないです。精霊王の代理とか、精霊姫とか、どう考えてもネコ精霊に振り回される未来しか見えませんよ」

「我はそれで構わんがな。汝《なんじ》がわたわたしている姿は、いつ見ても可愛《かわい》らしいものだ」

「そいつはオレも同意だ。普段の澄まし顔とのギャップがいいんだよな」

レオ皇子、急に何を言ってるんですか。

ザインさんまで頷かないでください。

まったく、もう。

私が苦笑を浮かべていると――

背後から、聞き慣れた女性の声がしました。

「やっぱりここにいましたわね、フローラ」

おや。

振り返ると、そこにはマリアの姿がありました。

「こんにちは、マリア。奇遇ですね」

「ふふっ、偶然ではありませんわ」

得意げな表情を浮かべてマリアが答えます。

「商会の者から『庁舎のところでネコの雨が降ってます！』なんて話を聞きましたの。フローラがまた何かやらかしたと思って足を運んでみたのですけれど、大正解でしたわね」

「私、そんなにやらかしてますか」

「逆に訊きますけど、やらかしてない日がありまして？」

うっ。

振り返ってみれば思い当たることがポツポツと……。

で、でも、毎日じゃないですし……。

私がゴニョゴニョと返事に困っていると、隣でリベルがポンと手を打ちました。

「ちょうどいい機会だ。フローラよ、レオにマリアを紹介してやってはどうだ」

「あ、そうですね」

化粧品の海外展開のためにもレオ皇子に挨拶をしておきたい、と言っていましたし、その意味では今がチャンスでしょう。

私はレオ皇子に向かって告げます。

「突然ですけど、私の友人を紹介させてもらっていいですか」

「もちろん」

レオ皇子は気さくな笑顔を浮かべると、マリアに向かって一礼しました。

「オレはレオ・カルナバル。フローラから聞いているかもしれないが、カルナバル皇国の皇太子をやっている。お嬢さん、名前を伺ってもよろしいかな」

「わたくしはマリアンヌ・ディ・システィーナですわ。マリア、とお呼びくださいませ」

マリアはスカートの裾を摘まんで一礼すると、さらに言葉を続けます。

「最近のことですけれど、精霊王であるリベル様からは『親友爵』という爵位を賜っておりますわ」

「それ、本当に言っちゃうんですか」

私が驚いて声を上げると、マリアはしてやったりという表情を浮かべました。

「当然ですわ。せっかくいただいた爵位を伏せておくなんて、むしろ無礼というものでしょう」

「精霊王じきじきの爵位か。そいつは羨ましいな」

えーと。

レオ皇子、本気ですか。

「リベル、いや、精霊王殿。よければオレにも爵位をいただけないだろうか。ネコ爵、いや、ニャン爵ってのはどうだ」

「よかろう」

いいんですか⁉

私の驚きをよそに、リベルはさらに告げます。

「だが、地位には義務が伴うものだ。汝はニャン爵としてフローラにどう貢献する。マリアの場合は親友として定期的な茶会を開くことになっておるぞ」

「つまり『ニャン爵』の名前にちなんだ義務を考えろ、ってことだな。……よし、ネコの仮装でもするか！」

「レオ皇子、ハロウィンはとっくに終わりましたよ」

私はばっさりと言い切りました。

「というか、どうして私に貢献するって話になってるんですか。リベルから爵位を貰《もら》っているわけですし、貢献する相手はリベルでしょう」

「言われてみればその通りだな……」

「レオよ、よく聞け。フローラの喜びは我が喜び、ゆえに汝がフローラに貢献すれば、それは我への貢献に他ならん」

「じゃあ、やっぱりフローラのためにネコの仮装をするか。ザインも一緒に」

「意味が分かりませんよ。というかザインさんまで巻き込んじゃうんですか」

「皇子がどうしてもと言うのでしたら……」

「ザインさん、落ち着いてください。それからマリア、笑ってないで止めてください。私だけじゃツッコミが追い付きません」

「レオ皇子の仮装、わたくしは興味ありますわ。……というのは冗談として、街中でコントを続けているのも問題ですわね。人が見てますわよ」

確かにマリアの言う通りでした。

ドラッセンの人々は少し離れたところで、やけに温かな視線を私たちに向けています。

「今日も領主様は楽しそうだねえ」

「いつもニコニコしてて、なんだかアタシもいい気分になってきたよ」

「うちの孫もあれくらい元気に育ってくれるとええのう」

……なんだかちょっと恥ずかしくなってきましたよ。

どうやって収拾をつけたものかと悩んでいると、ポン、と足元で白い煙が弾けました。

姿を現したのは、燕尾服《えんびふく》姿のキツネさんです。

いつものように恭しく一礼すると、私に向かってこう告げました。

「フローラリア様。そろそろ夕食などいかがでしょうか」

えっ、もうそんな時間なんですか。

キツネさんの言葉で気付いたのですが、すでに空は茜色《あかねいろ》に染まり、夕陽《ゆうひ》は西へと沈みつつあります。

レオ皇子に街を案内したり、ネコ精霊にモフモフされているあいだに、随分と時間が経《た》っていたようです。

「ワタシのほうで『しんやしょくどう　わるいねこ』に食事の準備を申し付けておきました。きっとレオ皇子にも満足していただけるかと」

確かにそうですね。

レオ皇子のことですし、ネコ精霊たちの働く『わるいねこ』に行けば、きっと大喜びしてくれるでしょう。

「分かりました。今から行く、とお店のほうに伝えてもらっていいですか」

「承知いたしました。お任せください」

キツネさんは再び深々とお辞儀をすると、白い煙を残してその場から消えました。

さて。

それじゃあ『わるいねこ』に向かいましょうか。

◇　◇

『しんやしょくどう　わるいねこ』は深夜だけ営業している料理店なのですが、キツネさんが事前に手配してくれたおかげで、今日はすでにオープンしていました。

「『しんやしょくどう、わるいねこ』へようこそ！」

「きょうはフローラさまのかしきりだよー！　おかしのさーびすもあるよ！」

「にかいのこしつへどうぞー！」

貸切なのに個室へ案内されるというのはなんだか不思議な気分ですが、まあ、ネコ精霊のことですし、深い意味はないのでしょう。

私たちはそのまま二階に向かい、奥の個室へと入ります。

テーブルは丸型となっており、私、リベル、レオ皇子、ザインさん、そしてマリアの順番に時計回りで座ります。

ほどなくして、コック帽を被ったネコ精霊たちが挨拶にやってきました。

「ぼくたちが、きょうのシェフだよ！」

「きせつのごはんをよういしたよ！」

「よかったら、いんすたでかくさんしてね！」

いんすた？

いったい何のことでしょう。

「リベルは知ってますか」

「分からん。ネコ精霊の中には異世界から《ネコゲート》で召喚された者も多い。おそらく、その世界に存在する何かだろう」

私とリベルがそんな話をしていると、最初の料理がやってきました。

「きょうはさいしょからくらいまっくす！」

「ふなもりだよー！」

「たいの、おかしらつき！　めでたい！」

おおっ。

なかなか派手ですね。

鯛《たい》の尾頭《おかしら》付きの刺身が、船の形をした器に盛りつけられています。

いわゆる「フナモリ《船盛り》」ですね。

見た目にもインパクトがありますし、他国の人をもてなすのにピッタリのメニューでしょう。

「すごいな。こんな豪華なものを用意してもらえるなんて、オレは幸せ者だな」

左斜め向かいに座るレオ皇子は目をキラキラと輝かせています。

「むむっ。皇子、この船をよく見てくだされ」

ザインさんが船の器を指差して言いました。

「我々が乗ってきた客船と同じデザインになっておりますぞ」

「なんだって？」

レオ皇子が驚きの声を上げました。

それにつられて、私も視線を船の器に向けます。

うーん。

ちょっと分からないですね。

一方でレオ皇子は「確かに同じだな」と納得の表情で頷いています。

実際のところはどうなのでしょう。

船盛りを運んできたネコ精霊たちに訊《き》いてみると――

「だいせいかい！」

「せっかくなので、みにちゅあをつくってみました！」

「ねこ、きょういのてくのろじー！」

どうやらザインさんとレオ皇子の言う通りだったようです。

「なかなか小粋なおもてなしですわね」

マリアは微笑を浮かべつつ、器用にハシを使ってサーモンの刺身を摘まみます。

ウスクチのショウユ《醤油》をつけて、ぱくり。

「んー。やっぱり冬はサーモンですわ。口の中で蕩《とろ》けていくのがたまりませんわ」

「フローラ、精霊王の名において汝に頼みがある」

「どうしました？」

「エビの殻を剥《む》いてもらえんだろうか。力加減が難しくてな。我がやると、バラバラに砕け散ってしまうのだ」

「リベルはいつも力を入れすぎなんですよ」

「仕方ないだろう。我は地上最強の竜なのだからな」

その最強ぶりをエビに発揮してどうするんですか。

まあ、誰だって向き不向きがあるから仕方ないですね。

私はリベルの代わりにエビの殻を剥いていきます。

「はい、どうぞ」

「感謝するぞ。返礼に我の分もホタテを食べるがいい」

「ありがとうございます。ホタテ、好きなんですよね」

この肉厚の噛《か》み応えがたまりません。

スシを食べる時も、ホタテは私にとって定番のセレクトですからね。

そのあともアワビのバター焼きや、冬野菜のテンプラなどのワショクが盛りだくさんでしたが、一番印象に残ったのは「ワタアメの初雪鍋」ですね。

牛肉の上にワタアメを乗せた一人用の鍋を小型の魔導コンロで温め、熱によってワタアメが溶けていく様子を雪に見立てて楽しむ、というものです。

「おおおおおっ！　マジで雪みたいだ。面白いな、これ！」

「風流とはまさにこのことですな。いやはや、今日の食事は一生の思い出になりますわい」

レオ皇子も、ザインさんも、すごく喜んでくれています。

……と言いつつ、私もけっこう感動してるんですよね。

ワタアメはナイスナー王国の伝統的なお菓子のひとつですが、まさか、こんな使い方があるとは思いませんでした。

んんっ！

じっと見つめているうちにワタアメは溶けてなくなり、鍋の中がぐつぐつと煮えてきます。

牛肉もおいしそうな飴色《あめいろ》になってきましたし、そろそろ食べてみましょうか。

ワタアメというのは要するに砂糖なのですが、ショウユをベースにした煮汁に溶け込むことで甘辛の味付けとなり、牛肉の旨味を何倍にも引き立てていました。

牛肉もかなり上質のものを使っているらしく、噛むたびに口の中でホロホロと解けていきます。

「見て美味、食べて美味。まさに至高の一品だな」

リベルも大満足らしく、口元に笑みが浮かんでいます。

マリアに至っては、完全に無言になっていますね。

「～～～～！」

至福の表情を浮かべながら牛肉を噛みしめて、ゆっくりと味わっています。

やがて食べ終わると「こんな贅沢《ぜいたく》ができるとは思っていませんでしたわ……」と夢見心地な様子で呟《つぶや》いていました。


そうして食事が終わったあとは歓談、というか、マリアの自己紹介タイムになりました。

「わたくしの実家、システィーナ家は古くから商会を営んでおりますの。カルナバル皇国の方々とも定期的に取引をさせていただいている、と記憶しておりますわ」

「システィーナ商会のことは何度か耳にしている。若い女性が商会長を務めていて、かなりのやり手だ、とね」

レオ皇子はマリアに視線を向けながら答えます。

「一度は会ってみたいと思っていたけれど、これはフローラに感謝かな。……ところでさっき『親友爵』と名乗っていたけれど、彼女とは長い付き合いなのかい」

「ええ！　よくぞ聞いてくれましたわね！」

マリアは私のほうを見ると、ふふん、と誇らしげな笑みを浮かべました。

「今を遡ること一〇年、父上に連れられてナイスナー家を訪れた私はそこで魔性の妖精に出会いましたの。きらめく銀色の髪、澄んだ紫色の瞳。淡雪のような肌はなめらかで、その声はまるで鈴の音のよう……。わたくしは時を忘れ、その妖精に見惚《みほ》れていましたわ」

「マリア。記憶が捏造《ねつぞう》されてますよ」

私は苦笑しながらツッコミを入れます。

「初対面の時って、私たち、もっとギスギスしてましたよね」

「当時のわたくしは照れ屋でしたの。素直になれなくて、ついつい突き放した態度を取ってしまったのですわ」

「まさか一〇年越しの真実をここで知らされるとは思ってませんでした」

正直、びっくりです。

私が驚いていると、マリアは再びレオ皇子に視線を向けました。

「ともあれ、それからいろいろとあって今に至り、わたくしはフローラとラブラブの毎日を送っているわけですわ」

「おいおい、随分と端折《はしょ》ったじゃないか。オレとしちゃ、その『いろいろ』を詳しく知りたいところなんだけどな」

「ふふっ、語り始めると長いですわよ。三日三晩は掛かりますし、それはまた別の機会にいたしましょう。——ところで、フローラが開発した化粧品がある、というのはご存じでして？」

マリア、なかなか強引に話題を変えましたね。

さすがのレオ皇子もキョトンとした表情を浮かべていますが、そうやって相手が驚いているうちに営業や商談に入っていくのがマリアの得意技だったりします。

「『アルジェ』というブランドで、わたくしのシスティーナ商会が扱っていますの。こちらがその化粧水ですわ」

マリアはそう言うと、足元の荷物カゴに置いていたバッグから縦長のビンを取り出しました。

ビンは薄紫色で、紙製のパッケージには銀髪の少女と、真紅の鱗《うろこ》を持つ凛々《りり》しい竜が描かれています。

「絵のモデルは、フローラリア様とリベル様ですかな」

声を上げたのは、食後の昆布茶《コブチャ》をのんびりと楽しんでいたザインさんです。

「実に美しい。思わず、目を惹《ひ》かれてしまいますな」

「描いたのはドラッセンの画家だ。我がマリアに紹介した」

リベルはちょっと誇らしげに答えました。

「確か、この近くに住んでおったな」

「そうですね。近いうちにまた訪ねてみましょうか」

私は頷《うなず》きつつ、今年の春の出来事を思い出します。

二人で商業区を歩いていた時、私たちを描いた油絵をリベルが見つけ、それを二倍の値段で買い取ったのです。

理由は「油絵が気に入ったから」というだけでなく「将来性への投資」とも言っていました。

実際、その画家さんは『アルジェ』のパッケージイラストに起用されたのをきっかけとして、今ではあちこちから絵の仕事が舞い込んでいるようです。

……って、暢気《のんき》に解説している場合じゃないですね。

「ごめんなさい、マリア。話を遮っちゃいました」

「問題ありませんわ。適度な雑談は、会話を豊かにするスパイスですもの」

マリアはそう言って微笑《ほほえ》むと、化粧水の説明を始めます。

「この化粧水ですけれど、実はドラッセンの温泉水を配合していますの。フローラのネームバリューもありまして、今ではすっかりシスティーナ商会の主力商品ですわ。ナイスナー王国はもちろん、周辺の貴族領でも飛ぶように売れていますの」

「そいつは景気がいい。結構なことじゃないか」

レオ皇子は我に返ると、化粧水のビンをしげしげと眺めながら言いました。

「ちょっと話は戻るが、開発にはフローラが関わってるんだよな。具体的にはどんなことをしたんだ？　アイデアの提供とか、そのあたりかな」

「ふふっ、わたくしの頼れる親友を舐《な》めてもらっては困りますわね」

マリアは不敵な笑みを浮かべて答えます。

「温泉水を使うというアイデアはもちろん、レシピの考案、試作品の製作――。一から十まで、なにもかもフローラがやってくれましたの」

「リベルやマリア、精霊の皆さんにも手伝ってもらいましたけどね」

「でも、主導したのはフローラですわ」

「すごいな……」

レオ皇子は驚きに目を丸くして呟《つぶや》きます。

「できる人間は活躍の場を選ばない、ってことか」

「多才とはこのことですな」

ザインさんが納得顔で頷きます。

えーと。

話題は化粧水の説明だったはずなのに、どうして私の褒め殺しになっているのでしょうか。

さすがに恥ずかしくなってきましたよ。

「確か、グスタフもこの化粧水を使っておったな」

リベル、ナイスです！

うまく乗っかって、話を軌道修正しちゃいましょう。

「ええ、そうなんです！」

私はちょっと大きめの声で言いました。

普段なら周囲への迷惑を考えるところですけど、今日の『わるいねこ』は貸切ですからね。

勢い任せでドーンと行きましょう。

「『アルジェ』の化粧水を使い始めてから、お父様の肌、すっごく綺麗《きれい》になったんです。スベスベのツヤツヤで、一〇歳くらい若返ったかと思いました。せっかくですし、レオ皇子も使ってみませんか」

「そ、そうだな」

レオ皇子は戸惑いの表情を浮かべながらも、小さく頷きました。

「フローラがそこまで言うなら、使ってみようか」

「ありがとうございます。マリア、試供品ってもう準備できてますか」

「明日の昼には用意できますわ。ちなみに、ここに持ってきた化粧水は新品ですの。そのままレオ皇子に進呈しても構いませんわよ」

「ありがとうございます。それでは遠慮なく」

私は化粧水のビンを手に取ると、念のために未開封であることを確認してから、レオ皇子へと差し出します。

「どうぞ、お受け取りください」

「ありがとう。……すごいセールストークだな。ついつい聞き入ってしまったよ。フローラだったら、商人としてもやっていけるんじゃないか」

「私なんてマリアに比べればまだまだですよ。……あっ、ザインさんも化粧水いかがですか」

「お気遣い、感謝いたします。とはいえ、わたしのような爺《じじい》には不似合いというものでしょう」

ザインさんは穏やかな口調で、やんわりと遠慮の言葉を口にしました。

「ただ、冬の時期はどうしても手が乾燥して、わずかですが剣の握りが悪くなります。何か、よい対策はないでしょうか」

「ありますよ！　『アルジェ』って化粧水だけじゃないんです。そうですよね、マリア」

「ええ。ハンドクリームも新品を持ってきましたわ」

マリアは頷くと、カバンから丸型の小さな容器を取り出しました。

容器の蓋には『アルジェ』のロゴと、少女と竜のイラストが描かれています。

「このハンドクリームにも温泉水が配合されているんです。私の屋敷でも、執事長やコックさんが愛用しているんですよ。今年はしもやけもあかぎれもないって喜んでました。よかったら、使ってみてください」

そんなふうに説明したあと、私はハンドクリームの容器をザインさんに手渡しました。

「よかったら今度、感想を教えてくださいね」

「もちろんでございます。……それにしても」

ザインさんはどこか懐かしむような口調で続けます。

「フローラリア様はやはり、アセリア殿の娘なのですな。押しの強いところはそっくりです。まるで昔に戻ったかのような心地でしたぞ」

◇　◇

あらためて振り返ってみると、どうして私が化粧品の売り込みをしているのでしょう。

場の雰囲気がそんな感じだったから、としか言いようがないのですが、リベルはなぜか「してやったり」といった感じの微笑を浮かべていました。

私が化粧品のセールストークを始めたのは、リベルの発言に乗っかったことがきっかけです。

もしかして、ここまでの流れはすべて計算のうちだったのでしょうか。

本人に訊《き》いてみても「クク、さてな」という曖昧な答えが返ってくるばかりで、真相は闇の中です。

とはいえ『アルジェ』の宣伝にはなったので、ひとまずヨシとしましょう。

そのあと、私たちはごちそうさまを済ませて『わるいねこ』を出ました。

「たべにきてくれて、ありがとう！」

「これからも『わるいねこ』をよろしくね！」

「またきてねこー！」

ネコ精霊たちはブンブンと元気よく手を振って、私たちのことを見送ってくれます。

店を離れて少し歩いたところで、マリアが言いました。

「では、わたくしもそろそろ失礼いたしますわ。商会の仕事が少しだけ残っていますの」

「あんまり無理しないでくださいね」

「大丈夫ですわ。フローラに会えたおかげで元気いっぱいですもの。今ならどんなトラブルだって解決してみせますわ」

「そういうこと言うと、本当にトラブルが起こっちゃいますよ」

ニホンゴで「フラグ」と呼ばれる概念ですね。

ともあれ、マリアは近くにある商会事務所へと戻っていきました。

あとに残ったのは、私、リベル、それからレオ皇子とザインさんの四人です。

空を見上げれば、すでに三日月が登り、星がいくつも瞬いています。

「夜になっちゃいましたし、そろそろ宿に戻りましょうか。お送りしますよ」

「そいつはありがたい。ザインと二人きりで帰るのはちょっと寂しいからな」

「奇遇ですな。自分も、皇子と二人では味気ないと思っていたところです」

「まったく、うちの護衛は手厳しいな」

レオ皇子は苦笑しつつ、小さく肩を竦《すく》めました。

「二人とも仲良しですね」

「うむ。よき主従といったところだな」

私の言葉にリベルが頷きます。

「ところで、明日からは庁舎で外交交渉だったな。現地までの移動はどうする」

「私たちは徒歩でいいとして、レオ皇子のほうは馬車を用意しましょうか」

「いや、オレたちも徒歩で構わない。代わりにひとつだけリクエストさせてくれ」

「どうしました？」

「朝の迎えに、ネコ精霊たちをよこしてくれないか。そうしたら、きっと幸せな気分で一日が過ごせそうだ」

レオ皇子、本当にネコが好きなんですね。

でも、なんだか寝坊する未来が見えますよ。

ネコ精霊の毛並みに溺れてそのまま、みたいな。

「フローラリア様、ご安心くだされ。いざとなれば、この爺が皇子を叩《たた》き起《お》こし、庁舎まで歩かせてみせましょう」

ザインさん、ありがとうございます。

それなら大丈夫そうですね。

明日についての話もまとまったところで、私たちは『わるいねこ』のある商業区を離れ、街の中心部のやや北寄りにある『丸猫亭』に向かいます。

そして宿の前で解散……となったところで、レオ皇子が私にこう告げました。

「今日はありがとうな。おかげで楽しかったよ」

「いえいえ。ドラッセンを満喫していただけたなら幸いです」

「それはもちろん。ところで……」

ん？

レオ皇子は途中で言葉を切ると、思い悩むような表情を浮かべました。

そのまま「あー」とか「んー」などと呟《つぶや》いたあと、意を決したような様子で口を開きます。

「五年前のオレのこと、褒めてくれてありがとうな。……嬉《うれ》しかったよ。すごく」

「私、そんなこと言いましたっけ」

「えっ」

私の答えに、レオ皇子は驚きの表情を浮かべました。

「まさか、もう忘れたのか」

「ククッ。レオよ、いいことを教えてやろう」

私の右隣で、リベルが愉快そうに笑い声を漏らしました。

「フローラには褒めたという自覚がないだけだ。几帳面《きちようめん》、真面目、ショーギが強くて頭がいい……そんなところだったか」

ああ！

私はポンと手を打ちました。

思い出しましたよ。

自分としては素直な感想を口にしただけで、褒める、とはニュアンスが違うんですけどね。

「さすがリベル。私のことを分かってますね」

「当然であろう。一年も共にいるのだからな」

リベルはそう言って、ポンポン、と私の頭を撫《な》でます。

あれ？

ほんの一瞬だけですが、レオ皇子がひどく切なげな表情を浮かべました。

何かあったのでしょうか。

今日の夕食はボリュームたっぷりでしたから、胸焼けとか？

私が理由を問い掛けるより先に、レオ皇子の隣にいたザインさんが口を開きました。

「皇子。フローラリア様とリベル様をあまり引き留めるのも無礼というものでしょう。我らも、そろそろお暇《いとま》しましょう」

「ああ、そうだな」

レオ皇子は頷《うなず》くと、普段通りのにこやかな表情を浮かべました。

「名残惜しいが、今夜はこれくらいにしておこう。フローラ、リベル。良い夢を」

第四章　外交交渉が始まりました！

予定通り、翌日からは外交交渉が始まりました。

話し合いの場所は、ドラッセンの庁舎にある会議室です。

交渉の参加者としては、ナイスナー王国側は私とリベル、キツネさん、それから文官の皆さん、という顔ぶれになっています。

文官の数は一五名、現在はドラッセンの庁舎で働いていますが、もともとはフォジーク王国の王宮で外務を担当していた方ばかりなので非常に心強い味方です。

「フローラリア様と一緒に外務の仕事ができるなんて、まるで昔に戻ったようです」

「分からないことがあれば、遠慮なく丸投げしてください！　外務の極意ってやつをお見せしますよ！」

「フローラリア様、ご命令をお願いします！　自分、『命令されたい会』の会員ッス！」

そういえば、昔、そんな会があったみたいですね。

細かいことはよく分かりませんが、喜んで指示を聞いてくれるというのはありがたい話です。

元気いっぱいに働く人がいたら、周囲も明るくなりますからね。

一方、カルナバル皇国側のスタッフは、レオ皇子とザインさん、あとは外交使節団の文官たちですね。

ザインさんは交渉そのものには関わらないものの、議事録の作成を担当するようです。

「《赤の剣鬼》は《赤のペン鬼》でもあるんだよ」

レオ皇子はニヤリと会心の笑みを浮かべながら私に告げました。

「ザインは剣の達人だけあって、ペンの扱いも一流なんだ。オレがどんなに早口で喋《しゃべ》っても、一字一句間違えずに書き留めてくれる。すごいだろ」

ザインさんにそんな特技があったなんて、ちょっと意外です。

ただ《赤のペン鬼》というネーミングはどうかと思いますよ。

なんだか、手紙や書類の細かいところまで赤ペンで添削されちゃいそうなイメージです。

「レオよ、ひとつよいか」

ふと、リベルが思案顔で声を掛けました。

「先程の汝《なんじ》の発言だが、剣とペンを掛けておるのか」

「まあ、そうだな」

「なかなかの言葉遊びであった。褒めて遣わそう。ククッ。ハハハハハッ！」

どうやらレオ皇子のダジャレ、リベルにはウケていたみたいです。

私は反応に困ってスルーしてたんですけどね。

キツネさんの方に視線を向ければ、苦笑を浮かべながら書類の確認をしています。

「キツネさん。今日はよろしくお願いしますね」

「ワタシこそ、よろしくお願いいたします。フローラリア様のお役に立てるように力を尽くします」

キツネさんはこちらを向くと、丁寧な仕草でお辞儀をしました。

「ところで今朝、ミケーネさんからひとつ提案がありました。実は――」

トントン、トントン。

キツネさんが何かを言いかけた矢先、会議室のドアがノックされました。

「おっと、もう来てしまいましたか」

「フローラさま、失礼するよ！」

元気のいい声とともに、会議室のドアが開きました。

ローゼクリスを抱えたミケーネさんを先頭に、ネコ精霊たちがゾロゾロと入ってきます。

いったいどうしたのでしょうか。

私が首を傾《かし》げていると、ミケーネさんがこちらに来て言いました。

「フローラさま。外交交渉について、提案があるよ！　会議室の様子を《ネコチューブ》でナイスナー王国のみんなにお伝えするのは、どうかな？」

《ネコチューブ》というのは《ネコリモート》を応用した魔法で、音と映像を遠くの場所へ届けることができます。

以前にネコ精霊たちは「らいぶびゅーいんぐ」と言っていましたね。

これを使えば、会議の様子を多くの人たちに伝えることが可能でしょう。

国民の皆さんに自分の国で起こっていることを知ってもらう、というのは大切なことかもしれません。

でも、私の一存で決められることではないですよね。

……と思ったら、すでにお父様には了解を取っていたようです。

「さっき、フローラさまのお父さんのところに行って相談してきたよ！　フローラさまがいいなら、自分はかまわない、って！」

「オレも賛成だ」

いつのまにか横に来ていたレオ皇子が頷《うなず》きました。

「外に漏れて困るような会議じゃないし、ナイスナー王国の国民がうちの国に興味を持つきっかけにもなる。別にいいよな、ザイン」

「わたしの姿を、ナイスナー王国の国民全員が目にするわけですか。……それならば、あの化粧水を使っておくべきでしたな」

「こんなこともあろうかと、一応、持ってきたぜ」

レオ皇子は懐からスッと薄紫色のビンを取り出しました。

昨日、私が手渡した『アルジェ』の化粧水です。

「……って、持ち歩いてるんですか？」

「ああ。皇子たるもの、外見にも気を使って当然だろ？」

レオ皇子は得意げな表情でそう語ります。

「昨日、寝る前に使ってみたんだ。普段よりも明らかに肌ツヤもいいし、ザインだったら顔のシワが消えるかもな」

「ハンドクリームでしたら、自分も昨夜のうちに使っております」

ザインさんが、自分の右手に視線を向けながら言いました。

「朝のうちに剣を振ってみましたが、手の乾燥もなく、理想的な握りでした。ですので、化粧水にも効果を期待しております。皇子、分けていただいてもよろしいでしょうか」

「もちろんだ。——他の連中も、今のうちに身だしなみを整えとけ！」

レオ皇子は化粧水のビンをザインさんに渡すと、そのまま、自国の文官たちに呼びかけました。

「『カルナバル皇国ってステキ！　行ってみたい！』って思ってもらえるように、ピシッと決めろ！いいな！」

「了解です、皇子！」

「もしかしたらナイスナー王国のイケメンからファンレターが来ちゃうかも……！」

「これは独身脱出のチャンスね……！」

カルナバル皇国側の文官は女性がやや多めということもあってか、なかなか気合が入ってますね。

一方で、ナイスナー王国側の文官はというと——

「毎日『アルジェ』の化粧水で肌のケアをしておいてよかったぜ」

「温泉のおかげでニキビも消えたし、怖いものなしね」

「こいつは独身脱出のチャンスだな……！」

皆さん、乗り気のようですね。

あ、最後の人はカルナバル皇国側の女性文官さんと相性がいいような気がします。

夕方には両国の交流を深めるための立食パーティを予定していますから、ちょっと会話してみてはいかがでしょうか。

と、いうわけで――

三十分ほど身だしなみを整える時間を用意したあと、ナイスナー王国とカルナバル皇国の外交交渉がスタートとなりました。

ミケーネさんがローゼクリスを掲げ、《ネコチューブ》の詠唱を始めます。

「遥《はる》か遠き地からはいしんちゅう！　ちゃんねるとうろく、こうひょうか、よろしくね！」

ローゼクリスの先端に取り付けられた水晶玉がピカッと輝きます。

直後、会議室の奥に半透明の大きな板のようなものが現れ、私たちの姿が映し出されました。

これと同じものがナイスナー王国のあちこちに出現しているはずです。

映像を見ているであろう国民の皆さんに対し、私はゆっくりと語り掛けます。

「おはようございます。ナイスナー王国王女、フローラリア・ディ・ナイスナーです。ご存じの方も多いとは思いますが、現在、我が国はカルナバル皇国と国交を結ぼうとしています。今日から外交交渉が始まりましたので、その様子をお伝えします。興味のある方は、よろしければご覧になってください」

これは後日、ミケーネさんから教えてもらった話ですが――

《ネコチューブ》によって中継された会議の映像は、ナイスナー王国に住む人々のあいだで大きな話題になったようです。

遠く離れた場所から映像が届く、という現象の珍しさもあってのことでしょうが、街によっては映像の近くにワラワラと人が集まり、食事やお酒を楽しみながら会議を眺める、というイベントが開かれていたようです。

映像の端々でネコ精霊たちが踊ったりイタズラしたり、休憩時間のたびに『キツネとタヌキの解説講座』や、カルナバル皇国の方々への突撃インタビューをやっていたこともあって、見ている人たちも飽きなかったのだとか。

ともあれ、自分の国で起こっていることに興味を持ってもらえたなら、私としては大成功だと思います。

◇　◇

外交交渉の内容はかなり多く、国交の成立だけでなく、領海の設定、貿易における関税などなど、非常にさまざまな分野にわたります。

会議は朝の一〇時から始まり、昼休みとおやつ休憩を挟みつつ、日が傾くまで続きました。

当然ながら一日で纏《まと》まるものではなく、二日、三日、四日と経《た》ち、話がまとまったのは六日後の夜のことです。

昨日までは夕方で会議を切り上げていたのですが、明日にはドラッセンを出発して首都へ向かうことになっているため、ラストスパートで延長させてもらいました。

夕食については、にゃんばーいーつが『わるいねこ』のカラアゲ弁当を運んでくれました。できたてアツアツ、鶏肉《とりにく》はジューシー。

会議場にいた文官の皆さんも大喜びとなり、それもあって無事に外交交渉に区切りをつけることができました。

草案もほぼ完成しましたから、あとは形式を整えるだけです。

このあたりはキツネさんと文官の方々に任せるべきところでしょう。

「……こんなところかな。おつかれさん、フローラ」

「レオ皇子こそ、お疲れ様でした」

私とレオ皇子は互いに視線を交わすと、労《ねぎら》うように頷き合いました。

「正直、たった六日間で交渉が纏まるとは思っていなかったよ。フローラが優秀なおかげだな」

「いえいえ。レオ皇子やザインさん、それに、リベルやキツネさん、文官の皆さんが頑張ってくれたおかげですよ」

「謙虚だな。そうは思わないか、ザイン」

「まったくですな」

レオ皇子の背後にいたザインさんが頷きます。

「皇子も少しは見習ってはいかがでしょう」

「オレにはオレのやり方があるのさ」

「汝ら、雑談もよいが《ネコチューブ》は続いておるぞ」

リベルが苦笑しながら、ミケーネさんとローゼクリスに視線を向けます。

この二人（一匹と一本？）は会議の光景をずっと中継してくれていたわけですし、ある意味、陰の功労者ですよね。

そんなことを考えていると、キツネさんが私に告げました。

「フローラリア様。最後に、この映像を見ている人々に挨拶をお願いします」

「私でいいんですか」

「オレは賛成だな」

そう声を上げたのはレオ皇子です。

「映像が始まって最初に喋ったのはフローラだし、最後もフローラのほうが綺麗《きれい》に締まるだろ」

そういうものでしょうか？

会議場を見回すと、他の文官さんたちもレオ皇子の意見に同意しているらしく、うんうん、と首を縦に振っていました。

どうやら問題はないようです。

もし、私がここで空気を読まずに「いやいや、ここはレオ皇子が」なんて遠慮をしたら、白けたことになっちゃいそうです。

せっかく外交交渉がうまくいったんですから、最後もスパッと気持ちよく終わらせましょう。

私はコホンと咳払《せきばら》いをしてから、映像を見ているであろう人々に向かって語り掛けました。

「こんばんは、フローラリア・ディ・ナイスナーです。随分と長い会議になってしまいましたが、おかげさまでカルナバル皇国とナイスナー王国の国交も無事に成立しそうです。それに関係した条約も草案が纏まりましたので、近日中に締結となる予定です。今後、カルナバル皇国からナイスナー王国を訪ねてくる方も多くなるでしょうし、ぜひ、温かく迎えてあげてください。それでは失礼いたします」

私はそう言って話を締めくくると、ぺこり、とお辞儀をしました。

パチパチパチパチ――。

会議場にいる人々は皆、達成感に満ちた表情を浮かべながら拍手をしてくれます。

ふう。

私も、やっと肩の荷が下りたような気分です。

うーん、と大きく伸びをしていると、ふとレオ皇子と目が合いました。

ニコリと微笑《ほほえ》みかけてみれば、残念、照れた様子で目を逸《そ》らされてしまいました。

レオ皇子って、普段はわりとイケイケで明るい雰囲気ですけど、根っこの部分は五年前と同じでピュアなのかもしれませんね。

◇　◇

そうして会議が終わったあと、私とリベル、そしてレオ皇子とザインさんの四人は庁舎にある私の執務室へやってきました。

これはレオ皇子の「フローラが働いている場所を見てみたい」というリクエストに応えてのもので、ついでにささやかな打ち上げを行うことになりました。

「フローラさま、リベルさま、レオおうじさま、ザインおじいさん、おつかれさま！」

「おいわいに、ふわふわカステラをやいてみたよ！」

「つかれたあたまに、あまさがしみるよ！　しみしみー」

というわけで、ネコ精霊たちがカステラを焼いてくれました。

表面はこんがり茶色、中はしっとり黄色でとってもおいしそうです。

飲み物はもちろんリョク茶。

ネコ精霊の皆さん、分かってますね。

個人的には高ポイントですよ。

私たちはそれぞれリョク茶の入ったユノミを手に持ちます。

「とりあえず、今日で一段落ですね。乾杯」

「皆の者、ご苦労であった」

「グラスじゃなくてユノミで乾杯ってのも乙なもんだな」

「なかなか風情があって良いですな」

四人揃《そろ》ってユノミを掲げ、ほどよい温度のリョク茶を楽しみます。

んー。

今日の茶葉は強めに火入れをしているらしく、香ばしい仕上げとなっています。

口の中に残る渋みは、カステラの甘さをきっと引き立ててくれるでしょう。

というわけで、カステラを食べましょうか。

「ふわふわですね……」

「味もさることながら、食感も上々だ。口の中でスッと溶けていくな」

リベルは満足げな表情で感想を呟《つぶや》くと、私に視線を向けて言いました。

「ところでフローラよ。カルナバル皇国は海を挟んで南の大陸にあるのだったな」

「ええ、サウザリア大陸ですね」

私はリョク茶で喉を潤すと答えました。

「古い言葉で『南の楽園』を意味するそうです。合ってますよね、レオ皇子」

「大正解だ。まあ、最近のサウザリアは楽園というか、ちょっとキナ臭いけどな」

「ほう」

リベルが興味深そうに声を上げました。

「現在のサウザリアはどのような情勢なのだ」

「簡単に説明すると、サウザリア大陸は四つの国に分かれている。北がカルナバル皇国、西がイスタール商業連合国、東のルクスベルグ大公国、南のコルザス魔法国だ。他にも小国がいくつかあるけど、それはさておき——」

レオ皇子は眉を顰《ひそ》めながら話を続けます。

「問題は、南のコルザス魔法国だな。四年前に新王が戴冠して以来、ものすごい勢いで軍備を増強しているんだ。大陸統一に乗り出すんじゃないか、って噂《うわさ》もあるな」

確かにそれは物騒ですね……。

コルザス魔法国は歴史の古い国で、かつてはサウザリア大陸全土を統一していたそうです。

ただ、傲慢なふるまいが竜の怒りに触れ、大きな打撃を受けたとか。

……竜の怒り？

「リベル、もしかして大昔にコルザス魔法国とケンカしてませんか」

「ほう、よく分かったな」

リベルはニヤリと自慢げな笑みを浮かべました。

「八〇〇年前だったか、我を使役しようと呪いを掛けてきたからな。代償として王宮を焼き払い、国のあちこちで精霊を暴れさせてやった。もしコルザス魔法国がフローラに刃を向けるようなことがあれば、今度こそ完全に滅亡させてくれよう」

「ええと、罪のない人には被害がないようにしてくださいね」

「分かっておる。汝《なんじ》は犠牲を好まんからな」

リベルはフッと笑みを浮かべると、私の頭を撫《な》でました。

んん？

またもやレオ皇子が切なげな表情を浮かべています。

何があったのかと尋ねようとした矢先、ザインさんが遠慮がちに問い掛けてきます。

「ひとつ、お伺いしてもよろしいでしょうか」

「ええ、大丈夫ですよ」

「こういったことはあまり訊《き》くべきではないのかもしれませんが、フローラリア様とリベル様は、その、どういったご関係なのでしょうか」

「関係、ですか」

質問の意図がうまく掴《つか》めず、私は戸惑ってしまいます。

「私はリベルに守護してもらっているわけですし、守護者とその対象、でしょうか」

「その理解で間違いはない」

隣でリベルが深く頷《うなず》きます。

「付け加えるなら、我はフローラのことを気に入っておる。寵愛《ちょうあい》している、と言っていいだろう」

「寵愛だって?」

レオ皇子が、なぜかショックを受けたように呟きました。

「ってことは、つまり――」

「そんなに深い意味はないですよ」

私はレオ皇子の言葉を遮るように告げました。

勘違いされちゃう前に、きっちり訂正しておきましょう。

「いつも一緒にいて、仕事の手伝いをしてもらったり、たまには遊びに出かけたり、そうやって過ごしているだけですよ」

「それは実質的に……いや、そうか。なるほどな」

レオ皇子は何かを納得したらしく、私とリベルを交互に眺めたあと、最後の一個となるカステラを口に放り込みました。

もぐもぐと噛《か》んで、最後に、リョク茶で喉へと流し込みます。

「二人のことはだいたい分かった。それじゃあカステラも食べ終えたことだし、今日は宿に戻るか」

「あの、レオ皇子」

「何かな?」

「ザインさんの質問なのに、どうしてレオ皇子が話を締めくくってるんですか」

「……確かにな」

私の指摘に納得したらしく、レオ皇子はザインさんの方を振り向きます。

「悪い、ザイン。話題を乗っ取っちまった」

「いえいえ、構いませんとも。自分は皇子の護衛ですので。……時にはこうして、代わりに前に出ることも務めと思っております」

「ありがとう。オレは幸せ者だな」

レオ皇子とザインさん、なんだかいい雰囲気ですね。

私には細かい経緯がよく分かりませんが、これが男の世界というものでしょうか。

「リベルは理解できますか」

「さっぱり分からん。人族は複雑だな」

うーん。

どういうことでしょうね。

ともあれ——

レオ皇子の言う通り、そろそろお開きにしましょうか。

時計も午後九時を回っていますからね。

私たちは連れ立って庁舎を出ました。

そのまま『丸猫亭』へ向かいます。

ああ、そうそう。

この六日間はレオ皇子とザインさんを宿に送ってから、屋敷へと戻っています。

会議って、会議が終わったあとに限っていいアイデアが浮かんだりしますからね。

それを話すための時間として有効活用しています。

ただ、今日はようやく外交についての交渉も一区切りつきましたからね。

たわいもない話をしながら、街を歩いていきます。

「レオ皇子、ショーギはまだ続けてるんですか」

「もちろん。オレの数少ない得意分野だからな」

「それは謙遜のしすぎですよ。他にもいっぱいありますよね、得意なこと」

「うーん。思い当たらないな」

「人付き合い、上手ですよね」

レオ皇子はもともと自国の兵士たちにも慕われていましたが、この六日間のうちにドラッセンの文官たちともすっかり打ち解け、休憩時間のたび、親しげに言葉を交わし合っていました。

ニホンゴの「コミュキョウ《強》」とか「ヨウ《陽》キャ」とか、そういう言葉が似合う人だな、と思っています。

「いや、オレなんてまだまださ」

レオ皇子は肩を竦《すく》めながら答えます。

「亡くなった兄上は人付き合いの天才だった。出会って五分もしないうちに相手の心を開いて、何年も前からの友人みたいに親しくなっていた。でも、オレはそうじゃない。誰とでもそれなりに上《う》手《ま》くやれるが、深い部分までは踏み込めないからな」

「それはレオ皇子が優しいからだと思いますよ。というか、人付き合いって速さを競うものじゃないですよね。お兄さんはお兄さん、自分は自分。それぞれにスタイルがありますし、レオ皇子は今のままで十分に素敵だと思いますよ」

「……やっぱり、君はずるいな」

「私、何かしましたっけ」

「いや、気にしないでくれ。……ああ、うん。オレの勝負勘が言ってる。たぶん、今がショーギで言うところのテンノーザンなんだろうな」

テンノーザンというのは、もともとはニホンゴの言葉ですね。

「勝負の分かれ目」という意味なのですが、語感の良さもあってか、ナイスナー王国だけでなく、海外でも使われています。

それで、ええと。

レオ皇子はいったい何と勝負するつもりなのでしょう。

一瞬だけ、チラリとリベルの方を見ていましたけど、まさか最強の竜に戦いを挑むつもりなのでしょうか。

「レオ皇子、無茶《むちゃ》なことはやめたほうがいいですよ」

「確かにそうかもな。でも、男には立ち止まれない時があるのさ」

レオ皇子は私の言葉に答えると、やけに力強い笑みを浮かべました。

◇　◇

やがて『丸猫亭』の前に到着したところで、レオ皇子が言いました。

「ザイン、先に宿に入っておいてくれ」

「……承知いたしました」

ザインさんは何かを察したように頷きます。

「皇子。どうかご武運を」

「《赤の剣鬼》にそう言ってもらえるのは心強いな。今ならどんな相手にも勝てそうだ」

「応援しております。……二〇年前のわたしにはできなかったことですので」

「ん？　どういうことだ？」

「話せば長くなりますぞ」

「じゃあ、オレが帰ったら教えてくれ。ザインの昔話って、あんまり聞いたことがないからな」

「承知いたしました。――それではフローラリア様、リベル様、失礼いたします」

ザインさんはそう言って一礼すると、私たちのところから去っていきます。

レオ皇子は、私とリベルに視線を向けると、こう告げました。

「話があるんだ。二人とも、ちょっと庭の散歩に付き合ってくれないか」


私、リベル、そしてレオ皇子は『丸猫亭』の庭園に向かいます。

ここに来るのは六日ぶりですね。

夜はあちこちが魔導灯でライトアップされており、昼とは異なる風情があります。

「こうやって庭を歩いていると、五年前のことを思い出すよ」

レオ皇子は懐かしむように言いました。

「フォジーク王国の王宮で迷子になったオレをフローラが見つけて、みんなのところへ連れて行ってくれたんだよな」

「そんなこともありましたね」

私はレオ皇子のやや後ろを歩きながら答えます。

ただ、内心はかなり焦っていました。

レオ皇子とザインさんの会話を思い出してください。

「ご武運を」とか。

「どんな相手にも勝てそうだ」とか。

さっきはテンノーザンなんて言葉を呟いていましたし、もしかしてレオ皇子はリベルに決闘を挑むつもりではないでしょうか。

先日の、タヌキさんとザインさんの剣術対決に触発されたのかもしれません。

「レオ皇子。さっきも言いましたけど、無茶なことはやめたほうがいいですよ。もっと自分を大切にしてください」

「いや、ここはむしろ捨て身で挑むところだ。全力でやってみるさ」

そう言ってレオ皇子は不敵な笑みをリベルに向けます。

一方でリベルは涼しげな表情のまま、私に向かって告げました。

「フローラ、聞くがいい。人族の中には敢《あ》えて困難に挑み、成長を遂げようとする者もいる。レオもそうなのだろう。素晴らしいことだ。我は心から称賛しよう。……それではレオよ、勝負の内容を決めるがいい。剣でも、ショーギでも構わぬぞ。最強の竜として、正々堂々、正面から打ち破ってみせよう」

「……ちょっと待ってくれ」

レオ皇子は困ったような表情で声を上げます。

「どうして、オレがリベルに決闘を挑む、みたいな話になってるんだ」

「違うのか」

「違うんですか」

私とリベルはほぼ同時に、同じような言葉を口にしていました。

そして互いに顔を見合わせ、首を傾げます。

「レオよ。汝のここまでの発言を考えるに、我と戦うつもりだったのではないのか」

「ですよね。タヌキさんとザインさんの剣術対決に影響されちゃったのかな、って思ってました」

「つまり、二人揃《そろ》って同じ勘違いをしていた、ってことか」

レオ皇子は苦笑しながら呟きます。

「なんというか、本当に仲がいいんだな」

「考え方は近いかもしれませんね」

「一年も隣におれば、自然と互いに似るものであろう」

リベルはそう言うと、あらためてレオ皇子に視線を向けました。

「話を戻すか。我に決闘を挑むのではないのなら、汝は何をするつもりなのだ」

「確かに気になりますね。ザインさんには言えない相談ですか」

「いや、そういうわけじゃなくてだな……」

レオ皇子は思案顔を浮かべると「ここは一時撤退か」とか「いや、土壇場で逃げると運を逃すか」とか、よく分からないことを呟き、やがて意を決したようにこちらを見据えました。

「フローラ、リベル。確認させてくれ。二人はいつも一緒にいるけれど、別に、婚約者ってわけじやないんだよな」

「ええ、そうですね」

「我がフローラと共にあるのは命を救われた恩があるゆえ……と言いたいところだが、こやつは放っておくと無理をしてばかりだからな。隣で止める者が必要と思っておる」

「いつもお世話になってます」

「うむ。感謝するがいい」

「ともかく、二人はそういう関係じゃないんだよな。……じゃあ、前置きはここまでだ」

レオ皇子は割り込むようにそう言うと、スッと口元を引き締めます。

そして、私に告げました。

「フローラ。五年前から君のことが好きだった。もしよければ、オレとの婚約を考えてくれないか」

◇　◇

好き？

婚約を考えてほしい？

唐突な求婚に、私は戸惑……ってないですね。

あまりにも想定外の事態に、かえって頭はスッと冷静になっていました。

一瞬のうちに色々な思考が浮かんでは消え——答えが出ました。

「ごめんなさい。求婚していただけたのは光栄ですけれど、今回は辞退させてください」

「……そうか」

レオ皇子はフッと表情を緩めると、私の言葉に頷《うなず》きました。

「オレの勝負勘もアテにならないな。いや、焦りすぎたか。……ちなみに、理由を訊《き》かせてもらってもいいかな」

「ナイスナー辺境伯家がフォジーク王国から独立したのは、私の発言がきっかけなんですよね。王宮に乗り込んだら国王とケンカになりまして、イッポンゼオイで投げ飛ばしたはずみで『独立します』って宣言しちゃったんです」

「国王って、フォジーク王国のマルコリス王だよな」

「ええ、そうですね」

いつも『国王』としか呼ばないから忘れがちですけど、フルネームはマルコリス・ディ・スカーレットだったはずです。

「五年前の記憶だが、マルコリス王はかなりの肥満体じゃなかったか。……よく投げ飛ばせたな」

「私、ジュージュツやってますから」

ニホンゴにも『ジューよくゴーを制す』なんて言葉もありますからね。

重心の移動を意識すれば、私のような小娘でも大抵の相手は投げることができます。

まあ、余談はともかくとして――

「私としては、独立の原因になった人間がサラッと他国に嫁いじゃうのって、ちょっと無責任だと思うんです。それに、ドラッセンの住人って、八割以上がもともとはフォジーク王国の王都で暮らしていたんですよね」

「そのことはオレも把握している。君のところにいる文官たちから教えてもらったよ」

レオ皇子はそう答えると、納得したような表情を浮かべました。

「ドラッセンの住民たちはフォジーク王国を捨て、君を信じてこの街にやってきた。……確かに、彼らを放り出すわけにはいかないな」

「はい。ですから求婚はお断りさせてください」

「分かった。ここまできっちりと説明してもらったなら、オレとしても異論はない。ただ、少しだけ食い下がってもいいかな」

「と、言いますと」

「すべての責任を横にどけて考えるなら、どうだろう。互いの立場がなかったなら、求婚を受けてもらえただろうか」

「うーん、その仮定はちょっと難しいですね。人を作るのは立場ですから」

私はこれまで『ナイスナー家の娘』や『ブレッシア領の領主』などの立場を意識し、それにふさわしい人間であろうと努めてきました。

そして、それは今後も同じでしょう。

すべての立場を横にどけてしまったら、それはもう私ではないと思います。

ただ、あえて答えを出すなら——

「お母様が言っていたんですけど、お父様と結婚を決めた一番の理由は『ピキーンと来たから』だそうです。かなり感覚的な話ですけど、立場を抜きにするならそれが基準になると思いますよ」

「ちなみに、オレに対してピキーンと来たりは――」

「来てないですね。ごめんなさい」

「そいつは残念」

レオ皇子はニッと笑みを浮かべました。

……が、ちょっと表情がぎこちないですね。

求婚を断られたばかりですし、当然と言えば当然ですよね。

私がそんなふうに納得していると――

それまで黙っていたリベルが口を開きました。

「話はまとまったようだな。……ところでレオよ、ひとつよいか」

「ああ。何でも訊いてくれ」

「なぜ我をこの場に同席させた。フローラに求婚するならば、むしろ二人きりのほうがよかろう」

「リベルはフローラの守護者なんだろう？　守護者のいないところで不意打ちみたいに求婚するってのは、ちょっとオレの主義に反するからな。こういうのは正々堂々とやりたいんだ。……ともあれ、フローラにはバッサリ断ってもらえてよかったよ。諦めるには時間が掛かるかもしれないが、それでも、変に拗《こじ》らせずには済みそうだ」

ただ、とレオ皇子は続けます。

「最後にちょっとくらい、反撃していくかね。――オレがフローラに求婚した時から、リベルはずっと不機嫌そうだったよな。どうしてなんだ？」

「む……」

リベルは顔をしかめると、そのまま黙り込んでしまいます。

確かに機嫌が悪そうな雰囲気ですね。

なぜでしょうか。

……あっ。

分かりましたよ。

「リベルって、最初からレオ皇子のこと、かなり気に入ってましたよね」

レオ皇子が船で転びそうになった時なんて、自分から抱き止めに行ってましたっけ。

それだけでなく、時々、温かい言葉も掛けていました。

けれどもレオ皇子が求婚したのは私なわけで、つまり――

「リベルは、私に嫉妬してるんですね！」

「汝《なんじ》は何を言っておるのだ」

「フローラ、それは違うんじゃないか」

あれ？

リベルもレオ皇子も、呆《あき》れたような表情を浮かべています。

「私、おかしいことを言いましたか」

「どこをどう勘違いすれば、我が汝に嫉妬するのだ」

「ま、そういう感情の方向音痴も可愛《かわい》らしいんじゃないか？　……おっとリベル、睨《にら》むなよ」

「睨んでなどおらん。だが、フローラを愛《め》でるのは我の特権だ。汝には譲らん」

「ははっ、ちょっと正直になったな。だったら、オレの玉砕もちょっとは意味があったってことか。どっちも無自覚っぽいからな」

レオ皇子は私とリベルを交互に見て、そんなことを言いました。

◇　◇

「わたくしが見ていないところで、そんな面白い……コホン、そんな重大な事件がありましたのね」

「本音が隠せてませんよ、マリア」

「人族にとって他人の色恋は娯楽の種だからな。仕方あるまい」

レオ皇子の求婚から一夜明けて、翌日の朝――。

私はマリア、リベルと共にラウンジでお茶会を開いていました。

午後からは空路で首都に向かうことになっているのですが、マリアは商会の仕事が立て込んでいるらしく、後から別行動で来るそうです。

せっかくだから出発前にお喋りでも……とマリアを誘ったところ、そこにリベルもやってきて、三人でお茶を楽しむことになった、というわけです。

ちなみにお茶請けはシュガーラスクです。

カリカリの歯応えがたまりません。

たまにはワガシ《和菓子》以外もいいですね。

私がラスクを齧《かじ》っていると、マリアが言いました。

「それにしても、レオ皇子もなかなか度胸がありますわね。リベル様のいるところでフローラに求婚するだなんて、まさに勇者としか言えませんわ」

「確かに、リベルは私の守護者ですもんね」

「それだけではないと思いますわよ。ふふっ」

マリアは私に左目でウインクをすると、リベルに視線を向けました。

「昨夜の求婚、リベル様はどう思いまして？」

「どう、と言われてもな」

「あらあら、まあまあ」

リベルの返事は曖昧なものだったにもかかわらず、マリアはにんまりと小悪魔のような笑みを浮かべました。

「リベル様、もしかして嫉妬してますの？」

おおっ。

どうやらマリアも私と同じ結論に至ったみたいですね。

さすが私の親友です。

「マリアもそう思いますよね。やっぱりリベルって、レオ皇子のことが――」

「フローラ、ストップですわ」

むぐぐ。

マリアが右手を伸ばしてきたと思ったら、私の口を塞いできました。

「話がややこしくなりますから、自重なさいませ」

「ひゃたひのひってふほほ《私の言ってること》、ほんはひはひはっへはふは《そんなに間違ってますか》。ひゃんと《ちゃんと》、ひゃいごはでひいてふははい《最後まで聞いてください》」

「最初だけ聞けば十分ですわ。だって、親友ですもの」

「マリアよ。フローラが何を言っておるのか分かるのか」

「もちろん。これが親友爵の実力ですわ」

リベルの言葉に、マリアは得意そうに答えました。

それから私の口を塞いでいた手を放し、こう告げます。

「フローラはときどきズバリと正しいことを言いますけど、恋愛に限っては方向音痴ですわね」

「私、修行不足ですか」

「修行というよりは、立場の問題だと思いますわ。フローラの場合、元々はフォジーク王国の次期王妃でしたもの。恋愛なんてしている場合じゃない、ってばっさり切り捨ててましたわよね」

「よく知ってますね」

「長い付き合いですもの、当然ですわ」

マリアはふっと微笑むと、右手の人差し指で、つん、と私の額をつきました。

「親友であるわたくしの見立てでは、あと三年は恋愛のリハビリが必要ですわね。こればかりは回復魔法も効きませんし、難しいところですわ。……ちなみに、レオ皇子は他にどんなことを言ってましたの？」

「そうですね――」

私は昨夜の会話を振り返って答えます。

「レオ皇子、最後に『オレの玉砕もちょっとは意味があったってことか』とか『どっちも無自覚っぽい』とか呟いてましたけど、何の話なのかよく分からなかったんですよね。マリアは理解できますか」

「ええ、もちろん」

マリアは即答しました。

……マジですか。

細かい状況とかまったく説明していないのに理解できちゃうんですか。

私の親友は恋愛マスターかもしれません。

「よかったら説明してもらっていいですか」

「いえ、これはフローラが自分で気付かないと意味がないことですわ。……ただ、レオ皇子がここまで踏み込んだなら、わたくしも少しばかり動いたほうがいいかもしれませんわね」

マリアは思案顔になると、私に訊《たず》ねてきます。

「フローラ。リベル様をお借りしてもよろしくて？　二人で話したいことがありますの」

「えっ」

思いがけない提案に、私は驚きの声を上げていました。

「マリア、もしかして――」

「違いますわ」

私の言葉を遮るように、バッサリとマリアが告げます。

「たとえるなら、フローラの保護者会議みたいなものですわ。リベル様、来てくださいますわよね」

「ふむ」

リベルはからかうような口調で答えます。

「もしも、断る、と言ったらどうする」

「フローラの今後に関わることですもの。たとえ相手が精霊王であっても強制出席ですわ」

おお。

事情はよく分かりませんが、さすがマリア。

商会の経営をやっているだけのことはあって、押しの強さは超一流ですね。

「場所はひとまず庭にしましょうか。フローラ、わたくしの余ったラスクは食べても構いませんわよ」


カリカリ、もぐもぐ。

私はラウンジで一人、ラスクを齧っています。

マリアはリベルを連れ、庭に行ってしまいました。

うーん。

二人はどんなことを話しているのでしょうか。

なぜか胸がモヤモヤして――気が付くと、私はラウンジを離れていました。

抜き足、差し足、忍び足。

ニンジュツを駆使し、屋敷の執事さんやメイドさんと出くわさないように気を付けながら外へ出ます。

さて、マリアたちはどこでしょうか。

周囲をキョロキョロと見回したところで――

「フローラリア様」

ふと、背後から声が聞こえました。

慌てて振り向くと、そこにはキツネさんの姿がありました。

自分の口元に手を当て「しーっ」と呟きながら私の足元にやってきます。

「リベル様とマリア様の話が気になりますか」

「……よく知ってますね」

「キツネですので」

まったく理由になっていませんが、やけに説得力のある答えが返ってきました。

「こんなこともあろうかと、盗み聞きに最適な場所を探しておきました」

「盗み聞きなんてそんな……まあ、その通りですね」

キツネさん相手にごまかしても意味がなさそうですし、開き直って認めちゃいましょう。

「案内してもらっていいですか」

「フローラリア様の潔いところ、ワタシは好きですよ。では、参りましょう」

キツネさんは静かに歩き始めました。

私も、すぐにそのあとを追いかけます。

やがて辿《たど》り着《つ》いたのは、大きな樫《かし》の木の陰です。

少し離れたところにはリベルとマリアの姿が見えます。

ただ、何を話しているかはよく分かりません。

「フローラリア様。頭に登らせていただいてよろしいでしょうか。そうすれば、二人の会話も耳に届くはずです」

「分かりました。どうぞ」

私が頷くと、キツネさんは恭しく一礼しました。

それから樫の木に向かってジャンプし、幹を蹴り、三角跳びで私の頭へと着地します。

おっとっとっと……。

バランスを崩しそうになりましたが、なんとか踏みとどまります。

キツネさん、なかなか器用なことをしますね。

「それでは音の中継を始めます。よろしいでしょうか」

「大丈夫です。お願いします」

私が頷くと、ほどなくして二人の会話が聞こえてきました。

「時間も限られていますし、率直にお訊ねしますわ。リベル様は、今後、フローラとどう付き合っていくつもりですの？」

「もちろん、守護者として見守っていくつもりだ」

「フローラはナイスナー王国の王女ですわ。しかも極級回復魔法の使い手で、銀色の髪はとても美しく、紫色の瞳はわたくしを惑わせ――」

「待て。途中から汝の個人的な話になっておるぞ」

「失礼いたしました」

マリアは照れたようにコホンと咳払《せきばら》いをします。

――盗み聞きしている私も、なんだか恥ずかしくなってきました。

頭上ではキツネさんが肩を竦《すく》めた……ような気がします。

まあ、私のところからは見えないんですけどね。

「ともあれ、他国の王族や貴族にとってフローラはとても魅力的な存在ですわ」

マリアはあらためて会話を再開させます。

「今回はレオ皇子から求婚がありましたけれど、ナイスナー王国の国交が広がるにつれて、他国の王族や貴族も声を掛けてくるでしょう。その時、リベル様はどうしますの」

「我はフローラの守護者だからな。フローラが望まぬ相手ならば追い払うまでだ」

ただ、とリベルは続けます。

「今回の求婚はフローラが自分の意思ではっきりと断り、レオもそれを受け入れた。ゆえに我は静観に努めた。それだけのことだ」

「けれど、随分と不機嫌そうですわね」

「……汝《なんじ》にはそう見えるのか」

リベルは口を尖《とが》らせながら答えます。

確かに機嫌はあまりよくなさそうですね。

「まったく」

マリアは苦笑すると、小さく肩を竦めます。

「リベル様も、なかなかの重症ですわね」

「何の話をしておるのだ」

「恋愛の話ですわ」

強い口調で言い切ると、マリアは最後にこう告げました。

「あまり横から口を挟むことではありませんけれど、リベル様はもうすこしフローラの将来を考えた方がいいと思いますわ。このままだと、あの子、色々なものに無自覚なまま一生を終えてしまうかもしれませんわよ」

◇　◇

二人の話が終わったあと――。

私はそっと庭を離れ、自分の部屋へと戻りました。

壁掛け時計は午前十一時を指しています。

首都への出発には、まだ余裕がありますね。

「うーん」

私はベッドに突っ伏しながら、さっきの会話を振り返ります。

結局、マリアはリベルに対して何を言いたかったのでしょうか。

まったく見当もつかず、思い悩むばかりとなっていました。

「フローラリア様、提案させていただいてよろしいでしょうか」

一緒に部屋まで戻ってきたキツネさんが、丁寧な口調で声を掛けてきます。

「ひとまず、頭の中にあることを吐き出してみてはいかがでしょう。ワタシでよければ、聞き役を務めさせていただきます」

「いいんですか。かなりまとまりのない話になっちゃいますよ」

「構いませんとも。フローラリア様に日々を健やかに過ごしてもらうことが、ワレワレ精霊の願いですので」

「ありがとうございます。それじゃあ、ちょっと甘えさせてください」

私はベッドから身を起こすと、その縁に座り直します。

「何から話せばいいですか」

「順番は考えなくてよろしいかと。心に浮かぶことを、心に浮かぶまま言葉になさってください。必要なら、ワタシが客観的にまとめましょう」

「ええと、それじゃあ……」

私はちょっと考えてから、ゆっくりと口を開きました。

「まずは前提の確認になりますけど、マリアは私のことを心配して、リベルと二人で話すことにしたんですよね」

「ええ。それは間違いないでしょう」

キツネさんはこちらを見上げ、真摯な様子で頷《うなず》きます。

「彼女の行動は、すべてフローラリア様を気遣ってのこと。ワタシもそのように考えています」

ほっ。

前提の部分は合っているみたいで、ちょっと安心しました。

ここが間違っていたら、そもそも話が始まりませんからね。

「問題はここからですね。マリアは私のことを心配してくれている。それは分かります。でも、私のどんな部分を心配しているのか、いまいちピンと来ないんです」

「だからフローラリア様は悩んでいらっしゃる、と」

「はい。……なんだかマリアの気持ちを無駄にしているみたいで、それが申し訳なくって」

「なるほど」

キツネさんは思案するように腕を組むと、やがてこう呟きました。

「悩みの本質は、マリア様に対する罪悪感でしたか。……フローラリア様は、本当にお優しいのですね」

「そうでしょうか」

「はい。このワタシが保証します」

そう言ってキツネさんは右手で自分の胸をドンと叩《たた》きました。

「本題に戻りましょう。マリア様が心配されている内容について、フローラリア様なりの予想はございませんか」

「今日の話の流れから考えると、マリアの心配って、私が恋愛に対して鈍感すぎることかな、と思うんです。……でも、恋愛って人生にそこまで必要なことですか」

私はナイスナー王国の王女ですし、立場上、いずれ誰かと結婚はするでしょう。

ただ、王族や貴族の結婚というのは、双方に恋愛感情がなかったとしても、国や領地にとってプラスになるのであれば成立しちゃうんですよね。

だったら、恋愛に鈍感なままでも困らないのでは？　……というのが私の見解です。

それをキツネさんに説明したところ——

「確かに、フローラリア様のおっしゃることにも一理あります」

という答えが返ってきました。

「ですが、フローラリア様自身の幸福、という観点からはいかがでしょうか」

「ナイスナー王国にとって意味のある結婚でしたら、私は満足ですよ」

「では、国にとって有益で、しかもフローラリア様にとって愛《いと》しい相手との結婚であれば……？」

「たぶん、もっと満足ですよね」

私が答えると、キツネさんは深く頷きました。

「マリア様としては、フローラリア様の結婚がより幸福なものであってほしい、と願っているのでしょう」

「……そういうことだったんですね」

やっと理解できました。

言われてみれば単純なことですが、自分だけではなかなか気付けないものですね。

「ありがとうございます、キツネさん。なんだか、胸のあたりがスッキリしました」

「お役に立てて光栄です。人の心に関わることはワタシの得意分野ですので、また何かあれば気軽にご用命ください」

「はい、ぜひお願いします」

私はキツネさんに向かって一礼すると、悩みが晴れて高揚する気持ちのまま、思いついたことを口にします。

「今なら理解できますよ。マリアがどうしてリベルを庭に連れ出したのか、それは――」

「それは？」

「私のリハビリを手伝ってもらうためだったんですね！」

どーん。

私が自信満々に言い切ると——なぜかキツネさんはひっくりかえり、頭を抱えていました。

「どうしたんですか」

「いえ。……これは本当に重症ですね」

「何か言いましたか」

「空耳かと」

それを言うなら目の錯覚……じゃなくて、空耳で合ってますね。

「ところでフローラリア様、ひとつご相談があります」

「なんですか」

「実は先日、収監中のクロフォードがフローラリア様に伝えたいことがある、と申しておりました」

そういえばクロフォード殿下って、以前はガルド砦に収監されていましたけど、今年の春先ころ、首都に移送となっていましたね。

最近、まったく報告を聞かないので記憶から抜け落ちていました。

「もちろん断っていただいても構いません。その場合、ワタシがあらゆる手段を使ってクロフォードから話を聞き出してみせましょう。フフ……」

キツネさんはモフモフの尻尾を振りながら、意味深な笑みを浮かべました。

いったい何をするつもりなのでしょう。……尻尾でクロフォード殿下の脇をくすぐるとか？

私が想像を膨らませていると、さらにキツネさんが告げました。

「フローラリア様がご自身の人生から恋愛を切り捨てたのは、クロフォードとの婚約が原因でしょう。ならば、今、あらためて元凶に向き合い、完全に過去のものとして葬ってしまうのが一番かもしれません。……いえ、葬ってしまいましょう」

「キツネさん、もしかしてクロフォード殿下のことが嫌いなんですか」

「フフフ……。ワタシのことはさておき、面会についてはどのようにさせていただきましょうか。フローラリア様が希望されるのでしたら、早速、手配しておきますが」

「ちょっと検討させてください」

あらためて振り返ってみると、婚約破棄を突き付けられた夜を最後に、クロフォード殿下とはマトモに喋《しゃべ》ってないいんですよね。

ナイスナー家が独立して一年以上が経《た》ちましたし、心に区切りをつけるために殿下と話す、というのはアリかもしれません。

よし。

決めましたよ。

「面会の手配をお願いしてもいいですか」

「承知しました。即断即決、素晴らしいことです」

「そうですか？　ちょっと考え込んじゃいましたよ」

「普通なら数日は悩むところかと」

「でも、今の私にとって必要なことだから、キツネさんも殿下との面会を提案してくれたんですよね。だったら、その判断を信じます」

「……承知いたしました」

キツネさんは普段よりも少しだけぎこちない口調でそう答えました。

どうやら照れているようです。

「可愛いですね」

おっと。

思わず口に出してしまいました。

「お、お戯れを……。そっ、それでは失礼いたします！」

キツネさんはよほど恥ずかしかったらしく、ポン、と白い煙を残して部屋から消えてしまいました。

私はクスッと笑ったあと、ベッドから立ち上がり、大きく伸びをします。

キツネさんのおかげで気分もスッキリしました。

これなら心残りもなく、首都へ出発できそうですね。

◇　◇

昼食を済ませたあと、私はリベルを連れて屋敷を出ました。

「フローラ、少しよいか」

途中の道すがら、リベルが声を掛けてきます。

「汝に訊きたいことがある」

「なんでしょう」

「先程の、我とマリアとの話だ。……汝《なんじ》も物陰で聞いておっただろう」

びくっ。

完全に気配は消していたつもりなんですけどね。

どうしてバレているのでしょう。

「な、な、何のことですか」

「声が震えておるぞ」

「きゃー、私の歩いているところだけ局所的な地震がー」

「……まったく。まるでネコ精霊のようなことを言う」

リベルは苦笑すると、私の頭をくしゃくしゃと撫でます。

「我は精霊王にして汝の守護者だぞ。どこに隠れていようが、汝の気配くらいは感じ取れる。……

それに、盗み聞きを咎《とが》めるつもりはない。むしろ好都合だ」

「好都合って、どういうことですか」

「汝にも知恵を貸してもらいたいのだ」

リベルは歩きながら真剣な表情を浮かべます。

「結局のところ、マリアは我に何を言いたかったのだろうな」

「私もよく分からなかったんですよね。だから、キツネさんに相談してみたんです」

「ほう、キツネか。ヤツは人の心に詳しいからな。適任だろう」

リベルはうんうん、と頷くと、私に向かって訊《たず》ねてきます。

「相談の結果、どのような答えになったのだ」

「マリアは、私が恋愛に対して鈍感なことを心配しているみたいなんですよね。そのためのリハビリを、リベルにも手伝ってもらいたいんだと思います」

「……本当なのか、それは」

リベルは眉を顰《ひそ》めると、疑わしそうに首を傾げます。

「何かが根本的に間違っておらんか。そのような予感がするぞ」

「でも、キツネさんと相談した結果ですよ」

「……分かった。ヤツが否定しておらんのなら、ひとまず信じてもよかろう」

リベルは、しぶしぶ、といった様子で頷きます。

「ならば実際のところ、我は何をすればよいのだ」

「さあ……？　これぱっかりはマリアにしか分かりませんね」

「では、次に顔を合わせた時に訊《き》いてみるか」

そんな話をしているうちに、私たちはドラッセンの東門に到着しました。

東門を通って街の外に出ると、少し離れたところに屋根のない大きな建物が見えます。

船のドックですね。

ちなみに三日前は大雨だったのですが、なぜかドックのところだけ晴れていたのが記憶に残っています。

きっとネコ精霊たちが精霊パワーで雨乞いならぬ雨避《あまよ》けみたいなことをしていたのでしょう。

ドックの周囲にはかなりの人だかりができていました。

どうやらドラッセンの住民たちが見送りに来てくれたようです。

「あっ、フローラリア様だ！　リベル様もいるぞ！」

「《ネコチューブ》の会議、見てました！　フローラリア様、キリッとしてて格好よかったです！」

「リベル様も、レオ皇子も顔がよくて、すっごく眼福でした！　本気で推せます！」

どうやら先日の《ネコチューブ》を見てくれた方も多いようです。

私は人々に手を振りつつ、リベルを連れてドックに入ります。

「ふろーらさま、いらっしゃいませ！」

「ふねならかんぺきにしあがってるよ！」

「ひゃくねんのっても、だいじょうぶ！」

最初に出迎えてくれたのは、客船の修理にあたったネコ精霊たちです。

一〇〇年乗っても大丈夫なんですか？

それはすごいですね。

いったいどんな仕上がりでしょうか。

おおっ。

ドックのエントランスを抜けると、その向こうには新品同然の姿となったカルナバル皇国の客船が私たちを待っていました。

側面に亀裂はなく、むしろピカピカに輝いています。

折れていた帆柱は元通りですし、これならすぐに大海に漕《こ》ぎ出《だ》せるでしょう。

まあ、今から向かうのは海じゃなくて空ですけどね。

先日と同様、カラスさんたちに運んでもらうことになっています。

「フローラ、少しよろしくて？」

船の外装を眺めていると、右の方から声が聞こえました。

視線を向けると、そこにはマリアの姿がありました。

「マリア、どうしてここに？」

「見送りに来たのですわ。それから、ひとつ確認しておこうと思いまして」

「なんでしょう」

「貴女《あなた》、わたくしとリベル様の話をこっそり聞いていましたわね」

「な、な、何のことですか」

「フローラ、今回も声が震えておるぞ」

リベル、余計なことを言わないでください。

というか、マリアにまでバレていたとは予想外です。

シラを切るのは難しそうですし、素直に認めてしまいましょう。

「ごめんなさい。盗み聞きしていました」

「そうだと思いましたわ。……ふふっ、言ってみるものですわね」

マリアはいたずらっぽい表情を浮かべると、右手の人差し指で私のほっぺたをつついてきます。

むむっ。

これはもしかして……。

「私、鎌を掛けられちゃいました？」

「ええ、見事に引っ掛かってくれましたわね。そういうところ、可愛らしくて好きですわよ」

マリアはそう言って、ふっ、と笑みを浮かべます。

「まあ、盗み聞きについては最初から予想していたから問題ありませんわ。わたくしとリベル様がどんな話をしているか、気になって気になって仕方なかったのでしょう？　……リハビリの第一歩としては上々ですわね」

「リハビリって、恋愛のですよね。……どうして盗み聞きがリハビリになるんですか」

「わたくしが答えを言っても意味がありませんわ。ぜひ、フローラなりに考えてみてくださいませ」

マリアはそう言って私に微笑《ほほえ》みかけると、次に、リベルに向かって告げました。

「リベル様。先程はわたくしの話に付き合ってくださってありがとうございました。……まあ、話の内容そのものより、フローラが盗み聞きにくるかどうかのほうが重要でしたけれど」

「……事情はよく分からんが、汝の行動はすべてフローラのためなのであろう。ならばよい」

「ありがとうございます。さすが精霊王様、器が大きいですわね」

「当然であろう。我は王として生まれた存在なのだからな」

リベルはちょっと誇らしげに胸を張ります。

「ところでマリアよ。フローラのリハビリとやらについてだが、我は何をすればよいのだ」

「確かに、庭での話は少し抽象的でしたわね」

マリアは納得顔で頷くと、さらに言葉を続けます。

「時々で構いませんから、五年後、一〇年後のリベル様とフローラを想像してくださいませ。あとは、今後もフローラの隣に寄り添っていただけると幸いですわ」

「よかろう。守護者として引き受けよう」

リベルはそう答えると、頼もしい表情を浮かべながら私の頭にポンと手を置きました。

大きくて、温かい手でした。

マリアとの会話を終えたところで、私とリベルは客船に乗り込みました。

カルナバル皇国の人々はすでに乗船を終えており、私の姿を見かけると、嬉《うれ》しそうに声を掛けてきます。

「フローラリア様、船を修理してくださってありがとうございました！」

「ワイバーンから助けてもらったり、宿を用意してもらったり、この恩、どうやって返せばよいのやら……」

「ソファもふかふかの新品に交換されていたんです！　これなら寝られそうですよ！　ぐう……」

最後の発言は、カルナバル皇国の文官さんのものですね。

昨日までの会議で疲れもたまっているのでしょう。

条約を文章にまとめる仕事もありますし、今はゆっくり休んでください。

甲板に出ると、そこにはレオ皇子の姿がありました。

……求婚を断ったばかりですし、ちょっと気まずいですね。

私が言葉に困っていると、レオ皇子はニッと笑顔を浮かべて声を掛けてきます。

「おはようさん、フローラ。今日はよろしくな」

「ええと、はい。こちらこそ」

「なんだか顔がカタいな。……って無理もないか」

「レオ皇子こそ、いつも通り過ぎませんか」

「バッサリ断ってもらえたおかげで、スッキリしたのさ」

それに……とレオ皇子は続けます。

「宿に戻ったあと、ザインがめずらしく慰めてくれたんだよ。昔の失恋話をしてくれたんだが、なかなかに意外な内容で――」

「コホン！　コホン！」

咳払《せきばら》いをしたのは、いつのまにか近くに来ていたザインさんです。

「皇子。人の過去をみだりに広めるのは感心しませんな」

「おっと、悪い。うっかりしてたよ」

レオ皇子は謝罪の言葉を口にすると、視線を上に向けました。

ドックに屋根はないので、そのまま青空が見えますね。

雲一つない、すがすがしい天気です。

「さて、そろそろ出発かな」

「うむ。……フローラよ、カモメが来たぞ」

えっ？

リベルがそう言った直後、私の足元にパタパタとカモメさんが降り立ちました。

「フローラさま！　今日も先導役はぼくが務めるかも！　よろしくかも！」

「はい。こちらこそ、よろしくお願いしますね」

「つきましては、出発の号令をお願いしたいかも！」

カモメさんはそう言って私に白い帽子を差し出してきます。

船長のしるし、みたいなものでしょうか。

えーと。

この船って、カルナバル皇国のものですよね。

「号令を出すなら、レオ皇子のほうがふさわしいと思うんですけど」

「いや、ここはフローラだろ。船の修理を手配してくれたわけだしな」

レオ皇子はそう答えると、さらに、甲板にいる人々に声を掛けます。

「おまえらだって、オレよりも可愛い女の子に号令を掛けてもらった方が嬉しいだろ？」

「そりゃそうですよ、皇子！」

「あら、わたしたちだってそうよ！」

「フローラリアさま！　号令をどうぞ！」

「……と、いうわけだ」

人々の反応を聞いたあと、締めくくるようにレオ皇子が言いました。

「じゃあ、よろしくな」

「……分かりました」

こうなったら、引き受けるしかありませんね。

私は意を決して白い帽子を被ります。

「レオ皇子。船の名前を教えてもらっていいですか」

「もちろん」

私はレオ皇子から船の名前を聞くと、大きく息を吸い――声を張り上げました。

「ネオ・アンダルシア号、発進です！」

第五章　首都へ向かいます！

カルナバル皇国の客船――ネオ・アンダルシア号は、前回と同じくカラスさんたちに吊《つ》り上《あ》げてもらい、空からナイスナー王国の首都へと向かいます。

ちなみに、この船はもともと『アンダルシア号』という名前だったそうです。

今回、ネコ精霊たちに修理してもらったこともあり『ネオ・アンダルシア号』に改名したのだとか。

「本当なら『ネコ・アンダルシア号』にしたかったんだけどな」

船が出発したあと、レオ皇子はそんなことを口にしました。

「ネコ精霊に修理してもらったんだから、ピッタリだろ？　……でも、ザインに止められたんだ」

「あまり趣味に走りすぎるのはどうかと思いましたので」

ザインさん、ナイスです。

船のネーミングが尖《とが》りすぎていると、周囲に首を傾げられちゃいますからね。

ともあれ、レオ皇子としては最大限の妥協として『ネコ』を『ネオ』にして『ネオ・アンダルシア号』と名付けたそうです。


さて。

私たちはこれからナイスナー王国の首都に向かうわけですが、地理について少しだけ説明しておきましょう。

首都の名前はハルスタット、三〇〇年ほど前に作られた街で、ナイスナー家の初代当主ハルトさまにちなんで命名されたそうです。

ご先祖さまの手記には「オレの名前を使うとかマジないわー。未来の子孫にドン引きされるわー。泣ける」という愚痴が綴《つづ》られていたので、たぶん、周囲が決めちゃったんでしょうね。

ハルスタットは長い歴史を持つ街なので、あちこちに古い建物が残っています。

特に、南の時計塔は観光名所として有名ですね。

ただし敷地内は立ち入り禁止となっており、地下にはザシキロウ《座敷牢》があってクロフォード殿下が収監されています。

あとは、街のやや西寄りのところを北から南に向かって流れる大きな川……ヨード川の風景はなかなか美しく、夕方になるとデート中のカップルでにぎわいます。

一定距離を置いてぽつ、ぽつ、ぽつ、とカップルが座り込む様子は、なんだかちょっとシュールですね。

街の紹介としてはこんなところでしょうか。

空を進むこと二時間、ほどなくしてハルスタットの街が見えてきました。

古びた煉瓦《れんが》造《づく》りの建物が多いのは、それだけ街の歴史が長い証拠です。

「フローラよ。船はどこに降ろすのだ」

私が甲板から地上の風景を眺めていると、リベルが声を掛けてきます。

「やはりヨード川か」

「いえ、それだと川の流れを堰《せ》き止《と》めちゃうかもしれませんから、もっと上流に向かいます」

「上流というと……なるほど、あの湖か」

「ええ、そうです」

私が答えているあいだに船は進路を変え、ヨード川に沿って北へと進んでいきます。

ほどなくして水源である湖……ビーワ湖へと辿《たど》り着《つ》きました。

余談ですが、ご先祖さまの故郷にはビワ湖というのがあって、そこからヨド川というのが流れているそうですね。

地理的な関係が近いので「ビーワ湖」「ヨード川」という名前にした……と手記に書いてありました。

「フローラさま、そろそろ着陸……じゃなくて、着水するかも！」

先導役のカモメさんが大声で伝えてくれます。

やがて船はだんだんと高度を下げていき、ゆっくりとビーワ湖に降り立ちました。

水面が大きく波打ちます。

あ、ビーワ湖の住人であるカメさんには、キツネさんを通して事前に連絡していますよ。

ちゃんと許可も取っているので安心してください。

「でぐちはこっちだよー！」

「みずうみにおちないように、きをつけてね！」

「じゅんばんにならんで、ばしゃにのってね！」

ネコ精霊たちに先導され、私たちは船を降ります。

「フローラよ。カメたちが面白いことをしておるぞ」

左隣を歩いていたリベルが、湖の方を指差します。

そちらに視線を向けると、大きなカメが十匹ほど、水面からニュッと顔を覗《のぞ》かせ、こちらに向けて手を振っていました。

その中には先日の精霊……カメさんの姿もありました。

カルナバル皇国の人々を歓迎するため、文字通り顔を出してくれたのでしょう。

私はお礼の気持ちを込めて手を振り返しておきます。

ビーワ湖から首都ハルスタットへの移動には馬車を使うことになっており、すでに湖のほとりには何十台もの馬車が待機していました。

周囲には騎士たちがいて、カルナバル皇国の人々を馬車へと案内しています。

「船旅、ご苦労様でした。ハルスタットまでは我々がお連れします！」

「奥から詰めて、順番にお乗りください！」

「フローラリア様、リベル様。到着をお待ちしておりました。さ、どうぞこちらへ」

どうやら私たちの乗る馬車は別に用意してあるようです。

騎士に先導されて移動してみれば、そこには黒塗りの高級馬車が待っていました。

側面には金縁で我が家の家紋が彫り込まれています。

内部には丸テーブルを挟むようにして二人掛けのソファが一つずつ設置されており、片側にはレオ皇子とザインさんの姿がありました。

「よお、待ってたぜ」

「僭越《せんえつ》ながら先に座らせていただいておりました」

「いえいえ。お二人は賓客ですから、どうぞご遠慮なく」

「先に座ろうが、後に座ろうが、大した問題ではあるまい。遠慮せずにくつろぐがいい」

私とリベルはそう答えて、馬車のソファに腰掛けます。

外装と同じく内装もこだわっているらしく、座り心地は抜群です。

「ふぁ……」

おっと。

このアクビは私じゃないですよ。

向かいに座るレオ皇子のものです。

「失礼。昨夜は寝るのが遅くてな」

「えっと。それって」

もしかして私が求婚を断ったせいでしょうか。

だとしたら申し訳ないな……と思っていたら、レオ皇子はこちらの内心を察したらしく、首を横に振りました。

「おっと、勘違いしないでくれよ。オレが夜更かしをやっちまったのは、フローラのせいじゃない。さっきも言ったが、ザインの昔話があまりにも興味深くてな。ついつい、最後まで聞き入っちまったのさ」

「何時くらいまで起きていたんですか」

「空が白くなり始めていたから、午前五時か六時だろうな。おかげで船の中でもグッスリだったよ」

そういえばそうでしたね。

私は頷《うなず》きながら、ネオ・アンダルシア号での移動中のことを思い出します。

出発して三十分くらい経《た》った頃でしょうか。

船内のソファで、男性の文官さんと折り重なるようにして眠っていましたね。

周囲には女性の兵士や魔術師たちが集まってキャッキャと楽しそうにしていましたが、いったい何だったのでしょうか。

まあ、それはさておき――

「ザインさんとは、どんな話をしたんですか」

「おっと、悪いがそいつは秘密だ。男の約束だからな」

「でも、船ではうっかり喋《しゃべ》っちゃいそうになってましたよね」

レオ皇子はプライベートなことになると脇が甘そうですし、うまく誘導尋問すれば、口を割らせることも可能かもしれません。

「フローラよ。キツネを呼ぶか」

私と同じことを考えたらしく、リベルがニヤリと笑みを浮かべました。

「リベル様。それはどうかご容赦ください」

私の斜め向かいに座るザインさんが、苦笑しながら言いました。

「わたしはただ、胸に秘めたまま終わってしまった恋のことを皇子に話しただけです」

「それは興味深いな」

「なんだかロマンチックですね」

私とリベルが声を揃えて告げると、ザインさんは首を横に振ります。

「後になって振り返ってみれば、当時の自分の臆病さが恥ずかしくなるばかりです。皇子のように、断られることを覚悟してでも気持ちを告げておけばよかった。今ではそのように考えております」

「……とまあ、そんな感じで励ましてもらったんだよ」

ザインさんの言葉を引き継ぐようにして、レオ皇子が話を続けます。

「まあ、そういうわけでオレは大丈夫だ。フラれた側が言うのも変な話だが、フローラ、あんまり気にするなよ。むしろ、笑顔でいてくれたほうがこっちも安心するからな」

「……分かりました」

確かに、レオ皇子に気を使わせちゃうのは申し訳ないですね。

私は息を吸って、吐いて、頭の中を切り替えます。

「じゃあ、今後とも友人としてよろしくお願いします」

「ああ、こちらこそ」

私とレオ皇子は互いに頷き合うと、握手を交わしました。

◇　◇

それから一〇分ほどで馬車はハルスタットに入りました。

街頭には住民の方々が集まり、私やリベル、レオ皇子、そしてカルナバル皇国の皆さんに対して歓迎の声を上げました。

「フローラリア様、リベル様、お帰りなさい！」

「レオ皇子、ハルスタットへようこそ！」

「カルナバル皇国のみなさーん！　よかったらウチの店に飲みに来てくれよ！」

そうして賑《にぎ》やかな雰囲気に包まれたまま、馬車はハルスタットの北にある『イスズ迎賓館』に向かいます。

迎賓館というのは他国の要人、あるいは他の貴族家の人々を迎え入れ、おもてなしを行うための施設ですね。

内部には宿泊施設のほか、パーティや舞踏会のためのホール、外交交渉を行うための会議場などが併設されています。

ちなみに『イスズ迎賓館』の『イスズ』はご先祖さまの、故郷でのファミリーネームに由来しています。

さてさて。

イスズ迎賓館の前で馬車を降りると、そこには近衛の騎士たちを連れたお父様の姿がありました。

お父様がチラリとこちらに視線を向けてきたので、私は小さく頷きます。

――よく帰ってきたな、フローラ。

――ただいま戻りました、お父様。

無言で意思疎通を済ませちゃったわけですが、あえて言葉にするならこうでしょうか。

お父様は続いてレオ皇子のほうを向き、口を開きます。

「ナイスナー王国国王、グスタフ・ディ・ナイスナーだ。レオ皇子、遠路はるばるハルスタットまでお越しいただいて感謝する」

「カルナバル皇国皇太子、レオ・カルナバルです。お会いできて光栄です、グスタフ王」

公式の場ということもあってか、レオ皇子は顔をスッと引き締めています。

背筋もピンと伸びており、どこからどう見ても「品行方正な皇太子」といった雰囲気です。

もちろん私も淑女らしい態度をしていますよ。

唯一の例外は精霊王であるリベルくらいでしょうか。

私たちのやや後方で黒塗りの馬車に背を預け、腕組みをしながらうんうんと頷いています。

たぶんリベルなりに、場の空気を楽しんでいるのでしょう。

そのあとは休憩を挟んで、ホールでの立食パーティとなりました。

先日《ネコチューブ》で外交交渉の様子が中継されたわけですが、それがお父様やレオ皇子、あるいは他の皆さんにとって共通の話題となり、両国の交流は大きく進みました。

私の印象に残っているのは、レオ皇子とライアス兄様の組み合わせですね。

お互いに陽気な性格ということもあってか、あっというまに昔からの親友みたいに意気投合していました。

「レオ、あっちでローストビーフを食おうぜ」

「待ってくれ、ライ。スシをもう少し摘まんでもいいかな」

ライというのはライアス兄様のことでしょうか。

斬新な呼び方ですけど、なかなか分かりやすいですね。

「スシか。じゃあ、俺もタマゴを食っていくか」

「気が合うね。同じことを考えていたんだ」

レオ皇子とライアス兄様は頷き合うと、会場の端にあるスシのコーナーへと向かっていきます。

そんな二人を、なぜか、パーティに参加していた女性陣がキラキラした目で見つめています。

「尊いわ……」

「王子と皇子、いい……」

「壁か床になって、二人を永遠に観察していたいわ……」

なんだかマリアみたいなことを言っている人がいますね。

ちなみに女性陣の顔ぶれとしては、ナイスナー王国の人とカルナバル皇国の人がおよそ半分ずつ

となっています。

彼女たちも彼女たちでやがて意気投合し始めたので、まあ、両国の交流を深めるという意味では大成功ではないでしょうか。

そしてパーティが終わったあと、私、リベル、それからお父様とライアス兄様の四人はイスズ迎賓館を去り、ナイスナー家の屋敷に戻ってきました。

私にとっては久しぶりの実家ですね。

それではおやすみなさい……と言いたいところですが、寝る前にやるべきことが残っています。

レオ皇子がドラッセンに滞在していた八日間の出来事について、ブレッシア領の領主としてお父様に報告せねばなりません。

というわけで、私たち四人はそのまま屋敷の談話室に向かい、それぞれソファに腰掛けます。

執事さんが持ってきてくれたリョク茶で喉を潤しつつ、私はこの八日間のことを話し始めます。

まあ、お父様もライアス兄様も《ネコチューブ》の会議を見ていたそうなので、報告はそんなに長くならないでしょう。

……と思っていたら、話の最後にリベルがいきなり爆弾発言を投下しました。

「フローラ。ひとつ報告することを忘れておるぞ」

「なにかありましたっけ」

「レオから求婚されたであろう」

「あっ」

完全に忘れていました。

求婚は即答で断っちゃったわけですし、しかも、そのあとの気まずい空気もすでに解決していることもあって、私の中では完全に『終わったこと』になっていました。

でも、確かにこれは報告すべきことですよね。

「リベル殿。今、何とおっしゃいましたか」

お父様、表情がものすごく硬いです。

かなり動揺してますね、これ。

「レオがフローラに求婚だって……？」

ライアス兄様も驚きに目を丸くしています。

「ちくしょう、あいつとは親友になれそうだったのに。この手で倒すしかねえのか」

いやいや、ちょっと待ってください。

どうして急にそんな物騒な話になっているんですか。

私が対応に困っていると、リベルが苦笑しながら言いました。

「グスタフ、ライアス。落ち着くがいい。フローラには我がついておるのだ。汝《なんじ》らが心配することは何もない」

頼もしい口調でそう告げると、さらに言葉を続けます。

「フローラは求婚を断り、レオもそれに納得した。現在、両者の関係はよき友人という形に落ち着いておる。精霊王の名において、この件はすでに片付いた、と宣言しておこう。あとはフローラの口から詳細を聞くがいい」

リベルが前置きをしてくれたおかげで、レオ皇子の求婚についての説明はスムーズに済みました。

「……というわけで、口頭での求婚ですし、あくまで個人レベルの問題と言える状況でしたので、その場で断らせていただきました」

これが書面によるもので、しかも国を通してのものだったら話は別なんですけどね。

私と同じ結論に至ったらしく、ライアス兄様はうんうんと何度も頷きました。

「俺は納得したぜ。オヤジはどうだ」

「わたしも、問題はないと考えている」

ただ――、とお父様は続けます。

「父親としては、その日のうちに相談をしてもらいたかったな」

「それはごめんなさい。次からは注意します」

私が謝罪の言葉を口にすると、お父様は少し考え込んでからこう告げました。

「いや、すまない。気にしないでくれ。……これも親離れのひとつだろう」

「父親とは大変だな、グスタフ」

リベルが口元に微笑を浮かべながら言いました。

「フローラ。月に一度くらいはグスタフに《ネコリモート》で連絡してやるがよい。こやつ、内心ではずいぶんと寂しがっておるようだぞ」

「それは……まあ、否定はいたしません」

お父様はちょっと俯《うつむ》きがちになって呟きました。

もしかして、照れてます？

なんだか意外な一面を見たかもしれません。

私が新鮮な気持ちになっていると、お兄様が声を上げました。

「おっと、親父《おやじ》だけじゃないぜ。フローラからの連絡を待っているのは俺も同じだ。週一どころか毎日だって《ネコリモート》してくれよな」

ええと。

まあ、検討しておきますね。

そうして求婚についての報告が一段落ついたところで、話題は今後の予定に移りました。

外交交渉そのものはドラッセンでほぼ済んでおり、現在、両国の文官が条約などを文章にまとめているところです。

三日後には仕上がる見込みなので、それをお父様にチェックしてもらったら、ナイスナー王国とカルナバル皇国の国交が晴れて成立となります。

「フローラ、よくやってくれた」

お父様は満足そうな笑みを浮かべると、私の頭を撫でてくれます。

「ワイバーンの出現は想定外だったが、救出とそのあとの対応も含めて、文句の付け所がないほど見事なものだった。おまえに任せたのは、やはり正解だった」

「さすがフローラだな。俺も、頼れる兄貴として頑張らねえとな」

ライアス兄様が右手をグッと握り直して気合を入れていると、からかうようにリベルが言います。

「ククッ。ライアスよ、汝は何に励むというのだ」

「そうだな……。とりあえず、レオのやつと交友を深めるためにショーギでも指してくるか」

「ライアス兄様。ショーギ、あんまり強くないですよね」

「いいんだよ。こういうのは一緒に遊ぶことに意味があるんだ。あとは……そうだな。レオの護衛として《赤の剣鬼》のザインが来てるんだよな」

「ええ、そうですね」

「だったら、剣術勝負のリベンジだな。前はボコボコにされたけど、今の俺は一味《ひとあじ》どころか七味《ななあじ》は違うぜ。七味《しちみ》ライアスだ」

なんだか辛そうですね。

冗談はさておき、ザインさんも言ってましたね。

昔、ライアス兄様と剣術で勝負をしたことがある、って。

「そういやさっきのパーティだけどよ。いきなりザインに謝られたんだ」

ふと、思い出したようにライアス兄様が言いました。

「『あの時の勝負は八つ当たりのようなものでした、申し訳ございません』って。どういう意味だろうな。オヤジは分かるか」

「……ああ」

お父様は何かを察したような表情で頷《うなず》きました。

「ザイン殿も当時はアセリアの死に動揺していたのだろう」

「どういうことですか。というか、そもそもライアス兄様とザインさんが勝負をしたのって何年前の話なんですか」

「七年前、アセリアの葬儀の直後だ。……ザイン殿はアセリアと親しかったからな。剣士として、心の整理を付ける手段として剣術での勝負を選んだのだろう」

「そしてライアスを倒したあと、自分が八つ当たりをしていることに気付き、羞恥心ゆえにこの大陸を離れたのであろう」

お父様の言葉に続いて、リベルが納得顔で呟きます。

「そして海を渡り、カルナバル皇国でレオの護衛役になった……というところか。まあ、あくまで我の推測だがな」

「八つ当たりだろうがなんだろうが、別に構わないさ」

ライアス兄様は殊勝な表情でそう答えます。

「あの時、俺は負けた。だから、次は勝つ。それだけで十分だ」

「クク、ライアス。よい顔をしておるな」

「ありがとよ、リベル殿。……つーか、今後の予定を話していたのにズレちまったな。悪い」

「いえいえ。ともあれ、三日後まではのんびり過ごせそうですね。……あっ、お父様。ひとつお願いがありまして」

「おまえは今回、よく頑張ってくれた。何でも言うといい」

「クロフォード殿下と面会したいのですけど、構いませんか」

「ああ、その件か」

お父様は訳知り顔で答えます。

「すでにキツネ殿から報告を受けている。こちらも準備があるからな。明後日の午後はどうだ」

「大丈夫です。直接、時計塔のザシキロウに行けばいいですか」

「そうだな。ただし、リベル殿を同行させることが条件だ。……リベル殿、よろしいか」

「うむ。任せておくがいい」

リベルはお父様にそう答えると、視線を私のほうに向けます。

「ところでフローラ、なぜ、今になってクロフォードと面会をする必要があるのだ」

「キツネさんの提案なんです。リハビリになるかもしれない、って」

「……なるほど、そういうことか」

私の返答は短いものでしたが、リベルはそれだけで理解してくれたようです。

納得の表情を浮かべて頷いています。

「フローラ、どこかケガしたのか？」

ライアス兄様が心配そうに声をかけてきます。

「いや、でも、それなら回復魔法があるよな」

「大丈夫ですよ、ライアス兄様。怪我《けが》をしたわけじゃないです」

「その通りだ。汝が不安になる必要はない」

リベルはそう告げたあと、再び、私に向かって言います。

「ところでフローラ。クロフォードとの面会に同行するのは構わんが、ひとつ、条件を付けさせてもらおう」

「なんでしょう？」

「よく考えてみれば、我はこの首都ハルスタットのことをあまり知らん。明日は空いておるのだろう。案内するがいい」

「分かりました。じゃあ、明日は二人でお出かけしましょうか。……まあ、いつも一緒の気がしますけどね」

というわけで、明日の予定は決まりました。

……ん？

「親父。フローラとリベル殿がデートの約束をしてるぞ、いいのか」

「……本人たちにその自覚はあるまい。そっとしておけ」

ライアス兄様とお父様がヒソヒソと何か話していますね。

よく聞こえませんでしたが、まあ、重要なことではなさそうですし、そっとしておきましょうか。

◇　◇

　というわけで、翌日はリベルとお出かけになりました。

　私はナイスナー王国の王女にあたるわけですが、ふらりと街に出ても大きな騒ぎにならないのがハルスタットのいいところです。

　理由としては治安の良さはもちろん、ナイスナー家がハルスタットに暮らす人々と距離が近いこと、そして、家族全員がジュージュツやニンジュツを身に付けており、単独でも刺客に対抗できるだけの実力を持っているからでしょう。

　以前にも言いましたけど、私、聖地とか王宮とかで暗殺者を取り押さえてますからね。

　まあ、今回はリベルも一緒ですし、精霊たちも呼べばいつでも来てくれるわけですから、私が実力を発揮するような機会はないでしょう。

　その日の午後一時、私たちは屋敷の正門前で待ち合わせて出発しました。

「行きたい場所とか、見たいものとかありますか」

「今回は汝に任せるとしよう。……しかし、ハルスタットもずいぶん様変わりしたな。二階建て、三階建ての建物が随分と増えた。三〇〇年前とは大違いだ」

　リベルは周囲の街並みを見回すと、しみじみとした様子で呟きました。

「人族の発展というのは面白いな。実に興味深い」

「三〇〇年前って、ご先祖さまが生きていたころですよね」

「その通りだ。ハルトのやつには何度も街を連れ回されたものだ」

「じゃあ、中央広場も行ったことがありますよね」

「どうだろうな。見れば思い出すかもしれん」

「じゃあ、最初の目的地はそこにしましょうか」

　中央広場までは屋敷から歩いて一〇分ほどの距離ですし、そう遠くありませんからね。


　中央広場は広大な敷地面積を持つ公園で、四季折々の花が楽しめる遊歩道のほか、子供のための遊具スペースなどがあり、ハルスタットの人々にとって憩いの場として親しまれています。

　北から入ってすぐのところには名物の『虹の噴水』が設置されているのですが、これは三〇〇年前にご先祖さまが作った魔導具だと言われています。

　太陽の光を魔力に変換して、半永久的に動き続けるのだとか。

「この噴水、まだ残っておったか」

　リベルは懐かしむように呟《つぶや》くと『虹の噴水』へと近付いていきます。

　ちょうどそのタイミングで、噴水の中央からシャアアアアアっと勢いよく水が噴き出し、周囲に小さな虹が生まれました。

『虹の噴水』では一時間に一度だけ、こうして虹が生まれる仕組みになっています。

「なんだか、ご先祖さまがリベルを歓迎しているみたいですね」

「ただの偶然であろう。……とはいえ、そう考えるのも悪くないな」

口元に小さく笑みを浮かべると、リベルは遠い目で噴水を眺めます。

ご先祖さまが生きていた当時を思い返しているのかもしれません。

よく考えてみれば――

リベルは三〇〇〇年間ずっと精霊の洞窟で眠っていたわけですから、以前の、人族の知り合いはみんな死んじゃってるんですよね。

普段は寂しそうなところをまったく見せませんけれど、リベルなりに思うところがあってもおかしくありません。

「……さて、そろそろ行くか。せっかくフローラに案内を頼んだというのに、このままでは噴水を見ているだけで一日が終わってしまいそうだ」

「私は、それでも構いませんよ。リベルと一緒にいるだけで楽しいですし。……それに、普段はよくドタバタしてますから、たまには穏やかな時間があってもいいかな、って」

「ほう」

リベルは私の言葉を聞くと、面白がるような表情を浮かべました。

「フローラの口からそんな言葉が出るとはな。汝《なんじ》も大人になったものだ」

「どういう意味ですか」

「出会ったばかりの頃、汝はいつも仕事を探しては取り掛かっておったからな。まるで動くのを止めれば息絶える魚のようだった」

「私、マグロやカツオじゃないですよ」

「本質的には似たようなものだ。だが、最近は他の者に頼ることも覚え、休息の取り方も上手《うま》くなった。よい傾向だ」

リベルはそう言って、私の頭をわしゃわしゃと撫《な》でました。


私たちは中央広場を出たあと、大通りから少し離れたところにある商店街を巡ることにしました。

パン屋さんの店先からはいい香りが漂い、書店の店先には新作の小説本などが置かれています。

「フローラリア様！　先日は腕のケガを治してくださってありがとうございました！」

「リベル様。うちの王女様をよろしくな！」

「これ、うちの新作メロンパンです！　よかったら試食していってください！」

ありがとうございます、それでは少しだけ……。

もぐもぐ。

おおっ。

外はカリカリ、中のクリームはメロンの風味たっぷりの甘々で、かなりのおいしさです。

「これは美味《うま》いな。悪くない」

どうやらリベルも気に入ったようです。

帰り道におやつとして買ってもいいかもしれませんね。

それからもしばらくリベルと街を歩いていたのですが、ふと立ち寄った雑貨店で気になるものを見つけました。

赤色の宝石を嵌《は》め込《こ》んだ、銀のブレスレットです。

商品の説明書きによれば《銀の聖女》と精霊王、つまり私とリベルをイメージしたアクセサリなのだとか。

かなり売れているらしく、残っているのは大きめのサイズが一つと、小さめのサイズが一つだけでした。

「これ、上品でいい感じですね」

まるで普通のアクセサリのような雰囲気で『分かる人にだけ分かる』デザインになっているのは、個人的に高ポイントですね。

「我らをイメージした装飾品か。なかなか悪くないな」

「いらっしゃいませー。って、ひえええええっ！　フローラリア様にリベル様⁉　あわわ……」

奥から男性の店員さんが出てきたのですが、私たちの姿を見るなり、驚きのあまり腰を抜かしてしまいました。

「う、う、うちの店に何のご用事でしょうか……」

「もちろん買い物だ」

リベルはそう答えると、大小のブレスレットを一つずつ、まとめて手に取りました。

それから男性店員さんを助け起こすと、レジへと向かいます。

「このブレスレットを買わせてもらおう」

「きょ、恐縮です。お値段はこちらで……」

「意外に安いな。これで足りるか」

「はい。お買い上げ、誠にありがとうございます。光栄です……」

店員さんはものすごい勢いで何度も頭を下げています。

と、いうか。

精霊の王様がお店で粛々と物を買うのって、なんだか妙な面白味《おもしろみ》がありますね。

そのあと、会計を済ませたリベルと共に、店員さんに見送られて外に出ました。

……あっ。

リベルはすでに大きい方のブレスレットを左手首につけていますね。

赤い宝石が日光に照らされ、キラキラと輝いています。

綺麗だな、と思いながら眺めていると、リベルが声を掛けてきました。

「フローラ。左手を貸すがいい」

「こうですか?」

私が左手を上げると、リベルは二つのブレスレットのうち、小さいものを私の手首に通しました。

「よく似合っておるな」

「ありがとうございます。でも、急にどうしたんですか」

「褒美のようなものだ、汝は今回、見事に外交交渉をまとめあげたからな」

「まあ、厳密にはまだ国交は成立していませんけどね」

「とはいえ、汝は自分の仕事をやり遂げたであろう」

それに――とリベルが付け加えます。

「昨日、マリアに言われたからな。フローラの将来を考えろ、と。……今後、ナイスナー王国と諸外国の付き合いも増えていくであろう。汝が求婚されることも一度や二度ではあるまい」

確かに、可能性はゼロじゃないですね。

ナイスナー王国は精霊という強大な存在を抱えているわけですし、婚姻という手段によって縁を持とうとする国も出てくるでしょう。

「もし求婚の返事に困ったなら、このブレスレットを見せて相手に告げるがいい。婚姻については、自分の守護者である精霊王を通せ、とな」

……ん？

さっき見送りに来てくれた店員さんはそのままお店の軒先を掃除していたのですが。こっちを見ながら何か呟いていますね。

「それって、暗に精霊王様が婚約者だ、って言っているようなものじゃ……？」

あまりにも小声すぎて、よく聞こえませんでした。

まあ、ともあれ――

「お揃いのアクセサリですね。なんだか嬉《うれ》しいです」

「うむ。我もよい気分だ」

私たちは軽い足取りでお店を離れます。

「次はどこに行きましょうか」

「そうだな……」

リベルは自分の口元に手を当てて考え込むと、やがてこう答えました。

「フローラ。墓参りに付き合うがいい」

私たちは花屋さんで菊を買うと、街の東部にある小高い丘へと向かいました。

そこは墓地になっており、一番見晴らしのいいところにナイスナー家の初代当主、ハルトさまのお墓が置かれています。

遥《はる》か遠き地より来たりし者、ハルト・ディ・ナイスナーここに眠る。

永久にその魂に安らぎがあらんことを。

墓碑銘としてはそのような言葉が刻まれています。

ここにはお父様やライアス兄様のほか、分家の方々も訪れていることもあり、周囲は綺麗《きれい》に片付いていました。

私とリベルは水を汲《く》んでくると、お墓を軽く洗い、菊を飾ります。

「死者の弔いは、どのような作法になっておるのだ」

「両手を合わせて祈るんです。今からやりますね」

私は両手を開き、胸の正面あたりで左右の手のひらを合わせます。

「なるほど、こうか」

「ええ、合ってます」

それから私たちは瞼《まぶた》を伏せ、ご先祖さまに祈りを捧《ささ》げました。

ご先祖様、今日はリベルと一緒です。

三〇〇年前の知り合いがお墓参りに来るって、なんだか、ちょっと不思議ですね。

……今、リベルはどんな気持ちなのでしょう。

ご先祖さまとは親しかったはずですから、長い年月を生きる精霊王であっても、寂しいとか悲しいとか、そんなことを感じているのかもしれません。

やがて祈りを終えると、リベルがぽつりと言いました。

「墓があるということは、やはり、ハルトは本当に死んだのだな」

その口調はどこか自分に言い聞かせるようなものでした。

リベルは視線を空に向けると、さらに話を続けます。

「あの男は、いつも我を振り回してばかりだった。それによって友情を確認しているところがあった。……まったく、たちの悪い男であった」

「でも、嫌いじゃなかったんですよね」

「当然であろう。ハルトは女神から与えられた力をあまり好ましく思っていなかったようだが、我にとっては祝福だった。ヤツはこの世界で唯一、精霊王たる我と互角、そして同じ地平から物事を眺められる者だったからな」

「……大切な友達だったんですね」

「ヤツは数少ない、我にとって対等な存在であった」

リベルはその横顔に後悔を滲《にじ》ませながら答えます。

「我は弟神ガイアスとの戦いで傷つき、精霊の洞窟にて深い眠りに就いた。……あれが永久《とこしえ》の別れと分かっていたなら、ヤツのことを一度くらいは、友、と呼んでやればよかった。それだけが、心残りだ」

◇　◇

――リベルは語り終えたあともしばらく、追憶に浸っていた。

頭をよぎるのは、当時は素直に「友」と認めることができなかった、無二の友のこと。

ハルトは人族の枠を超えた力を持っていた。

それゆえ、三〇〇年の眠りに就く以前のリベルは漠然とこう思い込んでいた。

自分が目を覚ました時も、きっとハルトは以前と変わらぬ姿のまま待っているだろう、と。

だが、それは勘違いだった。

ハルトの墓を前にして、ようやくその死が現実感を帯びてくる。

「これが、寂しさ、というものか」

リベルは胸のあたりに冷たい空虚さを感じ——思わず、フローラの頭を撫でようとした。

その時になって、気付く。

静かにこちらの話を聞いていたフローラの瞳から、ぽろぽろと涙がこぼれていた。

「なぜ、泣いている」

フローラと出会ってから今日まで、彼女の泣き顔など一度も見たことはなかった。

初めてのことに動揺しながら、リベルは問い掛ける。

「何があったというのだ」

「その」

フローラは、涙声で答えた。

「リベルの気持ちを考えたら、なんだか、すごく胸が苦しくなって。大切な人に、伝えたいことを伝えられないまま、二度と会えなくなっちゃうのは、きっと、とても悲しいことで。——ごめんなさい。頭の中がごちゃごちゃで、うまく、言葉にならなくって」

「汝は、我のために泣いておるのだな」

リベルはフッと口元を緩めると、フローラを抱き寄せた。

自分でも、どうしてそんなことをしたのかは分からない。

この優しい少女の存在を近くで感じたい。

そんな気持ちが沸き上がっていた。

「リベル……？」

「ここは外だ。あまり泣き顔を晒《さら》すでない。――我の胸を貸そう」

「でも、服が汚れて……」

「これは魔力で編んだものだ。気にする必要はない」

リベルはそう答えると、フローラを抱き寄せる腕に力を込めた。

胸の空虚は、いつのまにか塞がっていた。

◇　◇

私はリベルの話を聞いているうちに胸が苦しくなり、やがて、その胸を貸してもらってわんわんと泣いていました。

そのおかげで気分は落ち着きを取り戻したのですが、……うう。

誰かの前でここまで派手に泣いたのは久しぶりかもしれません。

なんだか恥ずかしくなってきましたよ。

「……失礼しました。もう大丈夫です」

私はリベルから離れると、ペコリと頭を下げました。

頬《ほお》と耳がかぁっと熱くなっています。

どうにも照れてしまって、リベルの顔をマトモに見ることができません。

「気にすることはない」

鷹揚《おうよう》な様子でリベルが告げます。

「泣いている汝《なんじ》というのも、なかなかに可愛らしかったぞ」

「か、からかわないでください」

「我は素直な感想を言っただけなのだがな。まあいい」

リベルはフッと口元を緩めると、さらに話を続けます。

「感謝するぞ、フローラ。汝のおかげで胸の痞《つか》えが取れた」

「えっ？」

私は思わず戸惑いの声を上げていました。

泣いたのも、スッキリしたのも私のほうなのに、どうしてリベルが礼を言うのでしょう。

「今日、ここに来て、汝にハルトのことを話したことで、ようやく我はヤツの死を受け入れることができた。……素直に友と呼んでやれなかった後悔はある。だが、それを嘆いても仕方あるまい。後悔を糧とし、未来に生かす。それが我のすべきことだ」

リベルはどこか晴れやかな表情を浮かべると、右手でご先祖さまの墓に触れました。

「ハルト。汝の命が尽きようとも、汝との記憶は我とともにある。……さらばだ、友よ」

そのあと、私はまたも泣いてしまい、結局、屋敷に戻ったのは夜になってからのことでした。

うーん。

私、こんなに涙もろいタイプじゃなかったはずなんですけどね。

理由を考えてみましたが、よく分かりません。

ただ——

私を抱き寄せた時のリベルの腕の力強さが、やけに記憶に残っていました。


そして、翌日。

私は首都ハルスタットの南にある時計塔へと向かいました。

目的は、クロフォード殿下との面会ですね。

もちろんリベルも一緒ですよ。

時計塔はご先祖さまの代から存在する建物で、内部には音の鳴る魔導具が組み込まれています。

この魔導具により、一日に三回（正午、午後五時、午後十時）、街全体に向けてメロディが鳴り響くようになっています。

それぞれのメロディは昼食の合図、子供が家に帰る合図、大人もそろそろ家に帰る合図としてハルスタットの人々に親しまれているようです。

また、観光地としても有名であり、近辺では「時計塔マンジュウ」や「時計塔パイ」が売られているのですが、実は時計塔の地下には身分ある人物を捕えておくためのザシキロウ《座敷牢》があります。

裏口から時計塔に入ると、そこにはネコ精霊たちが待っていました。

「フローラさま、リベルさま。とけいとうへようこそ！」

「めんかいのじゅんびはできてるよ！」

「こんぺいとうあげるね」

ありがとうございます、ぽりぽり。

「時計塔だからコンペイトウ《金平糖》なんですね。納得です」

「フローラよ、まったく説明になっておらんぞ」

「ほら、イトウ繋《つな》がりですし」

「なるほど。言葉遊びか」

リベルは納得したように頷くと、ところで、と言って話題を変えます。

「昨日、渡したブレスレットは着けておるな」

「もちろんです、ほら」

私は左腕を掲げて、手首のブレスレットを示します。

中央に取り付けられた赤色の宝石がキラキラと輝いていますね。

リベルはそれを見て、満足そうに頷《うなず》きました。

「やはり、よく似合っているな。……一晩考えたが、精霊王が贈った品にまったく加護がないというのも寂しい話だ。我の威厳にも関わる。ひとつ、加護を与えるとしよう」

「いいんですか？　なんだか手間を掛けさせちゃってすみません」

「気にすることはない。我が好きでやっていることだからな」

リベルはそう言いながら左腕を掲げると、互いの手首のブレスレットの、宝石の部分を触れ合わせます。

その瞬間、両方の宝石がピカッと真紅の光を放ちました。

「これでよかろう。もし一人の時に厄介事が起こったなら、宝石に触れて我が名を呼べ」

「どうなるんですか？」

「互いの宝石が共鳴し、汝の居場所を我に伝えるだろう。緊急時の連絡手段といったところか。

……そもそも我がフローラのそばを離れることはあまり考えられんが、予想外の事態に備えておくことも必要だろう。大切なものを取りこぼすのは、一度で十分だからな」

そう言ってリベルは少しだけ遠い目をしました。

たぶん『大切なもの』ってご先祖さまのことですよね。

私のブレスレットに加護を与えてくれたのは、リベルなりに過去を糧にした結果なのでしょう。

「ありがとうございます。……私のこと、大切に思ってくれてるんですね」

「当然であろう。フローラ、汝はこの我にとって――、その、なんだ」

コホン。

リベルは咳払《せきばら》いをすると、なぜか私から視線を逸《そ》らしました。

「我にとって何者にも代えがたい、愉快な存在だからな」

「おうさま、てれてるー」

「てれてれどらごん、てれってれー」

「そんなときはこんぺいとうだよ！」

周囲ではネコ精霊がキャッキャと騒いでいます。

リベルは「むう」と呟《つぶや》くと、コンペイトウ《金平糖》を受け取って、照れ隠しのようにポリポリと齧《かじ》りました。


それから――

私たちは時計塔の階段を下り、地下にあるザシキロウ《座敷牢》へと向かいました。

ザシキロウは八畳ほどのワシツ《和室》となっており、鉄格子によって外と区切られています。

「来たか」

鉄格子の向こうには、クロフォード殿下の姿がありました。

看守役のネコ精霊たちによって健康面の管理が行われており、昔に比べると、顔色もずいぶんよくなっています。

と、いうか……。

「殿下、太りました？」

「うっ」

私の指摘に、クロフォード殿下の表情がピキリと固くなりました。

「仕方ないだろう。ネコ精霊たちが毎日のように、カツドンやらギュードンを出してくるせいだ」

「ほう？」

リベルが口元を吊《つ》り上《あ》げるようにして笑みを浮かべました。

「ネコ精霊からの報告では、カツドンやギュードンを二杯も三杯もお代わりしておるらしいな。それは汝の意思であろう。……いや、食欲に負ける汝の意思の弱さゆえ、というべきか」

「そうなんですか？」

私の問い掛けに、以前よりもすっかり丸っこい体型になったクロフォード殿下がぐったりとうなだれます。

「仕方ないだろう。ネコ精霊たちの出す食事が美味《うま》すぎるんだ……」

まあ、気持ちは分かりますよ。

ネコ精霊の作るごはん、おいしいですよね。

私が納得の表情で頷いていると、クロフォード殿下が言いました。

「オレの体型はともかく、フローラ、貴様に話しておきたいことがある」

「なんでしょう」

今日の面会って、もともとはクロフォード殿下の方から希望があったんですよね。

私に伝えたいことがある、とのことでしたが、まずはそれを聞いてみましょうか。

「ガイアス教についての話だ。……フローラ、貴様は今の世界を不思議に思わないか。伝承上の存在とされていた竜や精霊が蘇《よみがえ》り、自由気ままに過ごしている。そして、それを周囲の人間たちは当たり前のように受け入れている。普通なら、もっと混乱が起きてもいいはずだ」

「……まあ、そうですね」

私は小さく頷きます。

確かにちょっと疑問には感じていました。

最近だと、カルナバル皇国の人たちがスンナリと精霊の存在を受け入れていましたね。

「でも、三〇〇年前はこれが当たり前だったみたいですよ。そうですよね、リベル」

「うむ。我にしてみれば、たかが三〇〇年で精霊の存在が忘れ去られていたことのほうが不自然だ。クロフォードよ、汝はガイアスの怨念を宿し、ガイアス教の者たちと行動を共にしておったのだろう。ならば、有益な情報をひとつかふたつくらいは持っておらんか」

「持っているとも」

「まあ、汝は末端に過ぎんようだからな。持っておるわけがあるまい。……ん？　待て。今、何と言った」

「殿下、どんなことをご存じなんですか」

私とリベルが揃《そろ》って問い掛けると、クロフォード殿下は小さく肩を竦めました。

「二人とも、仲が良いんだな。羨ましいことだ。……まあいい。ガイアス教の神官にシークアミルというやつがいる。青い髪をした、背の高い男だ」

シークアミル、略してシミア。

……なんだか変ですね。

ああ。

文字の順番を間違えていました。

『シ』ーク『アミ』ル、だから、正しく略すなら『シアミ』になります。

シミアだと、かつて聖都テラリスタを洪水から救った《海の聖女》様と名前が被っちゃいますね。テラリス教の歴史に残る聖女様と、ガイアス教の神官を一緒にしちゃうなんて、さすがにそれは失礼というものでしょう。

そういえば以前にリベルから聞いた話ですが、《海の聖女》シミア様って、実は女装の男性だったみたいですね。

余談はさておき、シークアミルは長身で青い髪の男性だそうですが、その姿には心当たりがあります。

一年前のことですね。

婚約破棄の翌日、リベリオ大聖堂で治療活動を行ったあとの帰り道――。

クロフォード殿下と青髪の青年が一緒にいるところを、馬車の窓から見かけたような。

そのことを話すと、殿下は驚いたように目を丸くしました。

「まさか、見られていたとはな。貴様の考えている通りだ。そいつがシークアミルだよ。外見は若いが、錬金術の秘薬か何かで二〇〇年以上は生きているらしい。弟神ガイアスの封印を解いたのもアイツだな」

「何だと」

リベルが驚きの声を上げました。

「弟神ガイアスの封印は、ハルトと女神テラリスが共同で行ったはずだ。ただの人族に解けるはずがない」

「だが現実問題として、ガイアスは蘇った。……それだけじゃない。シークアミルは他者の記憶や認識に干渉する力を持っている。だから、もしかすると――」

「人々が精霊の存在を忘れていたのも、その神官が関係しているかもしれない、ということでしょうか」

私が問いかけると、クロフォード殿下は頷きました。

「さすがフローラ、話が早いな。ただ、シークアミルの力も無敵というわけじゃない。精霊王の復活をきっかけにして、誰も彼もが精霊のことを思い出しているからな」

「我が長き眠りより目覚めることができたのは、フローラの回復魔法あってのことだ」

リベルはそう言って、左手をポンと私の頭に乗せました。

「つまり、フローラは我を救っただけではなく、世界をあるべき姿に正したわけだな」

「それはちょっと話が飛躍していませんか」

「フローラの回復魔法によって我は蘇り、それを端緒として人族たちは精霊のことを思い出した。すべての起点は汝《なんじ》なのだから、すべての功績もまた汝が受け取るべきであろう」

うーん。

なんだか納得できるような、できないような。

私は考え込みつつ、頭の上に乗っているリベルの左手を、自分の両手でヨイショと持ち上げます。

今は真剣な話をしているわけですし、頭を撫でられたままというのは、ちょっと気が散っちゃいますからね。

「……お揃いなんだな」

クロフォード殿下は、ふと、こちらに視線を向けて言いました。

「左手のブレスレットだ。貴様ら、婚約でもしたのか」

んん？

どうしてそんな結論になるのでしょう。

婚約の証《あかし》って、普通は指輪ですよね。

リベルも同じことを疑問に思ったらしく、私たちは揃って首を傾げました。

「……無自覚か。だとしても、見せつけられるのはなかなかにキツいな」

クロフォード殿下はため息を吐《つ》くと、小声でブツブツと何かを呟いています。

「今、何か言いましたか」

「気にしなくていい。ただの戯言《たわごと》だ。……ともあれ、シークアミルのことは頭に入れておけ。オレ自身もどこかのタイミングで頭をいじられたらしくてな。最近まですっかりアイツのことを忘れていた」

「そうなんですか？」

「ああ。しかもヤツは広い情報網を持っている。オレがアイツについての記憶を取り戻したことも、どんなふうに嗅ぎつけられるか分かったもんじゃない。……だから、面会の希望を出させてもらった」

「クロフォード殿下なりの考えがあってのこと、だったわけですね」

「理解してもらえて幸いだ。さて、オレの話はここまでだ。疑問があるなら言ってくれ。答えられる範囲で答えさせてもらう」

「でしたら、ひとつ質問させてください」

私はそう告げて、気になっていたことを訊ねます。

「もしかしてなんですけど、殿下が私との婚約を破棄したのも、ナイスナー家を潰そうとしたのも、神官のシークアミルに操られていたせい……ってことですか」

「それは違う」

クロフォード殿下は強い口調で答えました。

「当時の凶行はすべてオレの意思によるものだ。弟神ガイアスの力を得て、自制心を失った結果だよ。もしシークアミルが関わっていたとしても、せいぜい、オレが抱えていた邪悪な部分をちょっと増幅させたくらいだろう。本質的な責任は、このクロフォード・ディ・スカーレットにある」

「……殿下、なんだか以前とは別人みたいですね」

「一年間も牢獄《ろうごく》にいれば、自分と向き合う時間も増える。……ネコ精霊たちも、相談に乗ってくれたからな」

おっと、それは意外な事実ですね。

地下室のすみっこにいるネコ精霊たちに視線を向けると、えへん、と胸を張っていました。

「かんしゅのおしごとは、みはるだけじゃないんだぞー」

「つみをくやむには、こころとからだの、けんこうがだいじ」

「よゆうがないと、ひとのせいにしちゃうからねー」

確かにネコ精霊たちの言うことも一理ありますね。

改心したからといって罪が許されるわけではありませんが、本人がきちんと責任を認めることは大切ですよね。

「今になってみれば、過去のオレがどれだけ愚かだったかも分かる。フローラの態度に不満があるのなら、正面から話し合えばよかったんだ。けれどオレは臆病なくせにプライドだけは高くて、貴様を突き放すことしかできなかった。……その挙句、弟神ガイアスに縋《すが》ったんだ」

クロフォード殿下は瞳に後悔を滲《にじ》ませながら、そんなふうに語ります。

もしも――

当時、私がクロフォード殿下の内心に気付いていたら、未来は変わっていたでしょうか。

「フローラ。貴様のことだから『私が察していれば』なんて考えてるんだろうな」

「……よく分かりましたね」

「当然だ。婚約してからの五年間、貴様のことばかり見ていたからな。……見ていることしかできなかったぶん、もしかすると、そこにいる精霊王より詳しいかもしれないぞ」

「……む」

リベルが不満そうに唸《うな》り声《ごえ》を上げます。

「クロフォード、我に正面から喧嘩《けんか》を売るとはいい度胸だな」

「冗談だよ。オレが精霊王に勝てるわけがないだろう。色々な意味でな」

クロフォード殿下は自嘲ぎみに笑みを浮かべると、視線を私に戻します。

「オレが罪を犯したことに対して、オマエが責任を感じる必要はない。繰り返しになるが、すべての責任はオレにある」

「でも、当時の私は婚約者だったわけですし――」

「フローラ、少し偉そうなことを言うぞ」

クロフォード殿下は、強い口調で遮るように告げました。

「貴様は極級の回復魔法なんてものを手にしたせいで、周囲の連中すべてを救う義務があると思っちゃいないか。だとしたら、それは勘違いだ。人間は神様じゃない。自分をすり減らしてまで、他人に手を差し伸べる必要なんてないんだ」

だから、とさらにクロフォード殿下は続けます。

「貴様はもっと自分の幸せを考えてもいい。……オレは、そう思っている」

面会が終わったあと、私とリベルは揃って時計塔を出て、近くを流れるヨード川のほとりを歩いていました。

ひんやりとした冬の風が、頬《ほお》を撫でていきます。

「フローラ。心の整理はついたか」

「……そうですね」

私はリベルの言葉に頷《うなず》きます。

今回の面会はクロフォード殿下が希望したことですが、私としても、婚約者としての過去に区切りをつける、という目的がありました。

その目的は、たぶん、達成されたと思います。

殿下がガイアスの誘惑に負けてしまったことについて、確かに私は責任を感じていました。

もっとできることがあったんじゃないか、未然に防げたんじゃないか。

時々、そんなことを考えたりもしました。

でも――

もう少しだけ、肩の力を抜いてもいいのかもしれませんね。

とはいえ、クロフォード殿下の「もっと自分の幸せを考えてもいい」というお説教はあまりにも上から目線だったので、思わずその場でデコピンしちゃいましたけどね。

ついでにリベルも追撃でデコピンを放ち、ネコ精霊たちはピコピコハンマーを構えて一斉攻撃を始めましたけど、まあ、それは別にいいでしょう。

私としては気持ちもスッキリしたので、面会に来てよかったと思っています。

あとは、シークアミルという神官についての情報を得られたのも大きいですね。

そういえば、私たちがザシキロウを去る時、クロフォード殿下が最後にこんなことを言っていました。


――シークアミルは弟神ガイアスを純粋に信仰しているわけじゃない。怨念を宿していたオレのことだって、簡単に切り捨てたからな。あくまでオレの印象だが、アイツの背後には別の強大な存在がいて、その意向で動いているような素振りがあった。気を付けた方がいい。

別の強大な存在というのは、いったい何でしょうか。

もしかして別の神様とか。

……あれ？

気が付くと、周囲には濃い霧が立ち込めていました。

視界が真っ白に染まり、足元さえ見えません。

「リベル？　いますか？」

驚いて左右の手をぶんぶんと振りますが、すぐ隣にいるはずのリベルに触れることもできません。

そのまま、だんだんと意識が遠ざかって――。

私は深い眠りへと落ちていました。

幕間《まくあい》二　裏で糸を引く者たち　～知恵の蜘蛛～

同時刻――

地下深くに存在する神殿の奥。

青白い水晶で作られた祭壇の周囲に、黒装束の男女が集まっていた。

彼、彼女らはかつてガイアス教の信者だった。

だが、今はすっかり別の信仰に染まっている。

崇拝の念が籠ったまなざしを、祭壇の中央に立つ青髪の神官へと向けていた。

「シークアミル様、計画の進捗はいかがですか」

「順調だね」

そう答えるシークアミルの声はやや高く、鈴の音のように澄んだものだった。

その顔立ちは中性的で美しく、神官としての服装も体型を隠すようなものであるため、初対面の者なら女性と勘違いしてもおかしくない外見となっていた。

シークアミルは胸元に手を当てると、周囲の信者たちに向けて告げる。

「愚かな弟神ガイアスから奪い取った力は、きちんと僕の中に定着した。安心してほしい」

「おお！」

「ついに神の力を我がものとしたのですね！」

「ああ、シークアミル様。さすがはわたしたちの救世主……！」

周囲の信者たちは次々に賞賛の言葉を口にし、その場に跪《ひざまず》く。

シークアミルはさらに言葉を続けた。

「よかったら、ワイバーンたちの冥福を祈ってやってよ。彼らは実験の尊い犠牲だからね」

先日、ワイバーンたちがカルナバル皇国の船を襲撃する事件が起こったが、根本的な原因はシークアミルにあった。

ガイアスの持っていた力のひとつに『魔物への絶対命令権』というものがあり、シークアミルはそれをテストするため、地下からワイバーンに対して次のような指示を与えた。

――「渡り」の本能に逆らって北西に引き返せ。

シークアミルとしては本能よりも絶対命令権のほうが強いことを確認することが最大の目的で、カルナバル皇国の船を見つけて襲撃を命じたことも、結果として精霊と戦闘になったことも、実験のオマケに過ぎなかった。

ワイバーンの群れは全滅したが、そのおかげで精霊の分析が進んだので知識欲を最優先とするシークアミルにとっては満足のいく結果だった。

「さて、それじゃあ今回の実験をみんなで観察しよう。……《ソートグラフィー》」

詠唱と共に、シークアミルは右手の指をパチンと鳴らした。

直後、信者たちの頭上に半透明のオーロラが現れた。

《ソートグラフィー》は古代に失われた魔法で、これを使うことにより、遠く離れた場所の様子をオーロラに映し出すことができる。

最初に映ったのはナイスナー王国の首都……ハルスタットの遠景だった。

三〇〇年もの歴史を持つこの街は、現在、真っ白な霧に包まれていた。

しばらくするとオーロラが揺らぎ、映像が切り替わった。

大通り、中央広場、商店街――。

ハルスタットの詳しい様子が次々に映し出されていく。

白霧《はくぶ》は街のあちこちに広がり、屋内にさえも浸透し、それを吸い込んだ住民たちはひとり、またひとりと深い眠りに落ちていく。

「霧は想定通りの効果を発揮しているようだ。安心したよ。皆、幸せな夢を見ているんだろうね」

映像を眺めながら、シークアミルは満足そうに頷く。

「今はただ甘い幻想に溺れるといい。君たちが辛い過去から逃れようとすればするほど、あの方が降臨する下地になるからね」


そのあともオーロラの映像は十数秒ごとに切り替わっていたが、ヨード川のほとりが映し出されたところで、シークアミルは興味深そうに声を上げた。

「へえ、これは嬉《うれ》しいね」

映像の中では、霧を吸い込んだフローラとリベルが、揃《そろ》ってその場に倒れていた。

他の住民たちと同様、二人も甘い夢を見ているらしい。

「まさか霧が《銀の聖女》とリベルくんに……いや、精霊王に効くなんてね。想定以上の成果だよ」

「さすがシークアミル様です」

すぐ隣にいた男性信者が賞賛の言葉を口にする。

だが、シークアミルはまったく喜んだ様子もなく、むしろつまらなそうに肩を竦《すく》めた。

「はいはい。持ち上げてくれるのは嬉しいけど、今回はただの幸運だよ。褒めるのは、僕が自分の力で物事を成し遂げた時だけにしてくれないかな」

「申し訳ございません。軽率でした」

「いや、僕も言い過ぎたよ。ガイアスの力を使っているせいで、言い方がキツくなっているみたいだ。……ともあれ、精霊王が眠っているということは、配下の精霊たちにも霧は効いているはずさ」

ただ、とシークアミルは油断のない口調で言葉を続ける。

「《銀の聖女》はハルトくんの子孫だ。追い詰められたら何をやってくるか分からない。現地の信者たちには行動を急ぐように伝えておいてよ」

「承知いたしました。すぐに手配いたします」

一礼して答える男性信者に対し、シークアミルはさらにいくつかの指示を下す。

それが終わると、再び頭上のオーロラへと視線を戻した。

ちょうどそのタイミングで映像が切り替わり、ハルスタットの街ではなく、ヨード川の向こう――西の空が映し出される。

そこでは二つの頭を持つ巨大な竜が翼を羽搏《はばた》かせていた。

「「シィィィィアァァァァァァァァ」」

竜は左右の口から唸り声とともに、白い霧を吐き出している。

この竜こそが、ハルスタットを包む霧の発生源だった。

「幻霧竜《メリユジウス》も頑張ってるね。過去に後悔を抱えた人間を取り込ませたのがよかったかな。心の闇は、エネルギーとして最適だからね」

シークアミル――遠い昔においては髪を長く伸ばし、『シミア』と名乗っていた青年は満足げな表情でひとり頷くと、周囲の信者たちに向かって語り掛ける。

「まあ、今のところは順調だね。とはいえ世の中は何が起こるか分からないし、驕《おご》らず、静かに経過を観察しようじゃないか。――我ら、知恵の糸を繰る蜘蛛《くも》の使徒ゆえに、ね」

シークが胸元に手を当てて呟《つぶや》くと、周囲の信者たちも揃って唱和した。

我ら、知恵の糸を繰る蜘蛛の使徒ゆえに。

第六章　魔物退治に向かいます！

「――フローラ、ボーッとしないの。はい、シャキシャキ歩く！」

お母様に呼びかけられて、私はハッと我に返りました。

ここは……？

周囲を見回すと、そこは深い森の奥でした。

すぐ近くでは、お母様と大勢の騎士たちが野営の準備をしています。

……思い出しました。

今日はハルスタットの屋敷を離れて、西の森まで訓練に来たんでしたっけ。

私の名前はフローラリア・ディ・ナイスナー、年齢は十歳、ナイスナー辺境伯家の娘です。

最近、やっと中級の回復魔法が使えるようになったんですよ。

えっへん。

「フローラ、ひとりで何をやってるの」

お母様がクスッと笑いながら声を掛けてきます。

「これは訓練なんだから、遊んでちゃダメよ。ほら、テントを張るのを手伝ってちょうだい」

「はーい」

私はお母様のところに向かおうとして、ふと、ひどく嫌な予感を覚えます。

これから何かとても悪いことが起こるような……。

背後を振り返ってみましたが、森の様子はいたって穏やかで、遠くからは鳥たちのピピピ……という囀《さえず》りが聞こえてきます。

「フローラ、どうしたの？」

「お母様。この森って、魔物とか出てきませんよね」

「大丈夫よ。そういう報告は、今まで一度も入ってないわ」

私が不安を口にすると、お母様はカラッとした明るい笑顔で答えます。

「もしも魔物が出てきたら、わたしと騎士たちみんなでフローラのことを守ってあげる。だから、心配しなくて大丈夫よ」

「……っ」

お母様の言葉を聞いたとたん、なぜか胸のあたりがギュッと苦しくなりました。

視界が潤んで、涙が零《こぼ》れそうになります。

けれど、理由はよく分かりませんでした。

私は何度か深呼吸をして気持ちを落ち着けると、お母様と一緒にテントの設営に取り掛かります。

そして——

訓練は何事もなく終わり、私たちはハルスタットの屋敷へと戻りました。

魔物に取り囲まれるようなこともなく、全員、無事なままの帰還です。

それはとても喜ばしいことのはずなのに、私の中には奇妙な違和感が残っていました。

◇　◇

この時、リベルも甘い、過去の夢の中にいた。

遠い昔——三〇〇年前のハルスタットを、ハルトと二人で歩いている。

「ガイアスは封印した！　リベルの傷も浅かった！　文句なしのハッピーエンドだな！　はっはっはっは！」

「ふむ」

ハルトが上機嫌で笑う一方、隣を歩くリベルは精霊王としての眼《め》で周囲を観察し、自分の置かれた状況を分析する。

「なるほど。ここは我の記憶を元に作られた幻想か。何者の仕業か分からんが、我の精神に干渉するとはな。その点は褒めてやろう」

「ん？　リベル、何か言ったか」

「相変わらず、汝《なんじ》の耳は聞き逃しが多いな。……まあ、それはフローラも同じか」

そう言ってリベルが苦笑すると、ハルトは戸惑いの表情を浮かべた。

「フローラ？　誰の話をしてるんだ？　……まあ、いいか」

そんなことより、とハルトは続ける。

「ガイアスとの戦いも終わったことだし、二人でパーッと旅にでも出ようぜ。俺、この世界に来てからドンパチばっかりで、マトモに観光もできてないんだよな」

「旅か。……共に行けたならば、きっと楽しかっただろうな」

「リベル、さっきから変だぞ。悩みがあるなら教えてくれ。俺たち、友達だろ」

「友か。……まったく、この幻想《ゆめ》はどこまでも甘いな。気を抜けば、いつまでも浸っていたくなる」

リベルは肩を竦めると、小さくため息を吐《つ》いた。

「だが、我はもうハルトの死を受け入れた。我に代わって、優しいフローラが泣いてくれたからな。……あの涙に報いるためにも、ここを出ねばならん」

そう言って、空を鋭く睨《にら》みつける。

リベルはハルトと話しつつ、夢から脱出するための手段を探していた。

結論としては「ここが夢の中だと認識し、精神への干渉を断ち切ること」であり、今、ようやくその準備が整いつつあった。

ほどなくして、リベルの周囲で赤色の粒子が煌《きら》めいた。

全身を巡る魔力が活性化し、体外へと溢《あふ》れ出《だ》していた。

「……行くのか」

どこか悟ったような顔つきでハルトが問いかけてくる。

「リベルは強いんだな」

「当然であろう」

フッ、とリベルは笑みを浮かべて答える。

「我は生まれながらにして最強の竜であり――、フローラに出会ったことで、さらに最強となった」

「なんだそりゃ、意味不明すぎるだろ。でも、イケてるな」

「そうであろう、そうであろう」

リベルは口癖のように答えると、最後に一度だけ、ハルトを見据えた。

「ではさらばだ。甘い幻想《ゆめ》よ」

「ああ、じゃあな」

そして――

赤い閃光《せんこう》が弾け、夢が終わった。


目を覚ました時、リベルはヨード川のほとりに倒れていた。

「……この精霊王に土をつけるとは、下手人には死をもって償わせねばならんな」

そんなことを呟きながら立ち上がる。

周囲は白い霧に包まれていたが、すぐそばにフローラの姿を見つけることができた。

「フローラ。起きるがいい」

声を掛けて揺すってみるものの、反応はない。

「ならば、これはどうだ」

リベルは右手を伸ばすと、フローラの頭に触れ、精神への干渉を試みた。

だが、霧の影響の方が強いためか、途中で弾かれてしまう。

どうしたものか……と考え始めた矢先、リベルの足元でポンと白い煙が弾けた。

そうして現れたのは、精霊のキツネである。

「リベル様、申し訳ございません。ワタシとしたことが、不覚にも眠っておりました」

「安心せよ、汝を責めるつもりはない。精霊王である我でさえ、今回は夢に囚《とら》われておったのだからな」

「リベル様が目覚められたことで、他の精霊たちもじきに眠りから覚めるでしょう。……問題は、フローラ様ですね」

「我ではうまく精神に干渉できん。汝ならばどうだ、キツネ」

「少々お待ちください。調べてみましょう」

キツネはそう答えると、左手でフローラの額に触れる。

「これはワタシでも骨が折れそうです。つきましては、リベル様にもご助力をお願いしたく」

「よかろう」

リベルはキツネの言葉に頷いた。

「我がすべきことを教えるがいい。どのような困難であろうと、フローラのためならば成し遂げてみせよう」

「では、フローラ様の手を握り、絶えず呼びかけてください」

「なんだと？」

リベルが意外そうに声を上げる。

「そんなことでよいのか」

「フローラ様が最も心を開いているのはリベル様です。その声は、夢から現実へ帰るための道標になるでしょう。よろしくお願いします」

「よく分かった。……では、早速始めるか」

リベルはそう呟くと、フローラを抱き起こし、左手を握り、耳元で囁《ささや》きかける。

「フローラ。はやくこちらに戻ってこい。我が待っておるぞ」

◇ ◇

あれ？

今、誰かに名前を呼ばれたような――。

「フローラ、どうしたの？」

屋敷で一緒に編み物をしていたお母様が声を掛けてきます。

「いえ、たぶん空耳です」

私はそう答えると、手元の毛糸に意識を戻します。

先日の、森での訓練が終わったあとも日々は穏やかに過ぎていきました。

冬も近くなってきたので、お母様と一緒に手袋やマフラーを編んでいます。

完成したらお父様やライアス兄様にプレゼントしよう……みたいな話をしながら、私とお母様は手を動かしていきます。

――フローラ。汝と過ごした一年は、かつてないほどに愉快なものであった。次の一年も、次の次の一年も、汝が隣に在ることを我は願っておる。普段は言えぬが、それが我の本心だ。


再び、声が聞こえました。

リ●●、そんなことを考えてたんですか。

照れ屋さんなのは知ってますけど、ちゃんと言葉にしてくれないと分かりませんよ。

まったく、もう。

私は思わずクスッと笑みを零し……、直後、違和感に気付きます。
●べ●って、誰のことでしょうか。
すごく大切な存在だったはずなのに、名前が思い出せません。

「……あれ？」

ふと、左の手首に視線を落とすと、銀色のブレスレットが目に入りました。

中央には真紅の宝石が飾られており、煌々《こうこう》と輝きを放っています。

それはまるで●●ルの瞳のようで――。

あっ。

思い出しました。

リベル。

そう、リベルです。

このブレスレットだって、彼に買ってもらったものです。

どうして忘れていたのでしょう。

頭の中がだんだんクリアになって、記憶も蘇《よみがえ》ってきます。

私はヨード川のほとりを歩いている時、白い霧に包まれて、そのまま眠りに落ちてしまいました。

ここは……たぶん、夢の中ですよね。

だってお母様が生きているはずありませんから。

私が編み物をやめて立ち上がると、お母様が残念そうに呟きました。

「フローラ、気付いてしまったのね」

「ええ。私、リベルのところに帰ります」

「……そう」

お母様は一瞬だけ寂しげな表情を浮かべると、それを覆い隠すように微笑んで告げました。

「貴女《あなた》は強い子に育ったのね、フローラ。――あら、お友達も来たみたいよ」

「……えっ？」

私が戸惑いの声を上げた直後、足元でポンと白い煙が弾けました。

そうして姿を現したのは、精霊のキツネさんでした。

「フローラ様、お迎えに上がりました」

「キツネさん。助けに来てくれたんですか」

「はい。夢への侵入に手間取っておりましたが、フローラ様がここを夢と自覚してくださったおかげで突破口が開けました。感謝いたします」

「いえいえ、お礼を言うのは私の方ですよ。今はどんな状況なんでしょう」

「リベル様はすでに夢から目覚め、フローラ様の耳元で呼びかけを行っております」

「じゃあ、さっきから何度か聞こえた声って――」

「ご想像の通り、リベル様のものです」

なるほど。

じゃあ、さっきの「我の本心だ」も実際にリベルが言ったことなんですね。

「フローラ様。やけに嬉《うれ》しそうですね。何か良い事でもございましたか」

「いえいえ、気にしないでください。それより、どうやれば現実に戻れますか」

「色々と調べてみましたが、今のワタシでは霧による影響を完全に断つことは難しいようです」

ただ、とキツネさんは続けます。

「ミケーネさんの例もありますので、フローラ様との契約を果たせばワタシの力も増し、夢を終わらせることが可能になるかと思われます」

「分かりました。……契約って、何をすればいいんでしたっけ」

「それは、ええと」

キツネさんは途中で口を噤《つぐ》むと、私から視線を逸《そ》らし、顔を俯《うつむ》けました。

両手を後ろに回し、もじもじと恥ずかしそうにしています。

「キツネさん？　どうしたんですか」

「いえ、その。何と言いますか……」

「契約しないと現実に戻れないんですよね。私は何をすればいいんですか。教えてください」

私が強い口調で迫ると、やがてキツネさんは観念したように呟きました。

「……名前を。ワタシに名前を付けていただけませんでしょうか」

「分かりました。というか、それくらいはお安い御用です。もっと気軽に言ってくれてもよかったんですよ」

「フローラ様の手を煩わせるのが申し訳なかったというか、何といいますか……」

キツネさんはそう言いながら、左足の爪先で床に「の」の字を書きます。

いじいじした様子が、ちょっと可愛いです。

私はキツネさんの方に近付くと、その頭を撫《な》でました。

「フ、フローラ様。おたわむれを……」

「毛、ふさふさですね。気持ちいいです」

私はキツネさんの毛並みを堪能しながら思考を巡らせます。

精霊に名前を付けるのは、これで二度目です。

前回はミケネコだからミケーネさん。

だったら今回は、キツネなのでキツーネさん？

うーん、さすがにボツですね。

そういえば、ニホンゴで「人と契約して使役されるキツネ」を指す言葉がありましたね。

あれは確か――

「イズナというのは、どうですか」

私がそう告げると、キツネさん……あらためイズナさんはしばらく考え込んだあと、コクリ、と頷《うなず》きました。

「イズナ。素敵な響きです。それでは今日より、ワタシはイズナを名乗ることにしましょう」

「よろしくお願いしますね、イズナさん」

「はい。フローラ様に付けていただいた名に恥じぬよう、誠心誠意、尽くさせていただきます」

イズナさんが恭しく一礼した直後、その身体がキラキラとした金色の光に包まれました。

「おお……！　力が、満ち満ちてきます。今ならばフローラ様を現実に戻すことも可能でしょう」

「分かりました。それじゃあ、最後に挨拶をしてきますね」

私はそう告げると、お母様のほうに向き直ります。

「私、そろそろ行きますね」

「ええ。無事に帰れそうでよかったわ。……元気でね」

「お母様こそ、どうかお元気で」

「それは難しいリクエストね」

お母様は茶目《ちゃめ》っ気《け》たっぷりの笑みを浮かべると、さらに言葉を続けます。

「だってわたし、もう死んでいるもの」

「そこはまあ、空気を読んで流していただけると……」

「ダメよ。ボケはちゃんと拾うのがわたしの主義だもの」

そう答えてから、お母様はスッと表情を引き締めて、別れの言葉を口にしました。

「さようなら、フローラ。親として、貴女の幸せを願っているわ」

「さようなら、お母様。幻想《ゆめ》だとしても、お会いできて嬉しかったです」

私は最後にそう告げると、ゆっくりとお母様に背を向けます。

口を閉じ、瞼《まぶた》を強く伏せました。

気を抜くと、涙が零《こぼ》れそうだったのです。

「それではフローラリア様、参りましょう」

足元からイズナさんの声が聞こえてきます。

「――月と星々の輝きよ、我らを導け。通り道、帰り道、戻り道」

詠唱が終わると同時に、銀色の光が弾け――

私は夢から目覚めました。


「ふぁ……」

アクビをしながら瞼を開くと、そこはヨード川のほとりでした。

すぐ近くにはリベルが寄り添い、右腕で私の身体を抱き起こしつつ、心配そうにこちらを覗《のぞ》き込《こ》んでいます。

「おはようございます、リベル」

「ようやく眼《め》が覚めたか、フローラ。……このまま眠ったままではないかと思ったぞ」

リベルはフッと安堵《あんど》の表情を浮かべると、両腕で私のことを抱き締めてきます。

えっと。

「私のこと、心配してくれていたんですか」

「当然であろう。……この精霊王の心を乱したのだから、汝《なんじ》の罪は大きいぞ。罰として、しばらくジッとしておれ」

それはつまり、もっと抱き締めさせろ、ということでしょうか。

ちょっと恥ずかしいですけど、リベルの両腕から伝わってくるぬくもりは心地のいいものでした。

私、大切にされてるんですね。

胸のあたりがじんわりと温かくなってきます。

しばらくするとリベルが放してくれたので、現実に戻るまでの経緯を簡単に伝えます。

「なるほど。キツネと契約したのか」

「はい。これからはイズナさんと呼んであげてください」

「覚えておこう。汝が精霊と契約するのはこれで二度目だが、身体に不調はないか」

「大丈夫です。むしろ、ぐっすり眠ったおかげでピンピンしてますね」

私は両腕を掲げて、むん、とポーズを取ります。

どうでしょう。

元気な感じをアピールしてみました。

「まったく、汝は可愛《かわい》らしいな」

リベルは苦笑すると、周囲に視線を巡らせます。

「ところでキツネは……いや、イズナはおらんのか。汝を連れて現実に戻ってきたはずであろう」

そういえばイズナさんの姿が見えませんね。

夢の中に置き去り、なんて展開はないと思いますが、ちょっと心配になってきましたよ。

「イズナさん、どこですか」

「――こちらに」

声と共に、ポン、とすぐ近くで白い煙が弾けました。

イズナさんがサッと地面に降り立ち、恭しい態度で一礼します。

「失礼いたしました。ネコ精霊と共同で、今回の事態について調査を進めておりました」

「何か分かりましたか」

「西の空に、巨大な竜型の魔物を発見しました。どうやらその魔物が霧を生み出しているようです」

イズナさんがそう告げると、リベルは呆《あき》れたようにため息を吐《つ》きました。

「ガイアスのやつめ、また我の偽者を生み出したのか」

「いえ、今回はこれまでと様子が違っております。魔物から漂う気配に、ガイアスとは異なる神族のものが混じっておりました」

「どういうことだ」

「未知の神族がこの世界に干渉し、ガイアスの力を利用して新たな魔物を生み出した……とワタシは推測しております」

イズナさんはリベルの質問に答えると、続いて、私に視線を向けました。

「フローラ様。聖地での戦いは覚えていらっしゃいますか」

「もちろんです。クラーケンが出てきた時のことですよね」

「その際、ガイアスはフローラ様の浄化魔法によって深手を負っていました。弱ったところを未知の神族に襲われ、力を奪われたのかもしれません。あくまでワタシの仮説に過ぎませんが……」

「予想を立てておくのは大事ですよ。それはともかく、魔物が西にいるんですよね」

私はヨード川に背を向けると、びしり、と空を指差しました。

「未知の神族とかそのあたりは置いといて、退治しちゃいましょう」

「うむ」

私の言葉にリベルが頷きます。

「ところでフローラ、そちらは東だぞ。西は反対だ」

あっ、間違えちゃいました。

私はヨード川のほうをくるりと振り向き、空を指差して宣言します。

「退治しちゃいましょう！」

「言い直したな」

「言い直しましたね」

いいじゃないですか。

広い心でスルーしてください。

……ん？

私たちの周囲はあいかわらず濃い霧に包まれているわけですが、ヨード川の上流に視線を向けると、大きな影がゆっくりとこちらに近付いてきます。

それは木造の船で、たくさんのネコ精霊たちが乗っていました。

「どんぶらこー。どんぶらこー」

「フローラさま、おうさま。むかえにきたよ！」

「このふねは、おそらもとべるよ！　ねこ、きょういのてくのろじー！」

えっ、空飛ぶ船なんですか!?

私が驚いていると、船からミケーネさんがピョンと飛び出し、こちらに駆け寄ってきます。

「カルナバル皇国の船を修理した時に、新しい船も一緒に作ってたんだよ！　これは、フローラ様にあげるね！」

「すごいプレゼントですね……」

船はヨード川を下り、やがて私たちの目の前で停泊しました。

サイズとしてはネオ・カルナバル号をいくらかコンパクトにした印象で、全体の輪郭も丸っこく、キュートな感じにまとまっています。

「じゃあ、これに乗って魔物のところに向かいましょうか」

「よかろう。――ミケーネよ、船の舵取《かじと》りは任せたぞ」

「あいあいさー！」

リベルの言葉に、ミケーネさんはピシッと敬礼して答えました。

◇　◇

「ぼくたち、ねこのかいぞくだん！」

「でもきょうは、おそらにいくよ！」

「あいきゃんふらーい！　えびふらい！」

エビフライはタルタルソース付きが好きですよ。

余談はさておき、私の周囲ではネコ精霊たちが出発準備のために駆け回っています。

ネコ精霊の皆さんは白黒のしましまバンダナを頭に巻いていますが、海賊のマネでしょうか。

なかなか可愛らしいですね。

私がクスッと笑っていると、周囲に指示を出していたミケーネさんが、こちらを向いて告げます。

「フローラさま、この船に名前をつけてほしいよ！」

なかなか急な提案ですね。

これから魔物退治に向かうわけですし、ネーミングに悩んでいる時間はありません。

どうしたものかと考えた矢先、左手首のブレスレットが目に入りました。

赤色の宝石がキラリと輝きを放っています。

……思いつきました。

「『レッドブレイズ号』はどうですか」

レッドは宝石の色から、ブレイズはブレスレットのもじりです。

私の提案に、左隣にいたリベルがうんうんと頷きます。

「我は気に入ったぞ。ミケーネはどうだ」

「ぼくも賛成だよ！　強そうな名前だね！」

「れっどぶれいず！」

「あかいせんこう！」

「さんばいのそくどで、しゅっぱつしんこう！」

私たちの話を聞いていたネコ精霊たちが、元気よく声を上げました。

なぜ三倍の速度なのかはよく分かりませんが、ともあれ、船は動き始めました。

ゴゴゴゴゴ……と足元が揺れ、空へと浮かび上がります。

そういえばこの船って、どうやって飛んでいるのでしょうか。

カラスさんに吊《つ》り上《あ》げてもらっているわけじゃないですよね。

疑問に思ってミケーネさんに訊《たず》ねてみると、こんな答えが返ってきました。

「最新型のわたあめエンジンだよ！　わたあめのふわふわを燃料にして飛んでいるよ！」

「……へっ？」

わたあめが燃料というのは、どういうことでしょうか。

私が混乱していると、横からリベルが声を掛けてきます。

「フローラ、あまり深く考えるな。ネコ精霊のやることだ」

まあ、そうですよね。

船は無事に飛んでいるわけですし、ひとまずヨシとしましょうか。


私たちを乗せたレッドブレイズ号は西に向かいつつ、どんどん高度を上げていきます。

途中、海のように広がる大きな雲に差し掛かったところで、ミケーネさんは甲板の前方に設置されている総舵輪（ハンドルのようなもの）をクルクルと回し始めました。

それと同時に、周囲の雲がすごい勢いで吹き飛ばされていきます。

何が起こっているのでしょうか。

「少し調べてみたが、レッドブレイズ号は船の周囲に風を循環させることで飛んでいるらしい」

私の隣でリベルが解説してくれます。

「ミケーネが動かしているハンドルは、風の流れを操作するための装置だろう」

つまり、風の力によって雲を吹き飛ばしているわけですね。

ちょっと納得しました。

やがてレッドブレイズ号が雲の海を抜けると、そこには青空が広がっており、双頭の白い竜が私たちを待ち構えていました。

「「シィィィィィィアアアアアアアアアアアッ！」」

二重の咆哮《ほうこう》が、大空を揺らします。

左右の顔はどちらもレッドブレイズ号を鋭く睨《にら》みつけ、まるで威嚇するように翼と両腕を広げています。

……なかなか威圧感がありますね。

私がゴクリと息を呑《の》んでいると、隣でリベルが「ほう」と興味深そうに声を上げました。

「あの魔物、原型は幻霧竜《メリュジウス》だな」

「知ってるんですか」

「三〇〇年前に一度、ハルトが討伐しておる。……ただ、本来なら頭は一つだけだった。霧も自分の身を隠すためのもので、他者を眠らせるような効果は持っておらんかったはずだ」

リベルは目を細めてメリュジウスを観察すると、さらに言葉を続けます。

「イズナが言っておったように、ガイアスのものではない神族の気配も混じっておる。以前よりも強化されていることは間違いないだろう。……名付けるなら、ネオ・メリュジウスといったところか。いや、メリュジウス二世のほうが言いやすいな」

「どっちでもいいと思いますよ。……世界の傷が見当たりませんね」

私は周囲を見回しながらリベルに告げました。

世界の傷というのは弟神ガイアスが生み出す呪詛《じゅそ》のひとつで、傷のそばにいる魔物を強化し、さらに、回復魔法のような力まで使います。

魔物が瀕死《ひんし》の状態になっても一瞬にして全快させてしまうので、本当に厄介な能力です。

だから、これまでの戦いだと最初に私が《ハイクリアランス》で世界の傷を消し去り、次にリベルが《竜の息吹《ドラゴンブレス》》で魔物を倒す、という手順を取っていました。

ですが、どこにも世界の傷は見当たりませんでした。

「今回は私の出番、なさそうですね」

「それはどうであろうな」

リベルは表情を引き締めると、私のほうを見て言いました。

「メリュジウス二世だが、先程からこちらの様子を窺っておる。魔物のくせに自分から攻撃を仕掛けてこないのは不自然と言えよう。もしかすると、相手には策があるのかもしれんな」

「じゃあ、どうしますか」

「決まっておる。精霊王として正面から挑むまでだ」

リベルはそう答えると、頼もしげな表情を浮かべました。

「敵が何らかの策を打ってきた場合、その対応は汝《なんじ》に任せる。よいな」

「もちろんです。リベルの背中は守りますよ」

「頼もしいことだ。……ならば、汝が存分に力を振るえるようにしておこうか」

えっ。

それは一瞬のことでした。

リベルは身を屈《かが》めると、右手で私の前髪を除《よ》け、額にキスを落としたのです。

やわらかく、温かな感触が伝わってきます。

あわわわわ……。

不意打ちのキスに、私はすっかり動揺していました。

耳も頬《ほお》も、かぁっと弾けそうな熱を帯びています。

「な、な、何をするんですか……！」

「いつものように王権を授けたのだ。今回は《ハイクリアランス》を使う機会もなさそうだが、念のためにな」

リベルはニヤリと笑みを浮かべると、左腕を掲げました。

その手首には私とお揃いのブレスレットが嵌《はま》っており、太陽光に照らされてキラリと輝きを放っています。

「では出陣だ。このブレスレットに懸けて、我はフローラのもとに勝利を持ち帰ってみせよう」

最後にそう宣言し、リベルは竜の姿に戻りました。

「グゥウウウウウウウウウウオオオオオオオオオオオッ！」

そして大きく咆哮すると、メリュジウス二世のところへ一直線に向かっていきます。

……どうかリベルが無事に帰ってきますように。

私は内心で祈りを捧《ささ》げたあと、自分のやるべきことに取り掛かります。

敵がどんな策を抱えているのかは不明ですが、何が起こってもすぐに対応できるよう、準備はしておくべきでしょう。

まずは手鏡を取り出し、自分の額を確認します。

くちづけを受けた部分には竜を象《かたど》ったような赤い紋章がくっきりと浮かんでいました。

というか、以前よりも赤色が濃くなっているような……？

気になるところですが、今は考え込んでいる場合ではありません。

私は手鏡をスカートのポケットにしまうと、右手を掲げて呼びかけます。

「来てください、ローゼクリス」

「ボクの出番だね、おねえちゃん」

白い煙がポンと弾けて聖杖ローゼクリスが姿を現し、そのまま私の右手に収まります。

「状況は把握しているよ。メリュジウスがおかしなことを始めたら、すぐに伝えるね」

「ええ、よろしくお願いします。……ところで呼び方ですけど、メリュジウスじゃなくて、メリュジウス二世ですよ」

「長くない？　メリュジウスにしようよ」

言われてみれば、確かに長いですよね。

ここからはシンプルに『メリュジウス』と呼びましょうか。

そんなことを考えつつ、私は船の前方に視線を向けます。

すでにリベルはメリュジウスのところへ辿《たど》り着《つ》き、攻撃を始めていました。

「ガァァァァァァァッ！」

爪での切り裂き、尻尾の叩《たた》きつけ、さらには体当たり――。

速度の乗った攻撃が、流れるような動作で次々と放たれます。

竜に武道というものがあるのなら、リベルはきっとその達人（達竜？）でしょう。

けれども。

そんなリベルの攻撃は、メリュジウスの身体をすり抜けるばかりです。

たとえるなら、霧を殴りつけているような状態でしょうか。

よく見ると、メリュジウスは全身が半透明になっています。

……何が起こっているのでしょうか。

「どうやらメリュジウスには三〇〇年前と異なる力がいくつも備わっているようです」

そんな言葉とともに、イズナさんが私の近くにやってきます。

「自分自身の存在を幻のように曖昧なものに変え、リベル様の攻撃を避けているのでしょう」

「――ボクの分析結果も同じだよ」

ローゼクリスが私に告げます。

「自分自身を幻のようなものにすること……ひとまず『幻化』と呼ぶけど、これを使っている時はメリュジウスも攻撃ができないみたい。自分がダメージを受けることもなければ、相手にダメージを与えることもない。けれども放置していたら、首都の人々は眠ったまま。厄介な魔物だね」

「まずは幻化を解かないと――」

いけませんね。

そう呟《つぶや》くつもりでしたが、私は言葉を切りました。

ひどく嫌な予感がしたのです。

メリュジウスはこちらに視線を向けると、腰を落とし、右手の爪を左腰のあたりに構えました。

その構えはお母様の技……『疾風一迅』によく似ています。

来る！

私は殺気を感じ、反射的に叫んでいました。

「ミケーネさん、左に避けてください！」

「えっ⁉　あ、あいあいさー！」

ミケーネさんの返事に引き続いて、他のネコ精霊たちもワッと一斉に動き始めました。

その矢先――

「「シャアアアアアアアアアアッ！」」

鋭い咆哮とともに、メリュジウスが動きました。

行く手を遮ろうとするリベルを半透明のまますり抜け、途中で幻化を解除すると、右手の爪を横薙《な》ぎに叩きつけてきます。

回避運動は、間に合いそうにありません。

ご先祖さまの手記によれば――

人間は大きな危機を前にした時、逆転の一手を見つけるために極限の集中力を発揮するそうです。

ご先祖さまは弟神ガイアスとの戦いで何度もそのような状況に陥り、毎回、ギリギリのところでピンチを逃れてきたのだとか。

追い詰められたら何をやってくるか分からない、なんて周囲には言われていたそうですね。

余談はさておき。

私はいま、ご先祖さまの手記に書いてあるような集中状態に入り、ものすごい勢いで思考を巡らせていました。

このままだと、船はメリュジウスの攻撃で粉々に破壊されてしまうでしょう。

もちろん諦めるつもりはありません。

回避が無理なら、防御はどうでしょう。

私の頭をよぎるのは、我が家が独立する直前、フォジーク王国のマルコリス王と直談判《じかだんぱん》した際のことです。

マルコリス王は自分から仕掛けた口論の末に逆上し、ついには《ファイアボール》を私に投げつけてきました。

あの時、攻撃を防ぐためにローゼクリスが発動させた魔法なら、メリュジウスの攻撃も防げるかもしれません。

――ローゼクリス、力を貸してください。

――一緒に頑張ろう、おねえちゃん。

言葉こそ交わしていませんが、意思が通じているような感覚がありました。

ローゼクリスの先端に取り付けられた水晶玉が輝きを放ちます。

私たちはほぼ同時に叫んでいました。

「「――《アブソーブバリア》！」」

青色に輝く光の防壁が、船を包むように現れます。

直後、メリュジウスの爪が激突しました。

衝撃によって防壁が揺らぎ、あちこちに亀裂が走ります。

「シィイイイアアアアアッ！」

「キィイイイイァァァァァァッ！」

メリュジウスの左右の頭がそれぞれ雄叫《おたけ》びを上げ、防壁を突破しようと牙を突き立ててきます。

くっ……！

かなり、きついです。

ローゼクリスも頑張ってくれていますし、私も全身全霊で魔力を注ぎ込んでいますが、防壁は今にも崩れてしまいそうです。

その時、近くにいたイズナさんが声を上げました。

「ミケーネさん！　船の周囲を循環する風を、メリュジウスに集中させてください！」

「まかせて！　えいやー！」

ミケーネさんは大声で答えると、甲板の前方にある総舵輪を思いっきり回しました。

同時に、ゴウ、と烈風が背後から巻き起こり、メリュジウスを直撃します。

「『ガッ……!?』」

いきなりのことにメリュジウスは怯《ひる》み、攻撃の手が止まります。

――リベルが来てくれたのは、ちょうどそのタイミングでした。

「フローラ！」

私の名前を叫びながら加速すると、その勢いのまま、真横からメリュジウスに身体ごとぶつかっていきます。

メリュジウスは回避する余裕もなかったらしく、体当たりの直撃を受け、大きく弾《はじ》き飛《と》ばされました。

そのままバランスを崩し、雲の下へと落ちていきます。

ひとまず危機は脱した、ということでしょうか。

メリュジウスはかなりの勢いで墜落していきましたから、こちらが体勢を立て直すくらいの時間は稼げそうです。

一方、リベルは急制動を掛けると、こちらを向き、船の甲板を覗《のぞ》き込《こ》みながら言いました。

「フローラ、無事か!?」

「大丈夫です。助かりました、ありがとうございます」

私は礼を告げながらリベルを見上げます。

あっ。

左の翼から血が出ていますね。

体当たりの反動でケガをしたのでしょう。

私はすぐに回復魔法を発動させます。

「――《リザレクション》」

暖かな光が広がり、リベルのケガは一瞬にして消え去ります。

「この程度、かすり傷なのだがな。……まったく、汝は優しいな」

リベルが苦笑を浮かべました。

その時です。

私の額にある紋章が、カッ、と熱くなりました。

「む……？」

リベルが不思議そうに声を上げます。

「紋章が力を増しておるな。何が起こった」

「ワタシの推測になりますが――」

と、声を上げたのはイズナさんです。

「お二人の心が近付いたことで、紋章がよりフローラ様に馴染《なじ》んだのではないかと」

心が近付く？

そんなことを言われても、思い当たるフシは……結構ありますね。

お揃いのブレスレットを着けたり、ご先祖さまのお墓参りで泣いたり、慰めてもらったり——。

さっきだってリベルは大急ぎで私のところに駆けつけてくれました。

そのことを思い出すと、胸のあたりだけでなく、額の紋章もさらに温かくなってきます。

というか、熱すぎるような……？

私が不審に思った矢先、目の前でパッと閃光《せんこう》が弾けました。

……えっ？

いきなりのことに戸惑っていると、光の中から小さな王冠が現れます。

王冠は黄金色の輝きを纏《まと》っており、まるで太陽のように煌々《こうこう》と輝いていました。

いったい何が起こっているのでしょう。

私が戸惑っていると、王冠はこちらに向けて斜めに傾きました。

まるでお辞儀をしているみたいです。

王冠はそのままふよふよと宙を漂い、ひとりでに私の頭に載りました。

「そちらは『天照《てんしょう》の冠』でございます」

教えてくれたのはイズナさんです。

私を見上げ、恭しい態度で言葉を続けます。

「テラリス様が生み出した神器のひとつで、王権を強く定着させた者のところに現れる、とテラリス様から伺っております」

「ほう」

リベルは興味深そうに声を上げました。

「我は初めて聞いたぞ。テラリスはそのようなことを言っておったのか」

「はい。リベル様を驚かせたいので伏せておけ、ともおっしゃっていました」

「まったく、テラリスらしい話だな」

リベルは苦笑しながら私に視線を戻します。

「それにしても、よく似合っておるな。まるでフローラのために作られたかのようだ。……閃《ひらめ》いた。フローラ、汝《なんじ》はこれより《天照の神子《みこ》》と名乗るがいい。テラリスの神器を持つ者にふさわしい呼び名であろう」

「ありがとうございます。でも、呼び名のことはちょっと保留でもいいですか。メリュジウスが戻ってくるまでに作戦を立てましょう」

「それでしたら、ひとつお耳に入れておきたいことがあります」

イズナさんが私の方を向いて告げました。

「『天照の冠』にはテラリス様の加護が強く宿っております。その力をうまく引き出せば、メリュジウスの幻化を破れるかもしれません」

「――たぶん、いけると思うよ」

そう答えたのはローゼクリスです。

「普通の魔法じゃなくて神族の力に近いものだけど、今のおねえちゃんなら扱えるはずだよ」

「じゃあ、それで行きましょう」

私が頷いたのとほぼ時を同じくして、メリュジウスが雲を押しのけて再び姿を現します。

「おねえちゃん、急ごう。すぐに呪文を教えるね」

直後、私の頭の中へと言葉が流れ込んできました。

「これを唱えればいいんですね」

「うん。細かいところはボクが補助するよ」

ローゼクリスはそう答えたあと、リベルに向けてこう告げます。

「王様。メリュジウスの内側から人の気配がするよ。誰なのかは分からないけど、負の感情を増幅させられて、エネルギー源として利用されているみたい。もし可能なら、助けてあげて」

「よかろう。フローラも異論はないな」

「もちろんです」

私はリベルを見上げて頷《うなず》きました。

犠牲は一人でも少ない方がいいですからね。

「それじゃあ、行きます」

私はローゼクリスを構え、魔力を注ぎ込みます。

それに反応して、先端に取り付けられた水晶玉がバラの形に変わりました。

メリュジウスの方はすでに戦闘態勢に入っており、先程と同じく、右手の爪を左腰のあたりに構えています。

やっぱり『疾風一迅』の姿勢ですね。

メリュジウスのエネルギー源にされているのはあの人でしょう。

答えを確かめるためにも、早く戦いを終わらせたいところです。

私はローゼクリスを高く掲げると、詠唱を始めます。

「遥《はる》か天《そら》より来たりて真理を齎《もたら》せ。絢爛《けんらん》たる光。燦然《さんぜん》たる光。煌々たる光。——《トゥルース・ソーラレイ》」

直後——

私の頭に載っている『天照の冠』がブルブルと震えたかと思うと、ローゼクリスの先端から黄金色の閃光が放たれました。

閃光ははるか上方で大きく弾け、まるで第二の太陽のようにまばゆい輝きを放ちます。

「「シィィィィィィアアアアアアアアアッ!」」

《トゥルース・ソーラレイ》の輝きに照らされて、メリュジウスが苦悶《くもん》の声を上げました。

幻化が解け、輪郭がはっきりとしたものに戻っていきます。

「リベル、今です!」

「任せておけ」

リベルは私の声に応えると、大きく顎《あぎと》を開きました。

「グゥウゥウゥォオオオオオオオオオオオオオオッ!」

そして咆哮《ほうこう》と共に《竜の息吹《ドラゴンブレス》》が放たれます。

真紅の熱線が、メリュジウスへと迫ります。

「「シャアアアアアアアアアアアアアッ！」」

一方、メリュジウスも左右の顎を開き、漆黒のブレスを吐き出しました。

真紅と漆黒。

二つの力が正面から激突し、鬩《せめ》ぎ合《あ》い――打ち勝ったのは、前者でした。

漆黒のブレスを押し返し、《竜の息吹》はメリュジウスを呑《の》み込《こ》みます。

「「シィイイイイイイイイイイイッ！」」

断末魔の絶叫が響き、大きな爆発が起こりました。

轟音《ごうおん》、烈風、さらには光と熱――。

爆発の余波が過ぎ去ったあと、メリュジウスは跡形もなく消滅していました。

これで一件落着……と言いたいところですが、ちょっと待ってください。

「リベル。メリュジウスに取り込まれた人って、どうなりましたか」

まさかとは思いますけど、爆発で吹き飛んじゃったりしてませんよね……？

私が不安混じりに訊《たず》ねると、リベルはククッと笑みを漏らしました。

「案ずることはない。タヌキに保護を命じておいた。じきに合流するだろう」

そういえばタヌキさん、今回は姿を見ませんでしたね。

リベルに訊《き》いてみると、どうやら夢から醒《さ》めるのが他の精霊よりもゆっくりで、戦いに出遅れてしまったそうです。

その代わり、取り込まれた人を保護してこちらに向かっているのだとか。

「話をすれば何とやら、だな。タヌキが来たぞ」

リベルはそう言って右の方を指差しました。

「えっ?」

私は思わず驚きの声を上げていました。

というのも、タヌキさんが空を飛んでいたからです。

腹這《はらば》いの姿勢で尻尾をグルグルと激しく回転させながら、レッドブレイズ号に近付いてきます。

「タヌキさんがとんでるよ!」

「まるで、へりこぷたーー!」

「ううん。たぬこぷたーだよ!」

私の周囲では、ネコ精霊たちが楽しそうにキャッキャと声を上げています。

やがてタヌキさんが甲板にどしんと降り立ちました。

身体のサイズを変える魔法を使っているらしく、その大きさは普段の三倍以上になっています。

まるで野生のクマのような存在感を放っています。

タヌキさんは左腕に一人の老人を抱えていました。

白い髪に、シワの多い顔、引き締まった身体つき——。

《赤の剣鬼》ザインさんです。

やっぱり、この人が取り込まれていたんですね。

メリュジウスが『疾風一迅』のような技を使っていたのは、きっとザインさんをエネルギー源にしていた影響でしょう。

タヌキさんはザインさんを床に寝かせると、呪文を唱えました。

「たぬき、こたぬき、おおたぬきー。これからぼくは、ふつうのたぬきー」

言い終えると同時に白い煙が弾け、タヌキさんが本来のサイズに戻ります。

頭の高さは、だいたい、私の膝くらいですね。

タヌキさんはこちらを見上げると、ぺこり、と頭をさげました。

「フローラさま、ちこくしてごめんね」

「いえいえ、気にしなくて大丈夫ですよ。それよりもザインさんを助けてくれてありがとうございます」

「ぼく、がんばった」

タヌキさんはちょっぴり誇らしげに胸を張ります。

「おじいさんとは、ともだち。ともだちは、たすける。だいじなこと」

「ふふっ、そうですね」

私は笑顔で答えると、タヌキさんの頭を撫《な》でます。

ザインさんにはメリュジウスに取り込まれるまでの経緯を訊きたいところですが、今は気を失っているようですし、あまり無理をさせるべきではないでしょう。

と、いうわけで——

「そろそろハルスタットに帰りましょうか」

「うむ。それがよかろう」

私の提案にリベルが頷きます。

「霧の原因であるメリュジウスも倒した。街の者たちもじきに目覚めるはずだ。──今回もよくやったな、フローラ」

「リベルや精霊の皆さんが力を貸してくれたおかげですよ。ありがとうございました」

「まったく、汝は謙虚だな」

リベルは苦笑すると、周囲のネコ精霊たちに告げました。

「戦いも終わったことだ。存分にフローラをねぎらってやれ」

「がってんしょうち！」

「けんきょなこは、ごほうびにばい！」

「もふもふのさーびすが、もふもふもふもふにぐれーどあっぷ！」

モフモフが、モフモフモフモフ？

あまりにも不思議な言葉ですが、直後、私はその意味を自分の身で知ることになりました。

レッドブレイズ号に乗っていたネコ精霊たちが一斉にこちらへと殺到し、ふくよかな毛並みをすり寄せてきたのです。

暖かくて、フワフワで、モコモコで……。

戦いの疲れもあり、私はそのまま眠りこけていました。

エピローグ　まるっと丸く収まりました！

メリュジウスとの戦いから五日が過ぎました。

すでにハルスタットから霧は消え失《う》せ、街の人々は普段どおりの生活に戻っています。

……いえ、ひとつだけ以前と違う点がありますね。

街を歩くと、たくさんの人がこんなふうに声をかけてきます。

「《天照《てんしょう》の神子《みこ》》さまだ！」

「ありがたや、ありがたや……！」

「神子さまー！　目線こっちくださーい！」

チラッ。

リクエストに応えて声のほうを見ると、若い女性が「はう。神子さま尊い……」とため息を漏らしながらその場に膝を突きました。

なんだかよく分かりませんが、少なくとも回復魔法が必要な病気ではなさそうです。

先日、私はリベルから《天照の神子》という綽名《あだな》を授かったわけですが、今やその名前はハルスタットの人々のあいだにすっかり広まっていました。

なぜそんなことになったのか、というと……。

リベル曰《いわ》く、レッドブレイズ号が地上に到着した時、私は一度だけ目を覚ましてネコ精霊にこんな指示を出したそうです。

——むにゃ。今回の事件について、お父様や街の人たちへの説明を、いい感じにお願いします。ぐう、すぴー。


完全に寝惚《ねぼ》けてますね。

そのあと、私はすぐにまた眠ってしまい、翌日の夕方まで目を覚まさなかったのですが、それはさておき。

ネコ精霊に説明を丸投げした結果、とんでもないことになりました。

具体的に説明すると、私の活躍がやたらと強調された絵本やパンフレットがものすごい勢いで製作され、ハルスタットに住むすべての人のもとへ届けられたのです。

結果、私が『天照の冠』を得たことや、リベルから《天照の神子》という綽名を与えられたことが知れ渡り、今では街を歩くたび、神子さま、神子さま、と呼ばれるようになってしまいました。

ちなみに「神子」はテラリス教において「女神テラリスから神器を授けられた者」を意味するので、いちおう、私はその基準をギリギリ満たしています。

厳密には神器を授けられたわけじゃなく、神器がひとりでに現れたんですけどね。

あ、天照の冠はいまリベルに預けていますよ。

失くしちゃったら大変ですからね。

さて。

この日、私はリベルとともにハルスタットの北にある『イスズ迎賓館』を訪れていました。

ザインさんの体力が回復してきたそうなので、メリュジウスに取り込まれるまでの経緯について教えてもらうことになっています。

迎賓館の談話室に向かってみれば、そこにはレオ皇子とザインさんの姿がありました。

二人は私たちの姿を見ると、ソファから立ち上がり、深く頭を下げました。

「フローラ、リベル。ありがとうな。……ザインが無事で本当によかった」

「お二方は命の恩人です。心から感謝いたします」

「いえいえ。ザインさん、身体はもう大丈夫ですか」

「おかげさまでピンピンしております。絶好調ですわい」

ザインさんはそう言うと、右腕の服の袖を腕まくりしてガッツポーズを取りました。

年齢はすでに六十歳を超えているはずですが、皮膚の下の筋肉はかなりのものです。

「ほう、よく鍛えられておるな」

リベルが感嘆の声を上げました。

「見事なものだ。褒めてつかわそう」

「精霊王殿にそうおっしゃっていただけるとは光栄です。カルナバル皇国に戻ったら、周囲に自慢させていただきましょう」

「よかったな、ザイン」

レオ皇子は我が事のように嬉《うれ》しそうな笑みを浮かべたあと、私たちに向かって言いました。

「とりあえず座らないか？　たぶん、長話になるだろうからな」


レオ皇子の予想に反し、ザインさんの話はあっというまに終わりました。

というのも、メリュジウスに取り込まれるまでの経緯がものすごくシンプルだったからです。

「……あの時、わたしは迎賓館の庭で剣の鍛錬をしておりました。ちょうど一息ついたところで足元に奇妙な紋章が現れて、次の瞬間、真っ暗な空間に飛ばされていたのです」

真っ暗な空間とは、おそらくメリュジウスの内部でしょう。

「ザインさん。奇妙な紋章って、どんなものか覚えてませんか」

「細かいところは不明瞭ですが、記憶には残っております。……紙とペンをいただいてもよろしいでしょうか」

私は頷くと、持参していたペンとノートを手渡します。

ザインさんが描いてくれたのは、蜘蛛《くも》を象《かたど》ったような紋章でした。

「む……」

紋章を見るなり、リベルが唸《うな》り声《ごえ》を上げました。

眉を寄せて考え込んでいます。

「どうしたんですか？」

「似たような紋章ならば大昔に見たことがある。人族同士の争いによって滅びた国の、その王族が使っていたものだ」

「大昔って、いつごろのことなんですか」

「およそ五〇〇年前といったところか。我も記憶が曖昧だが、少なくとも、ハルトがこの地に現れるよりは昔のことだ。……ともあれ、この紋章は重要な手掛かりだな」

「そうですね。後で調べてみましょうか」

私はリベルの言葉に頷くと、ザインさんのほうに向き直ります。

「ザインさん、ありがとうございました。新しい情報が入ったら、カルナバル皇国にも共有させていただきますね」

「よろしくお願いいたします。……ところでフローラリア様、ひとつ、懺悔《ざんげ》をさせていただいてもよろしいでしょうか」

懺悔？

急にどうしたのでしょう。

話題がガラリと変わったことに、私だけでなく、ザインさんのすぐ横に座っているレオ皇子も首を傾《かし》げています。

「ザイン、何かやらかしたのか？」

「今回、わたしが魔物に取り込まれてしまった原因を考えてみたのですが、おそらく、心に抱えた後悔のせいでしょう。それを晴らすために、どうか、この老人に昔話をさせていただきたいのです」

「なるほど」

私の隣で、リベルが深く頷《うなず》きました。

「後悔を抱えたままでは、今後も魔物に取り込まれる可能性がある。その意味では、懺悔も必要なことだろう。それはどのようなものなのだ」

「アセリア殿に……フローラリア様の母君に関わることです」

あっ。

なんだか話の行き先が予想できましたよ。

私の頭をよぎるのは、これまでのザインさんの発言です。


――わたしが焦がれ、憧れ、今も追い続けている女性《あのひと》。

――わたしはただ、胸に秘めたまま終わってしまった恋のことを皇子に話しただけです。

――皇子のように、断られることを覚悟してでも気持ちを告げておけばよかった。


ザインさんの後悔が何なのか。

答えは言うまでもありませんよね。

私は数秒ほど考えてから、ザインさんに告げました。

「ザインさんの懺悔は聞き届けます。でも、私に話すだけで後悔が晴れますか。他にも会って話すべき人がいるんじゃないですか」

「それは……」

「ハルスタットの東には墓地があります。お母様も、そこに祀《まつ》られています。……カルナバル皇国に戻る前に、一度くらいは行ってあげてください」

私がそう告げると、ザインさんはしばらく考え込んだあとに答えました。

「確かにフローラリア様のおっしゃる通りです。この話が終わりましたら、すぐにでもアセリア殿の墓へ伺いましょう」


懺悔の内容は、私の予想通りでした。

ザインさんはお母様に恋愛感情を抱いていたものの、年の差ゆえに一歩を踏み出せずにいたようです。

そうしているうちにお母様はナイスナー家に嫁入りし、さらには魔物の大群と戦って命を落としてしまいました。

結果としてザインさんの心には大きな後悔が残り、今回、その闇をメリュジウスのエネルギーとして利用されてしまったようです。

「わたしは《赤の剣鬼》などと仰々しい二つ名で呼ばれておりますが、心はまだまだ未熟だったようです」

内側に抱えていたものを吐き出したおかげか、ザインさんの表情は最初よりもやわらかなものに変わっていました。

それから私たちはザインさんに付き添ってお母様のお墓に向かったのですが、なんと、現地にはお父様の姿がありました。

困惑の表情を浮かべていますけど、いったいどうしたのでしょう。

訊《き》いてみると、こんな答えが返ってきました。

「執務中にネコ精霊たちがやってきて、気が付いたらここに運ばれていた。……正直なところ、何が起こっているか分からん」

「我が精霊に命じて、グスタフをここに運ばせたのだ」

リベルが得意げな表情を浮かべて告げます。

「ザインの心に整理をつけるためには必要な相手であろう」

確かにそうですよね。

ザインさんにとってお父様は恋敵にあたりますし、一度、正面から話し合うことも必要かもしれません。

私が内心で納得していると、レオ皇子が小声で言いました。

「フローラ、リベル。オレたちは邪魔しない方がよさそうだな」

「そうですね。物陰に行きましょう」

「うむ。我らが割り込むのは無粋というものであろう」

というわけで、私、リベル、そしてレオ皇子の三人は近くに生えている木の向こうに隠れました。

お母様の墓の前で、お父様とザインさんが向かい合っています。

「久しぶりだな、ザイン殿」

「ご無沙汰しております。グスタフ殿、いえ、グスタフ王」

「王はつけなくてもかまわない。……墓参りに来てくださって感謝する。妻も喜んでいるだろう」

「アセリア殿は――グスタフ殿の奥方は素敵な女性でした」

ザインさんは、ふっ、と口元を緩めながら呟《つぶや》きました。

その表情は、どこか憑《つ》き物《もの》が落ちたように晴れやかなものになっています。

「グスタフ殿。国王である貴殿にこんなことを申し上げるのは恐縮ですが、奥方を偲《しの》んで一献、お付き合いいただけませんでしょうか」

「分かった。……幸い、今日の執務はほぼ終わっている。あとはライアスにやらせればいいだろう」

おっと。

もらい事故みたいにライアス兄様の仕事が増えちゃいましたね。

でも、事の経緯を聞いたら、きっと快諾してくれるでしょう。

ライアス兄様、人情話には弱いですからね。


そのあと、お父様はザインさんを連れて屋敷に戻り、夜どころか夜明けまで飲み明かしたそうです。

二人ともすごい酒豪ですね……。

翌朝は揃《そろ》って二日酔いになっていたみたいですが、それはご愛嬌《あいきょう》ということで。

◇　◇

ところで――

お忘れかもしれませんが、レオ皇子がナイスナー王国に来たのは国交を結ぶためなんですよね。

すでに外交交渉そのものはドラッセンの街で終えており、あとは文官たちが条約を文章にまとめるだけの段階となっていました。

私たちがお母様の墓を訪れてから数日後、ついに国交についての条約がまとまり、調印式が行われることになりました。

式典の場所は、イスズ迎賓館の講堂です。

双方の国の文官や騎士たちが集まる中、壇上でお父様とレオ皇子が握手を交わ……すものと思っていたら、なぜかナイスナー王国側の代表者として私が指名されてしまいました。

舞台裏で出番を待ちつつ、私はお父様に向かって疑問の声を上げます。

「こういう時って、国王のお父様が前に出るものじゃないんですか」

「今回、わたしはフローラに外交の全権を委ねた。調印式もおまえが出るべきだろう」

「フローラよ、せっかくの晴れ舞台だ。『天照の冠』を被っていくがいい」

リベルはそう言うと、右手に持っていた冠を私の頭に載せました。

「うむ。よく似合っておる。行ってくるがいい」

調印式そのものはつつがなく終わりました。

式典の最後に握手をする時、レオ皇子が照れていたくらいでしょうか。

ちょっと可愛《かわい》かったです。


そうしてすべてのことに一段落がつき、年の瀬が近付いてきたころ、レオ皇子やザインさん、そして外交使節団の皆さんがカルナバル皇国へ戻る日がやってきました。

帰りの移動手段ですが、ネオ・アンダルシア号をカラスによって空輸し、カルナバル皇国の領海近くで降ろすことになっています。

そこから先は自力で海路を進んでもらう予定です。

私としては、カルナバル皇国の本土まで空路で直行、という形でもいいんですけどね。

さすがにそれは向こうの国の人々を混乱させてしまうかもしれない、という意見もあり、途中までの輸送となりました。

私とリベルは今回の空輸のまとめ役として、ネオ・アンダルシア号に同乗させてもらっています。

二人で甲板から海を眺めていると、レオ皇子がふらりとこちらにやってきました。

「帰り道まで世話してくれてありがとうな。うちの連中も、みんなフローラに感謝してるよ」

「どういたしまして。実際に船を運んでくれているのはカラスさんですけどね」

「近いうちに、うちの国の海産物を贈らせてもらう。よければカラスたちに食べさせてやってくれ」

「ならば脂ののった魚を用意してやるといい」

リベルはレオ皇子のほうを向くと、そんな風にアドバイスしました。

「あるいは干物でも構わん。きっと喜ぶはずだ」

「分かった。覚えておくよ」

レオ皇子はそう言って頷《うなず》いたあと、「ん?」と声を上げ、私の左手首あたりに視線を向けます。

「そのブレスレット、リベルとお揃《そろ》いなんだな」

「あ、気付きましたか」

私はレオ皇子の言葉に答えながら、左手を掲げます。

ブレスレットの赤い宝石が、太陽を反射してキラリと輝きました。

「リベルに買ってもらったんです。似合ってますか」

「ああ。……リベルからのプレゼントか。なるほどな」

レオ皇子はフッと意味深な笑みを浮かべると、リベルの方を向いてからかうように告げます。

「一歩前進ってとこかな。でも、あんまりスローペースだと、オレが横から掻《か》っ攫《さら》うかもしれないから気を付けろよ。ははっ」

「汝《なんじ》は何を言っておるのだ」

リベルは心の底から不思議そうな表情を浮かべて呟きます。

正直なところ、私も、レオ皇子が何の話をしているのかピンと来なかったんですよね。

マリアなら分かるかもしれませんし、次に会ったら相談してみましょうか。

……などと考えているうちに、目的の地点が近付いてきました。

カラスたちはゆっくりと高度を下げ、船を海へと降ろします。

無事、到着ですね。

私たちもそろそろお暇《いとま》しましょうか。

リベルには竜の姿に戻ってもらい、私はその左手にピョンと飛び乗ります。

いつもどおり、ちゃんと靴は脱いでますよ。

「まったく、律儀なことだ」

「礼儀は大事ですからね」

そんな会話を交わしつつ、船の甲板に視線を向けると、レオ皇子だけでなくザインさん、そして外交使節の皆さんがこちらに手を振っていました。

「フローラ、リベル！　今度はうちの国に遊びに来いよ！　ネコ精霊も一緒にな！」

「ぜひお越しください。わたしも、お待ちしておりますぞ」

「フローラリア様、お元気で！」

「ドラッセンの温泉、すごくよかったです！　また行きます！」

「フローラさま、おうさま、またねー！」

あれ？

ネコ精霊が一匹、外交使節団に混ざってますね。

このままカルナバル皇国に密航するつもりでしょうか。

「カー！　カー！」

「あーれー」

ええと。

密航を企てていたネコ精霊ですが、カラスに攫《さら》われてしまいました。

カラスの飛んでいった方角から考えるに、ナイスナー王国へ強制送還されたのでしょう。

一件落着（？）ですね。

そのあと、無事にネオ・アンダルシア号が動き始めたのを見届けてから、私とリベルは帰途に就きました。

「ナイスナー王国に戻ったら、年越しの支度ですね」

「オセチ《お節》だったか。前の正月に食べたあの料理は美味《うま》かった」

「今年は一緒に作りませんか。きっと楽しいですよ」

「我が料理をするのか。……悪くない」

リベルは竜の姿のまま、フッと肩を竦《すく》めました。

「汝と二人ならば、次の一年もきっと面白いものになるだろうな」

「そうですね。来年もよろしくお願いします。……って、ちょっと気が早すぎましたね」

「ククッ、確かにな。だが気持ちは受け取るとしよう。こちらこそ、よろしく頼むぞ」

リベルはそう告げると、私のほうを見て、優しげに微笑《ほほえ》みました。

あとがき

こんにちは、遠野九重です。

今年は思ったよりも残暑が短く、すぐに秋が訪れたような印象でした。

令和に入ってから季節の変化がやけに早くなったような感覚なのですが、読者の皆様はいかがでしょうか。

さてさて。

『役立たずと言われたので、わたしの家は独立します！　～伝説の竜を目覚めさせたら、なぜか最強の国になっていました～』三巻をお買い上げくださり、まことにありがとうございます！

おかげさまでシリーズ三巻に辿《たど》り着《つ》くことができました。

このまま四巻、五巻と引き続きフローラとリベル、そして精霊たちの物語をお届けしていきたいと思っています（応援よろしくお願いします！）。

二巻同様、三巻も書き下ろしで、しかも初期のプロットから大幅に変わっています。

最初はあの方が失恋を拗《こじ》らせた悪役になっていたり、フローラ、リベル、レオ皇子の三人でボーリングをやっていました（ネコ精霊たちがボーリング場を建設したのです）。

もしボーリングのエピソードに興味がありましたら、アンケートなどでご意見いただけると幸いです。

そこそこの長さになるので、たぶんSSには収まりきらない……！

最近の出来事としましては、東北芸術工科大学芸術学部文芸学科「表現論5」の集中講義にて九十分ほど創作の講義をさせていただきました。

私自身、教えることを通して学んだことも多く、今回、お声掛けくださった主催の玉井建也准教授、森田季節先生には深く感謝するばかりです。この場を借りてお礼を申し上げます。

講義内容は「面白さ」の本質は何か、それをアニメ・マンガ・小説のどこから学び取るか、というもので、学科生の方だけでなく、OBの方々もオンラインで聴講に来てくださいました。

将来、ここから大作家が生まれて「昔、遠野さんの授業受けたんですよねー」と言われる展開をちょっぴり期待しています。


それでは続いて謝辞を。

イラストを担当してくださった阿倍野《あべの》ちゃこ様、レオ皇子をイケメンに描いてくださってありがとうございます！　口絵の、レオ皇子がネコを抱き上げる仕草（両手で持ち上げるのではなく、右腕に乗せる）が個人的にすごくツボでした。両手で持ち上げたらネコ伸びちゃいますもんね……！

担当編集のK様、スケジュールの調整、本当にありがとうございます。おかげさまで自信を持って世に出せるものを仕上げられました。

ところで皆様、本作のコミック版一巻がすでに発売されていることはご存じでしょうか。黒野ユウ様がフローラたちを生き生きと描いてくださっています。とくにフローラとマリアの二人が出てくるシーンは必見ですよ。めっちゃ仲良くて、めっちゃ尊いです。

最後にお知らせとなりますが、現在、本作品についての読者アンケートが実施されております。

左の二次元コードを読み取るとＷｅｂサイトに行けますので、好きなキャラや心に残っている場面、あるいは「こんなシーンが見たい！」という熱い気持ちを伝えていただけると嬉《うれ》しいです（いただいた感想は今後の展開やＳＳなどの参考にさせていただきます）。

https://kdq.jp/watadoku3atogaki

それではまた、四巻でお会いできますように！

遠野九重

お便りはこちらまで

〒102－8177
カドカワBOOKS編集部　気付
遠野九重（様）宛
阿倍野ちゃこ（様）宛

カドカワBOOKS

役立《やくた》たずと言《い》われたので、わたしの家《いえ》は独立《どくりつ》します！3
～伝説《でんせつ》の竜《りゅう》を目覚《めざ》めさせたら、なぜか最強《さいきょう》の国《くに》になっていました～

2021年11月10日　初版発行

著者／遠野九重《とおのこのえ》

発行者／青柳昌行

発行／株式会社KADOKAWA

〒102-8177
東京都千代田区富士見2-13-3
電話／0570-002-301（ナビダイヤル）

編集／カドカワBOOKS編集部

印刷所／暁印刷

製本所／本間製本

Printed in Japan
ISBN 978-4-04-074304-2 C0093

新文芸宣言

かつて「知」と「美」は特権階級の所有物でした。

15世紀、グーテンベルクが発明した活版印刷技術は、特権階級から「知」と「美」を解放し、ルネサンスや宗教改革を導きました。市民革命や産業革命も、大衆に「知」と「美」が広まらなければ起こりえませんでした。人間は、本を読むことにより、自由と平等を獲得していったのです。

21世紀、インターネット技術により、第二の「知」と「美」の解放が起こりました。一部の選ばれた才能を持つ者だけが文章や絵、映像を発表できる時代は終わり、誰もがネット上で自己表現を出来る時代がやってきました。

UGC（ユーザージェネレイテッドコンテンツ）の波は、今世界を席巻しています。UGCから生まれた小説は、一般大衆からの批評を取り込みながら内容を充実させて行きます。受け手と送り手の情報の交換によって、UGCは量的な評価を獲得し、爆発的にその数を増やしているのです。

こうしたUGCから生まれた小説群を、私たちは「新文芸」と名付けました。

新文芸は、インターネットによる新しい「知」と「美」の形です。

2015年10月10日
井上伸一郎

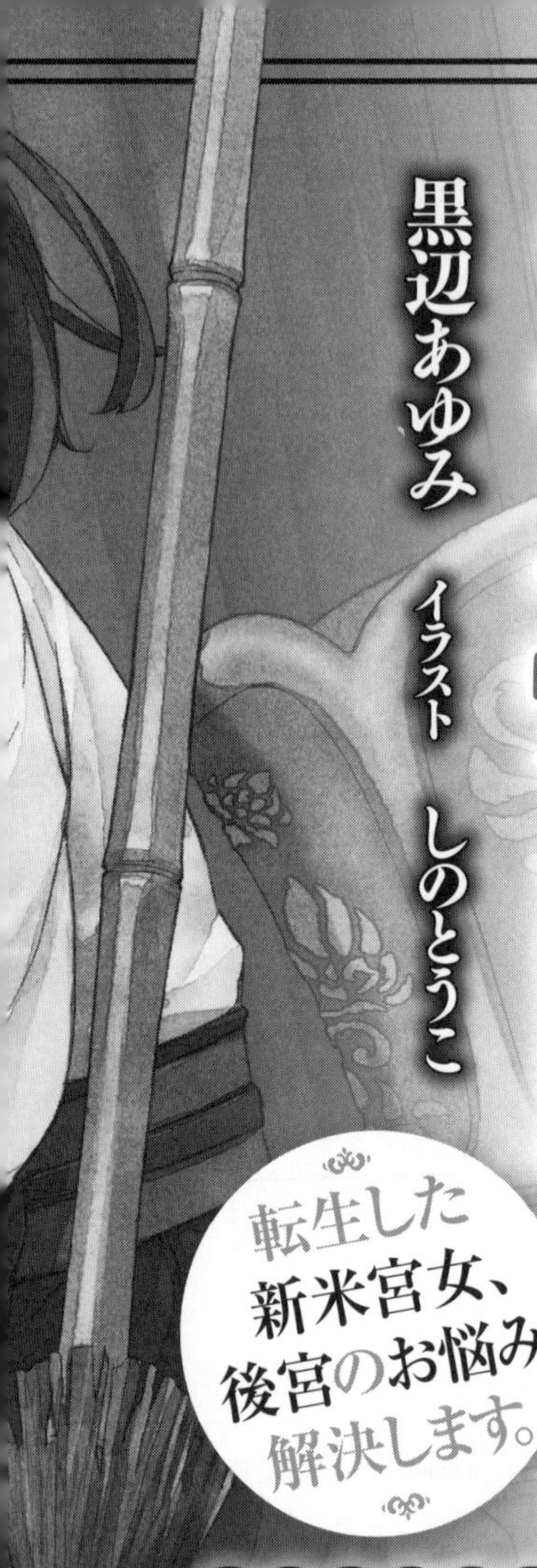

FLOS COMICにて
コミカライズ連載中!
漫画・shoyu
憧れの後宮はトラブルだらけでした!?
新米宮女、医療チートで大活躍!
風邪の予防にアルコール消毒!
呪い信者の道士と医学論争!?
無害な化粧品づくり!
第4回カクヨムWeb小説コンテスト
キャラクター文芸部門
〈特別賞〉

辺境でのんびり……
出来ずに内政無双中！
はやく休ませて！

うみ　ill あんべよしろう

転生し公爵として国を発展させた元日本人のヨシュア。しかし、クーデターを起こされ追放されてしまう。
絶望——ではなく嬉々として悠々自適の隠居生活のため辺境へ向かうも、彼を慕う領民が押し寄せてきて……!?

カドカワBOOKS

The exiled reincarnated duke wanted to take it easy on the frontier and work the fields.
追放された転生公爵は、
辺境でのんびりと畑を耕したかった
～来るなというのに領民が沢山来るから内政無双をすることに～
コミックス
絶賛発売中!!
原作：うみ　漫画：佐藤夕子
キャラクター原案：あんべよしろう
「少年エースplus」にてコミカライズも連載中！
シリーズ好評発売中！

目覚めたら
最強装備と宇宙船
持ちだったので、
一戸建て目指して
傭兵として
自由に生きたい
リュート
ill. 鍋島テツヒロ
カドカワBOOKS

凄腕FPSゲーマーである以外は普通の会社員だった佐藤孝弘は、突然ハマっていた宇宙ゲーに酷似した世界で目覚めた。ゲーム通りのチート装備で襲い来る賊もワンパン、無一文の美少女ミミを救い出し……。自分の家をもってミミとのんびり暮らすため、いっちょ傭兵として稼いでいきますか。

魔王《ラスボス》よりも強いけど、平穏に暮らしたいんです。
B's-LOG COMIC＆
異世界コミックにて
コミカライズ
連載中!!!!
漫画：のこみ
カドカワBOOKS

AKUYAKU REIJO LEVEL 99
悪役令嬢レベル99
〜私は裏ボスですが魔王ではありません〜
七夕さとり
Illust. Tea
RPG系乙女ゲームの世界に悪役令嬢として
転生した私。だが実はこのキャラは、本編終
了後に敵として登場する裏ボスで──つまり
超絶ハイスペック！　調子に乗って鍛えた結
果、レベル99に到達してしまい……!?